魯迅を読み解く

謎と不思議の小説10篇

代田智明

東京大学出版会

A Study of Lu Xun's Novels

Tomoharu SHIROTA

University of Tokyo Press, 2006
ISBN4-13-083043-0

はじめに

中国近代は、鬱蒼たる森のようである。そこは謎と神秘にみちみち、踏みいる者たちの歩みを惑わせる。かつて大通りがあったが、しばらくしてさびれ果て、雑草に覆われ、顧みる人はいない。森を知るには、秩序だった道はないので、ごつごつと地を這うような、幹とも根ともつかぬ樹木をいくつも越えて、道なき道を分け入り探索するよりほかない。ただ森の奥深い場所に、ひときわ目立つ古木が一本ある。長い間、人々はそれを目標にして、森の中の自分の位置を確かめてきた。神のように奉られて、ごてごてと満艦飾に彩られたこともあれば、妖怪のように忌み嫌われて、枝を折られ、樹皮に口汚い文字が刻まれたこともあった。

古木が若かったころ、空は遮られて陽光はなかなか届かず、地下水は枯れかけて、養分を吸い取ることも難しかった。古木も生命であったから、生きのびようとあらがっただけかもしれない。あらがった結果、いつのまにか、古木は際だった大木になっていた。森の自然環境が厳しく、強風や豪雨や干ばつがしばしば起こったので、古木は折れ曲がり、傷つき、見栄えのよい樹木とはとても言えなかったけれども。古木が老いて古木になってから、その姿は異様であったので、人々が道に迷ったときの道しるべになった。

時代は変わって、いま森にはブルドーザーが入り、区画整理と再開発の波が押し寄せている。古木は隅におしやられ、次第に森の目印ではなくなっていった。古木自身が「速朽」を望んでいたのだから、それはそれで、よいことかもしれない。けれどもたまさか、未だ残る陰森とした樹海に迷い込んだ者が、古木を見つけ、自らの位置を確認して救われたとき、ふと気がつくのだ。枯れ細りそうな古木の枝たちの間から、未知の花や果実を実らせるべく、新しい葉が芽吹いていることをである。そんなとき誰もが、森がどんなに外貌を変えても、古木の根が、地中深く森のいずこにも張りめぐらされていることを確信するのだ。

ここにいう古木とは、魯迅と魯迅のことばのことである。彼は、中国が近代を形成しようとする激動の時期に生き、激しい葛藤を経験して、大きな足跡を残した。本書では、その魯迅の生き様と実存的あり方を探ろうとする。それを彼が書いた小説一〇篇の分析を通して描こうという試みである。魯迅自身は「無理やり創作と言えるものは、今までこの五種類だけ」だと述べて、『吶喊』『彷徨』『野草』『朝花夕拾』『故事新編』を挙げていた［「《自選集》自序」『魯迅全集』三巻四五六頁］。このうち『野草』は短いがやや難渋な散文詩を集めたもの、『朝花夕拾』は青少年時代を描いた半自伝的エッセイである。厳密に「小説」というスタイルからすると、『吶喊』『彷徨』『故事新編』の三冊ということになろうか。

本書はこの三冊から、それぞれ三、四篇の小説を選び、魯迅の経歴や体験を背景に絡ませながら分析する。これらの小説には、仔細に読んでみると、わからないこと、不思議なこと、謎めいたことがいろいろ出てくる。その謎と不思議を読み解いていくと、魯迅という知識人の生身の生涯が抱えた矛盾や存在様式に突き当たってしまう。それは一般に理解されているような、啓蒙的で偉大な文学者、戦闘者というのと、だいぶ異なっているのだ。本書ではその存在様態を、それぞれの作品集三つの時期に焦点化させている。『吶喊』の時期は、啓蒙者に対する啓蒙者というあり方、『彷徨』の時期は、伝統的で否定的な自己を抱えた苦悩と葛藤、『故事新編』の時期は、つなぐ者としての機能的あり方、というふうに。そして言うまでもなく、その生涯の過程における苦悩と癒しは、中国近代の鬱蒼たる深い闇の森と深くかかわりを持っている。古木の譬えでいえば、魯迅は、清朝末期というプレモダンの土壌から生長し、モダニティの陽光を仰ぎ見て、その間に引き裂かれていた。地下水も、陽光も、樹木が生育するには必要だったのだから。その結果どうなったかについては、本文をひもといていただくことにしよう。なお、小説のテクスト分析としては、できるかぎり、テクストを読んでいない読者にも理解できるよう配慮して、叙述に努めたつもりである。

筆者もまた、中国近代という森に迷い込んだ一人である。そして私たちの社会も、同じように鬱蒼とした、迷路のように不透明な森であることに違いあるまい。だから、かの森の中で古木を見つけ、その精霊ともいうべき声を聞いたとき、悲哀と喜びが入り混じって、心の奥底が揺さぶられた。それが本書のきっかけでもある。筆者の何よりの願いは、本書がたとえ小さくとも、かの古木から新たに芽吹いた確かな一葉であってほしい、ということに尽きるのである。

＊　本書が基づいている魯迅のテクストは、『魯迅全集』全一六巻、一九八一年人民文学出版社版であり、日本語訳は特に明示しない限り、すべて拙訳である。なお新たに、全一八巻、二〇〇五年人民文学出版社版があるが、今回は前者に従った。

魯迅を読み解く　目次

1

前奏曲　屈辱の青春（一八八一―一九一七年）

魯迅《ろじん》は遅咲きの作家といってもおかしくはない。出世作『狂人日記』を書いたのは、一九一八年で三六歳、このとき中華民国教育部（日本の文部科学省）の役人の職にあったが、それまでの履歴は、中国近代史と彼自身の家庭の事情とによって、波乱に富んだものであった。

彼は一八八一年九月、浙江省の紹興に生を受けている。生家の周一族は、紹興でも指折りの名家で、祖父は科挙最高の試験、皇帝が直々に執り行う、殿試に受かり、進士《しんじ》の称号をもった高級官僚であった。ただ少々偏屈だったため、思うような出世はできなかったらしい。魯迅は、その直系嫡孫であり、いわば大家のお坊ちゃんとして育てられたのである。父も科挙最初の試験を通って、秀才であったが、つぎの郷試になかなか受からず、足踏み状態であった。魯迅一二歳のとき、最初の悲劇が始まる。祖父は一計を案じ、知り合いの試験官に賄賂を送ろうとしたのだが、これが露見してしまったのだ。このとき、あいにく宮廷内部の権力闘争や綱紀粛正の時期に当たり、執行猶予付きの死刑という厳しい判決が下った。死刑は秋と決まっていたため、毎年その時期になると、死刑を免れるため、大金を献じなければならない。広大な田畑を売り払って、それに当てたため、家勢は急速に衰えていった。魯迅は一時、父母とともに母の実家に避難することとなる。祖父は結局七年下獄したのち、やっと釈放された。

さらに凶事は重なった。事件の二年後、父が吐血し篤い病にかかり、床についてしまう。質屋で質草を金に換え、薬屋へ行って、それで漢方医のいう処方箋で薬を処方してもらう、という生活が、少年魯迅の心を傷つけた。あげく父は二年ほど患って、他界してしまうのだ。彼はわずか一五歳にして、家父長として家を継ぐはめになったのである。三七歳で逝った父のことは、のちに暖かい目で魯迅によって回想されているが、祖父のことは一切語られていない。その辺りに、贈賄事件によるトラウマの大きさとともに、封建的な家を継がざるをえなかった家父長として、魯迅が祖父に厳しい視線を向けているような気がする。それは確かに、魯迅の青春時代を大きく暗転させていったのであった。

故郷紹興の人々の、かつては誼みを結んでいた親戚や友人たちからは、手を返したように白い眼が向けられた。窒息しそうな秩序と経済力による差別が、彼を取り巻いていたのである。「封建的礼教」ということばを、生活の実感として受けとめ始めたのは、このころからであろう。その意味で魯迅の思想は、実生活の感覚と深く結びついていた。思想が観念として受容されたのではなかったから、取り替えが利くように、転向や変化はしないが、逆にナイーブに彼の心を呪縛することとなった。これは注目に値すべきことだろう。

魯迅は、官費給付で経済的負担がかからないため、そのころ清朝政府が近代化のために創設した西洋式の学校に入ることにする。故郷を離れ、学校のある南京に逃げるように旅立った。一六歳のときである。最初は海軍の水師学堂で、続いて翌年陸軍付設の鉱務鉄路学堂に転校して学んだ。このとき慣例に従ったとはいえ、もともとの名、樟寿《しょうじゅ》を改め樹人《じゅじん》にしている。慣例の改名というのは、当時洋式学校に行くのが、洋人の道で身を立てることで、知識人として科挙という中華正式の出世の道から逸脱したことを意味した。端的に言えば、落ちこぼれをカモフラージュしたのである。

にもかかわらず、魯迅はこの間に、科挙の第一段階の県試を受けてもいる。母をはじめ、家族の勧告はあったのだろうが、少年魯迅の、見返したいというプライドと揺れ動く気持ちも垣間見える。科挙に対しては、魯迅はその後執念深く、その弊害を小説や評論に書き続けるが、これらは実はこの時期のアンビヴァレントな感情の産物だったとも言えなくもない。だが南京の、特に鉱務鉄路学堂での時間は無駄ではなかった。授業の合間に読んだ厳復《げんぷく》や林杼《りんじょ》などの翻訳を通して、進化論をはじめとする西欧の学問に触れ、強く啓発されたからであった。西洋思想文学への窓が、ここから開かれたのだ。

優秀な成績で鉄路学堂を卒業した彼は、一九〇二年にやはり官費で日本に留学し、まずは嘉納治五郎が主宰していた東京弘文学院で日本語を学んだ。二〇歳のときである。当時日本は、清朝政府を批判する康有為、梁啓超ら改良派と、清朝打倒を掲げる孫文らの革命派、両者の亡命拠点でもあった。そのなかで若き魯迅もまた、革命派の思潮に傾倒していく。翌年には弁髪を切った。弁髪は満州族の習俗であり、漢民族が征服されたシンボルでもあった。それを切ることは、太平天国の乱のとき、反乱側が弁髪をやめたため「長髪族」と呼ばれたように、謀反を意味する。魯迅が、郷里浙江省の革命団体、光復会に入ったことは事実であろう。ただここに興味深いエピソードが残されている。魯迅に師事した増田渉の回想である。

当時の革命団体は、ロシアのナロードニキ同様、清朝政府官僚に対する暗殺テロを企図していた。

魯迅はその暗殺者の一人として、候補に挙がったらしい。命じられた彼は、むろん生命を投ずる覚悟はできているが、残された母親の面倒は見てくれるのか、と申し出たという。命じた幹部は、家族に気持ちが残っているようでは、成功しまいと判断して、彼を候補からはずした、というのだ［増田 三四頁］。この辺にすでに、社会変革と家庭や個人との矛盾を抱えた魯迅の姿が彷彿としてくる。だから彼は、革命派ではあったが、激情型の過激派ではなかった。同郷の女性革命家秋瑾《しゅうきん》が、日本政府が革命派締め出しのため出した「清国留学生取締規則」に抗議して即時帰国を主張したとき、これに魯迅は反対したという。ふたりは顔見知りであったが、このとき秋瑾は日本刀を取り出して、「この一刀をくらわせてやる」と残留派の魯迅や許寿裳を罵ったとか。魯迅の青年時代には、革命やナショナリズムに対する熱望とともに、割り切れなさや戸惑いを伴って、何かに引き裂かれている感がつきまとうのだ。

今村与志雄は、魯迅に「人間嫌い」の一面があると指摘している［今村 二四頁］。魯迅は、弘文学院を卒業すると、仙台医専に入学した。一九〇四年、二三歳のときである。医学専攻は、日本の明治維新が医学の改革から始まったことや、漢方医に対する不信感などが原因であったようだ。ここで有名なエッセイ『藤野先生』に描かれる、恩師藤野厳九郎に出会っている。だが仙台に行ったのは、（実際にはもう一名中国人留学生がいたにしても）わざわざ中国人がいなさそうな土地を選んだ、という理由であった。そんなところに、群れを嫌う孤独の影が潜んでいる。だが実際の魯迅は、寂しがりやで愚直でナイーブな性格だったようにも思われるのだ。親密な友情を求め、不誠実を憎んだために、結局みんなと同じように付きあうことができなくなってしまう。「人間嫌い」はその結果ではなかったろうか。この性格は、いつも何かに引き裂かれてあったこととともに、終生変わらなかったような気がする。

仙台に行く前から、思想文学には関心があったが、翌々年の〇六年に医学を捨て、医専を退学、東京にもどって文学に転向した。きっかけは別として、いくら健康でも精神が頑強でなければ、ろくな国民にはなれない、精神の変革には当時文学が一番だった、という彼自身の述懐に、嘘はないと思われる。精神の変革こそ、祖国を救う大きな道であるとともに、彼自身の屈辱の青春を挽回し、そこから脱出する捷径を意味しただろう。

この転換の年に、彼の人生にとって重要なできごとが起こった。母が病篤だから至急帰国せよ、という連絡を受けて急ぎ帰ると、七年前に母が決めていた婚約者との結婚が待ち受けていたのである。魯迅にとって、母の存在は大きかった。母はこの時代の女性としては珍しく、文字を読み、纏足《てんそく》が非人間的だという主張に共感して、自ら解いた進歩的な人だった。だが名門復活の志は、父を失ったとき以来、人一倍固く心に刻まれていたのだろう。そして、その母の気持ちを一番理解していたのが魯迅であった。だから、結婚は男女の自由な愛情によって結ばれるものだと信じていても、母の願いは断り切れなかったのだろう。ここに魯迅にとって苦痛ともいうべき家庭生活が、始まることとなった。再び社会変革の信念と家庭の事情とが葛藤を起こしている。そしてこれら家庭の事情とは、科挙や宗族秩序など、伝統中国の封建的体質と深く結び合っていたのだ。もっとも旧式結婚だからと言って、すべてのカップルが不幸になるわけではなかった。それなりに落ち着いた夫婦関係を築いたケースもたくさんある。たとえば、魯迅と同時代でメジャーな知識人では、胡適《こてき》がその一人であろう。彼の日記では「人生でこれほど適切な選択はなかった」と述べていて、事実ふたりの夫婦関係は、大筋で穏やかなものだったようだ。むろん婚姻が安定するかどうかは相手の女性の資質も関係あったのでないか、という疑問が残るだろう。確かに魯迅の妻朱安は、文字も読めず纏足もしたままで、利発とは言えない古典的な女性だったらしい。それに加えてとても美人とは言えないので遠ざけられた、という考え方もできる。なるほど、のち北京女子師範学校の教え子たちとの付き合いと顔ぶれからして、どうやら魯迅が「面食い」だったのは、事実かもしれない。

だが胡適の妻、江冬秀も文字は不自由で、彼は、「知的なパートナー」の役割は期待していないと、別人への書簡に書いている。容貌も見る限りでは取り立てるほどではなかろう。朱安については、最近の研究ではむしろ逆に、女性としてのけなげさや甲斐甲斐しさを証拠立てる資料も出てきている［北岡 a 三一―三二頁］。彼女なりに、妻としての思いやりや希望があったのだろう。こうしてみると筆者は、やはり魯迅の妻に対する態度には、強い彼の自意識が読みとれるように思えるのだ。気の毒な話だが、朱安の性格や内実はあまり重大ではなかったのではないか。つまり魯迅は、自分とともに「犠牲」になった彼女を見るたび、思想的立場を裏切り、堕落した自分を思い知らされたのではないか。魯迅は、形式はともかく、こののち実質的な夫婦関係は拒絶し通した。そこはあくまで頑固であった。ここでも、魯迅の思想に対する愚直さが窺えるのだが、反対側から言えば、強い悔悟と背徳の念を読み取ってもいい。魯迅にとっては、思想とはさほどまで、現実的なものであり、現実で確認されねばならなかったのである。逆に言えば、日々の現実こそが思想性を証すという思考法のなかにいたのだ。彼にとってこれも、晩年まで変わらなかったと筆者は思う。竹内好はつぎのように述べている。「いかなる理由があろうとも、この結婚が彼の過失であることは否定できない」。「それが彼の内部で罪として成長していることは事実である」〔竹内 二五頁〕と。

いずれにしても、この結婚は少年期の苦痛につぐ、大きなトラウマであった。二〇年代に許広平《きょこうへい》という新しい恋人が出現して、のちに魯迅の人生に巨大な転換を迫ることになるが、そうなってみると、妻朱安との関係をどう清算するかが、大いに魯迅の心を痛めることになる。そのとき初めて、朱安が具体的存在になったと言ったら、朱安にとって余りに苛酷であろうか。彼は式を挙げてそこそこに、弟周作人を伴って、日本に戻っている。日本にいる限りは、結婚の実態から目を背けることはできたからだ。けれども、一旦中国に帰国して、周家の家父長として存在すれば、この矛盾は大きくなっていった。このことは第1章の『狂人日記』論で、もう少し触れる。

一方日本に戻ってから、魯迅の文学活動は、逆に活発になっていった。『摩羅詩力の説（悪魔派詩人論）』『文化偏至論』など、群衆の圧力にくじけず、自らの信念を貫き通す英雄（ニーチェ風に言えば「超人」）を讃える評論が書かれている。こうした英雄こそ、若き魯迅が憧れ、目指した人物形象であった。強い意志の力を持ち、衆愚を排する英雄像というのもまた、魯迅に終生かかわる思想的モチーフとして、拙論の重要な課題になるであろう。もっともこのころの評論は、抵抗の真実の声が湧き上がらない、英雄の生まれない中国の実情を痛切に訴えたものでもあった。〝寂寞《せきばく》〟という魯迅のキーワードが『摩羅詩力の説』冒頭に出てくる。ニーチェ風の進化論的人間観が生まれたのも、このときであったと思われる。現段階の人間は、未来の人類を生み出す礎にすぎないという人間観だ。その意味で、竹内好や伊藤虎丸のいう「文学的自覚」は、結婚という蹉跌を通して、この時期にすでに形成されつつあったのではないか。これが拙論の仮説である。

さて東京の文学活動は、評論や『域外小説集』などの翻訳によって、いくつかの成果を挙げることはできた。拙稿では、近代中国の「内面」の起源がこうした作物から窺えるとし、その痕跡が出世作に刻まれていると考える。これも『狂人日記』論のテーマの一つである。だが結局、弟周作人とともに進めた文学活動も、ほとんど影響力をもてなかった。魯迅は一九〇九年に帰国し、故郷で化学や生物の教師として糧を得ることにする。このころ、さすがの清朝政府も、重い腰を上げて近代化を進めようとしていた。少年魯迅にとって、愛憎絡まった感情を抱いただろう科挙は、すでに〇五年に廃止されている。新しい学問の時代が来ていたのである。魯迅が曲がりなりにも就職できたのは、近代科学を教授する人材が不足していたからであった。そして一九一一年に辛亥革命が起こり、とうとう清朝政府が崩壊、アジアで最初の共和国「中華民国」が誕生する。

一瞬であったが、前途に光明が射したと、魯迅は後にそんな風に語っている。民族の解放、封建制の打倒、精神の改革……。魯迅の希望が実現する可能性も、なかったわけではない。彼自身このとき、紹興で学生を組織し、革命を支持して革命軍を迎え入れるという末端の努力をしていた。だが、中央では北洋軍閥の袁世凱《えんせいがい》が実権を握り、革命の果実は次第に、利に聡い者たちに奪われ、実質は革命前と何も変わらなかった。「最初の革命は満州族打倒なので、簡単でしたが、つぎの改革は国民に自分の悪い性格を治させるもので、それでやろうとしなかったのです」［魯迅『全集』一一巻三一頁］。革命後、魯迅は師範学校の校長に任じられていたが、反動の流れの中で、その職も辞任した。ただ、教育総長の蔡元培《さいげんばい》が同郷の先輩であって、彼の招きで教育部職員となり、中央政府とともに、南京さらに北京に移動することとなった。だが反動の波のなかで、改革を目指す公務員は、傍目で見られるほど安穏ではなかったし、むしろ危険なことであったらしい。

袁世凱の独裁そして帝政への企図、張勲《ちょうくん》の清朝復興工作など、共和国の理念そのものを揺るがすような事件が、つぎつぎと起きている。袁世凱を討伐しようとする第二革命の動きが起こると、当局はそれに応じようとする者に対する弾圧を断行した。新島淳良は、魯迅が「いつどこで、自分の〈強者〉の論理の敗北を、それが思想的敗北であることを感じたのか、むろん明確にはわからないが、袁世凱の独裁時代ではなかったかと思われる」［新島 二六九頁］と書いている。魯迅は、早くも一二年に袁世凱の御用政党である共和党に入党させられていた。政党自体はすぐに消滅してしまったが、圧力が減じたわけではない。帝政運動の際は、北京の文官は一律に監視を受け、当局は帝政に反対する者に目を光らせていた、と弟の周作人は語っている。魯迅が「出所進退」に恬淡としえなかったのには、家庭の事情があった。それこそ周家の収入の柱だったからである。それでも、張勲の清朝復興のときは、さすがに辞表を提出している。もっとも、復興工作はすぐに失敗して、魯迅も直ちに復職しているが。

魯迅が自らを、戦闘者ではない、啓蒙者たりえない、と感じていたのは事実であろう。それは、既述のような、封建的な家庭の事情に加えて、官界で糧を得て生きる者の宿命を、したたかに知らされたからである。だから一九一七年に、陳独秀や胡適が文学革命を唱えたとき、魯迅がこれに加勢しつつ、懸念をもったのは、勇ましい啓蒙者たちの危うさではなかったか、と推測するのである。それが屈辱の青春時代を送ったがゆえに、魯迅がとりえたユニークな立ち位置だと言えるだろうか。『孔乙《コンイー》己《チー》』論はそうした観点から書かれている。

最後に付け加えると、第Ⅰ部では『吶喊《とつかん》』の三篇を分析したが、『阿Q正伝』だけは、魯迅という作家の来歴や創作意図とは無縁に書かれている。これは精神勝利法を、新たに位置づけ直したかったからで、その意味で他のテクスト分析とは、性格が異なっている点はご了承願いたい。「論」とせず「随想」としたゆえんでもある。さて前置きはこれくらいにし、作品をひもときテクスト分析の幕を上げることとしよう。

参考文献

飯倉照平『人類の知的遺産　魯迅』講談社、一九八〇年（とくに典拠を示していない伝記的事項はおおくこの書物に拠っている。以下の記述においても同じ）

今村与志雄『魯迅の生涯と時代』レグルス文庫、第三文明社、一九九〇年

北岡正子ａ「時空中の魯迅――二つの故居を訪ねて」『中国文芸研究会報』二五〇号、中国文芸研究会、二〇〇二年

ｂ『魯迅　救亡の夢のゆくえ――悪魔派詩人論から「狂人日記」まで』関西大学出版部、二〇〇六年

竹内好「魯迅入門」『竹内好全集』第二巻、筑摩書房、一九八二年

新島淳良『魯迅を読む』晶文社、一九七九年

増田渉『魯迅の印象』角川新書、一九七〇年

第Ⅰ部　『吶喊』から

『吶喊』初版表紙
（北京新潮社，1923 年）

I

出発《たびだち》の傷跡

──『狂人日記』の謎

1　テクスト解釈の謎

『狂人日記』は、取りつきやすいテクストでは決してない。前提となる知識をもたず、いきなり現代の読者が読んだとき、定説とされるメッセージ性の内容を即座に読み解けるかどうか、かなり疑わしい。テクストは、まずこんな前書きから始まるのだ。

「余」は、友人が大病だというので帰郷のついでに見舞いに行くと、病気というのは友人の弟で、すでに病は癒え、ある土地で任官を待っているという。その弟が病中に残した日記が二冊あり、当時の病状がわかると言って「余」が日記を受け取る。それによれば、弟はあきらかに被害妄想で、日記の記述は荒唐無稽だが、医学研究に供する意味もあろうと述べ、日記公表の主旨を語っているのであった。

テクスト全体からすると、前書きの語り手「余」は実は、うさん臭い怪しさを漂わせている。だがそのようなことを知るよしもない読者は、前書きの記述に従って、日記本文の語り手「私」が狂人であるという先入見に取り込まれてしまう。それで『狂人日記』を字義通りに、狂人の日記として読んでしまうことにもなりかねないのである。後に述べるように一般的には、狂人は封建的な礼教の非人道性に気づいたのであって、むしろ「健常者」や「本当の人間」になろうとした者とされる。封建社会の常識の側から見れば反対に、病的な者、狂人ということになるわけなのだ。もっともご本家の中国でも、一九六〇年代には、「戦士発狂」説があったのだから、本当の狂人という解釈も、必ずしも完全な誤読と言いきれないかも知れない。「戦士発狂」説とは、反封建の戦士である主人公が、封建的な社会的環境の抑圧によって発狂に至るという見解である。八〇年代に至ってもこの傾向は残っていて、たとえば「我々はこの反封建戦士の狂人が受けた惨めな境遇に、心から憤りを覚えざるをえない」という記述がある。いや現代中国の研究者のなかにも、日記の語り手は「まさしく「前書き」に言うとおり「被害妄想」に罹っていた」と断定しているものすらあるのだ［林 八頁］。

この背景を探ると、テクストを象徴主義的に捉えるとともに、リアリズムとして捉えるという偏見が払拭されていない事情があろう。狭義のリアリズムの立場からすれば、狂人は狂人でなければならない。逆に言うと、魯迅の小説はリアリズムなのだという強い観念に束縛されている。実は厳密に言うと、魯迅の作品は、一見リアリズム的に思えても、微妙にリアリズムから逸脱しているものが多いのである。確かにテクスト自体に、狂気じみたリアリティがないわけではない。そうでなければ、『狂人日記』というテクストの物語的統一性が、成立しなくなってしまうからである。だが狂気は全体の寓話性のなかに巧妙に仕組まれているのであって、テクストの寓意の統括下にあると言えよう。だから「狂人」は狂人なのではない、と言っておくべきなのである。一方リアリズムを主張する人々も、『狂人日記』に象徴主義を認めざるをえないのは、テクストのなかで「人を食う」〈吃人〉ということばがキーワードとなって、これを現実のカニバリズムではなく、封建的礼教のメタファーとして解釈することが定説だからであろう。

さて日記本文は、長さの不揃いな一三節の短文から構成されている。その語り手「私」は、あるとき突然、頭脳が明晰になったように思うが、と同時に自分に襲いかかるような、それでいて怯えるような周囲の視線に取り囲まれていることに気づく。「私」は数日前、近くの村の小作人が来て、「悪者」が殺され、何人かがその内臓を食べた話を兄にするのを耳にしていた。その時の兄たちの目つきが、周囲の視線と同じであることを思い出すのだ。物事は研究せねばならない。歴史書をひもといてみると、年代がなく、くねくねと「仁義道徳」という文字が書かれてある。その隙間に、「人を食う」ということばが充ち満ちていることを見いだすのである。そしてこう自覚するのだ。「私も人だ。やつらは私を食べたいと思っていたのだ」と。ここまでが第三節である。

「私」はここで初めて、自分を取り巻く社会環境を認識し始める。カニバリズムを伝統的儒教、礼教のメタファーであると解釈した場合、「戦士発狂」説はどうも順序の辻褄があわないのではないか。「私」は「発狂」したのちに、「発狂」によってこそ、まず礼教的社会の本質を見出し対象化していくのであろうから。むろん当初「私」の認識は、被害者的、受動的なものだった。しかし外界からの刺激と内省との往復運動によって、認識は次第に深まっていく。「私自身が人に食べられても、それでもやはり人間を食べる人の弟なのだ」。兄弟という血縁的紐帯によって、単なる対社会的認識から、「私」は実際行動へと駆り立てられていくのだ。「私は人を食う人を詛《のろ》うのに、まず彼〈兄〉からにしよう。人を食う人をやめさせるのも、彼から始めよう」(第七節)。こうして「私」は初めて、封建社会を変革しようとする「戦士」、少なくとも啓蒙者の位置に立つ。狂人が、反封建の戦士という「狂人」として完成するのである。

物語をなぞっておくと、第九節で「私」の理想が短く語られる。他人を食べたいが、他人に食べられるのではないかとびくびくし、疑心暗鬼になってお互いを窺っている。「こんな心持ちをやめて、のびのび仕事をし、道を歩き、飯を食い、眠ったら、どんなに気持ちのよいことだろう。これは一つの敷居、一つの関を越えるだけだ」。続いて兄を最初の対象とする啓蒙の試みがなされる。ここは重要な部分だが、後に詳述しよう。啓蒙の試みは失敗し、「私」は内的省察を迫られる。妹は五歳で死んだが、これも兄のせいなのだ、妹は兄に食べられたのだ。「考えられなくなった」。「兄さんが料理のなかに〔妹の肉を〕混ぜ込んで、密かに私たちに食べさせたやもしれない。私は無意識のうちに、妹の肉をいく片か食べたやもしれない。いま私自身の番となって……。四千年のカニバリズムの経歴をもった私。初めはわからなかったが、いまはっきりした。本当の人間に顔向けできないことを！」。ここまでが第一二節で、このあと著名な短い結末の第一三節が続く。「人を食べたことのない子どもはまだいるだろうか。／子どもを救って……」。

日記は、「狂人」が「人に食べられる」被害者から、変革の主体となって、「人を食う」社会を改革しようとするが、自らもまた「人を食う」人間である加害者であることに気づくところで終わっている。解釈としてはさらに考えなければならない問題を孕んでいるのだが、「狂人」と「人を食う」を焦点として、寓意的物語が、テクスト全体を覆っていることは否めない。そこでこの寓意性を読み損なった読者とともに、再び問い直してみよう。これらはメタファーとして、どういう射程をもっているのか。

カニバリズムについては、確かに「本当に人肉を食べようとするのは、たとえ残酷非道な封建社会であっても、結局はあまり起こらないことだ」〔林　一〇頁〕と言えるかも知れない。しかし「人を食う」という表象が、カニバリズムの現実そのものを指示している気配もないわけではないのだ。魯迅は『狂人日記』発表直後、友人にあてた手紙につぎのように書いている。「のちにたまたま『通鑑《つがん》』を読んで、中国人がまだ食人の民族であることを知り、この作品ができました。このような発見は、関連が極めて広いのだが、理解する者がまだほとんどいないのです」〔『全集』一一巻三五三頁〕。してみるとカニバリズムは、仮託された表象というより、魯迅にとって中国封建社会のシンボルとでもいうべきものだったろう。また藤井省三は、小説執筆の同時期に、各種のメディアで人肉を食べる事件が報道されたことを紹介している。

「食人に関して言えば、五月一日の狂った母親が子供を食べてしまった事件を別として、他の三件はすべて孝行息子が親のため、賢婦が姑のため、良妻が夫のためにわが肉を切り落として食べさせており、それが「孝」や「賢」という儒教的価値観から賞賛されている点は注目に値しよう」〔藤井　六二頁〕。

テクストにも、母親の病気を治すために息子が自分の腿の肉を割いて食べさせるのが孝行だという、儒教ではお馴染みの話が、兄のことばとして引用されている。テクストにおけるカニバリズムは、ある種のリアリティを伴って、中国の現実を象徴することばとして活きていたと言えるのではなかろうか。ここでメタファーは、従来の意味と重なり合って、想像力をかきたてる働きをしているのだ。

　さてそれでは「狂人」はどうであろう。テクスト内部の解釈としては、狂人であることは、社会を変革しようとする「戦士」または啓蒙者であることであり、これに対応して、「私」以外の兄を含めた村人たち健常者は、封建社会を構成し、それに加担さえしているメンバーということになる。狂気はスパイスとして利いているが、解釈は転倒される。「狂人」こそ正常な人間たろうとしたのであって、その他の者の方が、むしろ狂気の側にいるのだ。既述の通り基本的な理解はそうだろう。だが、まだ不可解な問題は残る。社会を変革しようとする「正常な」人間とは、何者なのか。彼の誕生の起源はどこにあり、どこから来て、最終的にはどこへ消えていったのか。そこで少し回り道をしながら、日記の語り手「狂人」としての「私」の物語を再検討したいと思うものである。これに深く関連して、テクストの解釈をめぐるポレミーク的ないくつかの問題を扱っておきたい。そう言ってよければ〝謎〟というべきものをここで挙げておくことにしよう。その謎解きは、しばし後となることはご了承願いたい。

　実はほとんど言及されないことだが、まず第一に、第八節がなぜ挾まれているかという問題を指摘しておこう。全部で一三節の日記の構成は、プロットの接続にやや飛躍があるという嫌いはあっても余分はなく、簡潔で無駄がない。ここは第七節で、狂人が兄を詛い、だからこそ兄から改悛させようと決意をするプロットの直後だ。語り手「私」の夢の話で、二〇歳前後の男が登場し、「私」は彼に「人を食べてもよいのか」と問いかける。飢饉でもなければありえないと言う男に、「私」は噂話にも書物にも語られているではないかと問いつめる。「昔からそうなんだ」という男に「昔からそうならばいいのか」と追及する。男はそんなことを言うべきではないし、言うのは間違いだと反論する、というシークエンスである。この夢の「対話」は後段にも類似した描写があるので、過剰な繰り返しではないのか。続く第九節は、語り手の理想を語って、展開上意味をもつのだが、第八節を省いて、兄を説得、啓蒙する試みになる第一〇節のプロットに接続したとしても、流れとしては何も違和感はない。むしろ「決意」は中断され、改革の試みは遅延するのである。物語構成上なぜこのエピソードが挿入されたのだろう。

そして第二に、翻訳として最も重要な問題が残されている。(注1) ラストの「私」のことば、「救救孩子……」の解釈である。このことばは、『狂人日記』が名著として愛読されるようになってから、青少年の育成と養護を訴えるスローガンとして人口に膾炙するようになった。そのためもあろう。伝統的に「子どもを救え」という命令形として訳出されている。(注2) この第一三節は、前との関係では、確かに「唐突」な感じもするが［木山　一四一頁］、ここの翻訳は、テクスト全体の解釈に関わって重要な鍵を握る問題である。テクストとして命令形でよいだろうか。拙稿では「子どもを救って……」としたが、こだわらなければならない問題がそこに存在している。さらに、つぎの問題に繋《つな》がってもいくからだ。

第三は、物語発話時間としては倒置されているが、右の日記語り手最後のことばが語られたのち、後日談をどう捉えるかという問題である。前書きは、「狂人」は病が癒え、一人前の官吏として「社会復帰」したことを伝えている。この前書きは古文体で書かれてもいた。これをどのように解釈すべきなのか。これら三つの謎のなかに、実は『狂人日記』の秘密が隠されているように思われるのである。テクストは、単に寓意的に「狂人」とカニバリズムを隠喩として取り込んだだけに留まらない。『狂人日記』がリアリズムの枠に決して収まりきらないゆえんがここにあると言えるのである。

2　作品と作家とテクスト内部

作品として考察したときも、『狂人日記』には不思議な難解さが刻みこまれている。魯迅の出世作であり、彼の名を中国の青年や進歩的知識人の間に轟かせた。そればかりか文学史においては、中国近代文学の黎明を告げる嚆矢の作品として記述されていよう。たとえば、こんな風に。文学革命の「口語文の主張は、〔……〕その実質的内容は〔一九〕一八年五月、魯迅の「狂人日記」の発表によって与えられた。それは文体の清新さ、内容の深刻さによって、まさに中国近代文学の出発点となった」〔丸山・伊藤・新村　二三七頁〕と。発表された当時、中国の青年たちの熱狂ぶりを紹介すると、つぎのようなことばに表れている。

「狂人日記が初めて新青年に発表された時、本来文学とは如何なるものであるかと知らなかった私は、読了するや異常なる興奮を覚え得て、友人のところへ行けば、ただちに彼らに喋った――中国の文学は一つの新しい時代を画せんとしているぞ、君は狂人日記を読んだかと」〔竹内ａ　一二七頁〕。

こうして『狂人日記』は、作家魯迅の出発を意味すると同時に、中国近代文学の出発とも重なった位置を与えられている。それだけでも、読み解くために費やさなければならないことばは多い。「出発点」には、出発のみずみずしさと困難さが伴っているはずであろう。さらにここには、いくつか重層的な謎があり、背景に隠された鉱脈が感じられるのだ。作品が中国近代文学の黎明を告げているのみならず、テクスト内部自身が、その誕生の秘密と関わり、近代文学であろうとした瞬間の様相を解き明かしているように思えるからである。そのうえ竹内好は彼の戦前の名著『魯迅』（竹内魯迅と称される）で、一般的文学史の評価を否定するかのようにこう述べている。

「「狂人日記」が近代文学の道を開いたのは、それによって口語が自由になったのでも、作品世界が可能になったのでもなく、まして封建思想の破摧に意味があるのでもない。この稚拙な作品によって、ある根柢的な態度が据えられたことに価値があるのだと私は考える。そして、そのこと故に、「狂人日記」の作者は小説家として発展せず、むしろ小説を疎外することによって自作の贖いをしなければならなかったのだと考える」［竹内b 八三頁］。

竹内魯迅のレトリックがすでにここにあるのだが、それはここでは置いておこう。つまりテクストは、作家としての出発だけではなく、人生におけるもう一つの出発、竹内のいう「根柢的な態度」、別のことばでは「文学的自覚」とも深く関わっている、ということになる。作品には、中国近代文学という文脈と魯迅個人の来歴という別のレベルが存在し、両者がともにテクスト内部そのものと関係性をもっている疑いがあることになろうか。それどころか、ふたつのレベル同士にも相互に関係性がありそうなのである。やや抽象的にいえば、そして逆説的だが、メタテクスト的なものの痕跡がテクスト内部にトレースされているのだ。こんなことはありうるのかという疑問は残るが、筆者としては、読み解いた地点を記述して、読者に判断を委ねるほかはない。

要するに、竹内の評釈にもかかわらず、『狂人日記』が、中国近代文学の誕生を歴史に刻み込んだ意味とは、まずは右に引いた口語文の「文体」であった。つぎに「文学とは如何なるものであるか」を示した点であり、そして礼教批判という「内容の深刻さ」である。そのうえで、竹内の述べる作者魯迅の「根柢的な態度」の背景も気になるところだろう。そして作品では、というよりテクストでは、これらが相互に関連し、絡み合った織物をなしていそうなのだ。

絡み合った一端を垣間見るために、竹内好が一九三六年に書いたもう一つの、最初の魯迅論を紹介してみよう。彼は一見新しい〝画期的〟と言えそうなこのテクストに対し、こんな「批評」を加えている。

「狂人日記は、封建的桎梏に対する呪詛であるが、その反抗心理は、本能的、衝動的の憎悪に止り、個人主義的な自由な環境への渇求を明らかにしていない」。「彼の作品につきまとう東洋風の陰翳は、〔……〕気質的に、近代意識の反対者たる百姓根性を多分に脱けきれぬものがある」〔竹内a 一二八頁〕。

つづけて竹内は、日本近代文学を引き合いに出し、「譬えてみれば、「狂人日記」は「浮雲」に、〔郁達夫の〕「沈淪」は「蒲団」に当るかも知れないが、この譬喩は、二葉亭と魯迅との比較の一点で、多くの外形的類似にも拘らず、魯迅が理想家ではないという致命傷を負っている」と述べた。「魯迅の方は、〔……〕観念的思索の訓練を欠いた十八世紀的遺臭を伴っている。一歩先んじたかもしれないが、超ゆべく要請された十歩を、時代から超え得なかった」(注3)。こういう否定的評価は、竹内『魯迅』の読者にとっては意外かもしれない。むろん竹内は、そのうえで「魯迅の宿命的矛盾」を言い、

「否定的情熱」をも語っているので、そこから反転させていくと、おそらく七年後に書かれた『魯迅』にたどり着くと言えるかもしれない。魯迅が「新しさ」によってではなく、「古さ」によって古さを超えようとあがいたというのが、そのモチーフの一つだからだ。その限りでこの批評に、竹内『魯迅』の原形がまったくないというわけではないのである。

また確かに具体的なほかの作品論に即して見たとき、竹内の文学的批評眼は近代主義的にすぎる、と筆者はひそかに思うのだ。だがそう留保しても、竹内の最初の評価を捨て去るには、あるこだわりが残る。むしろ竹内が近代主義的に、「近代文学」という強い観念で読んだからこそ、『狂人日記』が「個人主義的な自由な環境への渇求」や「近代意識」とはかけ離れた、「十八世紀的遺臭」と映じたという事実は、どうしても消えないのではないか。竹内という読者が「近代文学」にからめ捕られた内側にいるとすれば、『狂人日記』はその外側の要素を含んで、むしろ外側から内側への越境に引き裂かれてあった。しかもそれを二葉亭四迷に比較し、過渡期的作品とだけ考えるのでは、それが一つの立場であるにしても、問題の射程が深くはならないのではなかろうか。

『狂人日記』を読み返すとき、このテクストを読み解くことの困難さを感じる。先に述べた新しさと、竹内の指摘する古さの混在。黎明の光と闇の薄明の世界。テクストは、文学面からも、思想面からも、社会面からも、一つの世界から、もう一つの世界への転換を預言、創出しようとしつつ、その軌跡それ自身をなぞっている。そして預言者の不幸な、あるいは不透明な行く末までも描き出しているかに見える。だからその困難さは、テクスト成立の困難さにも関わっていよう。それは作者の個人的体験と思想的位相とも関わっていよう。新島淳良は、このテクストを論じて「まことに、処女作にはその作家のすべてがある」〔新島　五八頁〕と書いていた。『狂人日記』は厳密にいえば処女作ではないのだが、まことこのテクストには作者ばかりではなく、中国近代文学成立の決定的な何かが、すべて刻まれているような気がするのだ。

3　「不完全な内面」

前書きの語り手「余」は、日記本文の語り手「私」とは異なるので、この二重の語りを筆者は物語構成上の「入れ子型」構造と呼ぶことにする。なぜなら、日記の語り手「私」がテクストの日記部分を叙述しているが、その物語の外側で、「余」が日記を入手し読者となり、その発表の経緯を語っているからだ。「入れ子型」構造は、魯迅のこの後の小説にしばしば現れ、複数の語り手の間に、対立ないしは対話関係を切り結ぶが、それは別に詳述するつもりである。日記本文が現代中国語に近い書記体で書かれているのに対し、この「前書き」は、きちんとした古典文章語で書かれており、これも後に様々な話題として取り上げられることになろう。

まずは、日記冒頭を読んでおきたい。

「今晩は、いい月明かりだ。

私は月を見なくて、もう三〇年あまりである。今日見ると、心がきわめてすっきりした。それでこれまでの三〇年あまりが、まったく曖昧模糊としていたことがわかる。だが決して油断はならない。そうでなければ、あの趙家の犬はなにゆえ私をちらちら見るのか。

私の恐れには根拠があるのだ」。

この第一節全体に、テクストの「新しさ」はすでに表白されていよう。それは「口語文体」で書き出されている。しかしこうした文体は、別に魯迅が初めて試みたというわけではない。ジャーナリズム的な文体としては、数年前から陳独秀たちが編集していた啓蒙的新聞『安徽俗話報《あんきぞくわほう》』などに、すでに口語的書記体が試みられていたし、このような例はほかにも数多いと思われる。実際、魯迅の文体はテクストによって幅はあるけれども、近代中国の標準的書記言語とは、だいぶかけ離れている。中国現代共通語の側から言えば、書記体の規範となる作家は、たとえば三〇年代から活躍した巴金《ばきん》であって、魯迅なのではない。魯迅の文体は、半分古典文体、半分口語文体〔半文半白〕とよく言われるように、まさしく過渡期の痕跡を留めていると言えるのだ。実は中国には伝統的に「白話（口語体）小説」というジャンルがあり、これはもともと「説書」と呼ばれる語り物、講談のような演芸から読み物に変化したものである。竹内好にならって、便宜的に日本文学に比喩を求めれば、西鶴や近松などの江戸戯作文学の文体を想像してもらえればよい。

文学革命の立役者の一人、胡適は『文学改良芻議《すうぎ》』を書いて、言文一致つまり口語文体を主張したわけだが、のちに『白話文学史』を著し、近代口語文章体の歴史的起源をこの白話小説に求めている。確かに白話小説の文体に、参照されるべき資源がまったくなかったというわけではないだろう。だが、口語的な書記体を形成するにあたって、本気で白話小説を基礎にしようとした書き手は、文学革命から五四運動の時期にあまり存在しなかったのではないか。というのも、白話小説の文体は抽象度が低く、論理的、心理的な思考を表現するには、語彙も不充分で無理があったからである。ある程度、新しい書記体が確立したのちに、いわゆる新文学の側からも白話小説的なスタイルの吸収が試みられた。また前代の白話小説を継承した鴛鴦蝴蝶《えんおうこちょう》派という作家たちも、市場的な観点から新文学的な文体を採り入れた。最近しばしば指摘される雅俗という枠組みでいうと〔阪口、尾崎〕、こうした部分的接合が始まったのは、一九三〇年代を待たねばならなかったろう。そもそも胡適の場合には、一九一〇年に、かなり早い時期からアメリカに留学したという特殊な条件があり、彼の文体の形成には、おそらく英語が媒介役として深く関わっていたことは否めない。胡適は英語で文章や手紙を書いていたのである。だが魯迅の場合は胡適ともまったく違った、と思われるのだ。そのことはすぐ触れるとして、最初の話題に戻ろう。

そこで、当時の若者たちが『狂人日記』に「異常な興奮」を抱き、文学の「新しい時代」を感じ取ったのは、単に口語文体の小説だったからだけではない。また当然、テクストが封建的礼教の現実を暴いているという思想的内容も、いくぶん与っていたことではあっただろう。だがそうした礼教批判は、文学革命の主導的雑誌『新青年』に、呉虞《ごぐ》などが文言ではあったが、すでに健筆を揮っていたことであった。たとえば『家族制度は専制主義の根拠である』〔『新青年』二巻六号〕などで、これが載った『新青年』は『狂人日記』の掲載誌でもある。つまり、口語も反礼教も、それだけでは『狂人日記』に対する「興奮」をかき立てるには、いまひとつ説得力に乏しいのだ。新島淳良は、このテクストに「内容と形式の、二重の価値の逆転」〔新島a 二二三頁〕を見出すが、実は内容と形式との双方に関わり、その橋渡しをするような、もう一つの要素があるはずであった。

それは「文学」というエクリチュールである。つまり『狂人日記』は、中国語で最初に、文学なるもの、厳密には近代文学が「如何なるものであるか」を如実に伝えたのだ。その熱狂がいかに感染しやすく、根強いものであるかは、ロラン・バルトがかつて『零度のエクリチュール』で述べたことである。本文は日記特有の一人称の独白体で、引用した第一節では外在的風景はわずかに「月」しかないけれども、柄谷行人に従えば、そこに風景を見つめる遠近法的焦点〔柄谷 二六―三〇頁〕として結ばれた「内面」が、鮮やかに認められることは、容易に理解されるだろう。つまり吉本隆明のことばで言い換えれば、「自己表出の表出」がここにくっきりと見出されるのだ。既述「文学」なるものが、「内面」や「自己表出の表出」とに深く関わっていることはいうまでもない。しかもこれは、柄谷が言うように、近代文学や内面の内側に浸った者からすると当たり前にすぎて、視線からはかえって隠蔽されてしまう事実である〔柄谷 四三頁〕。だからこそ、若き近代主義者竹内には、テクストの斬新さと不可思議さの一面は見えてこなかったのだ。

『狂人日記』の不思議さと読み難さは、この「内面」の発見ないしは形成を、――あるいは中国近代文学の起源と言ってもよいのだが――テクスト自身にトレースするごとく描いているように見えるところである。そしてその点にこそ、このテクストの過渡期性、竹内のいう「遺臭」たるゆえんもあるのではないか。むろんここには、伊藤虎丸が言うように、「主人公が発狂にまで追いつめられてゆく過程といったものは全く取り上げられて」いない〔伊藤 二〇五頁〕。だがその「狂人」としての「主体化」の過程は微妙にではあるが、テクストに刻み込まれているのだ。そのことは本章第1節で、啓蒙者としての「狂人」の完成という形で、おおまかすでに述べた通りでもある。「発狂」が「月」を見ることを機縁としたのは、lunatic が意識されたのかもしれない。伊藤はこれをある超越的なものに出会うことによる「所与としての現実からの認識主体の隔離」と述べている〔同右〕。しかし明晰な意識で、「私」が最初に感じ取ったのは、趙家の犬の眼であり、村人たちの「恐れるような、襲おうとするような」目つきである。続いて、近村の食人の噂話が伝えられ、「私」は「やつらは人を食べるのだから、私を食べないとも限らない」と考え始める。そして、第三節の終末で、カニバリズムを儒教伝統と結びつける対社会認識をもつとともに、「やつらは、私を食べたいと思っていたのだ」という結論を導く。

注意すべき事は、対社会認識とともに、それと同時に生じる「狂人」の主体形成は、あきらかに被害者意識によっていることである。近代的内面としての「主体」は、被傷性によって生じる、少し穏やかに言えば、外的刺激に対する反応として、「記号論的倒置」〔柄谷〕によって生まれるのだ。だからいわゆる被害妄想は、この形成のプロセスにおいては、必然ではなかったか。それがなければ、近代文学のエクリチュールを語る「内面」は、存在しえなかった。筆者はいま、「私」に関する二つのプロセスを重ねて語っている。一つは近代中国における「内面」発見のプロセス、二つは礼教批判の戦士、または啓蒙者形成のプロセス。この「私」の物語の二重性に、中国近代文学成立における、そう言ってよければ、悲哀がすでに胚胎していよう。前者のプロセスは、柄谷風に言えば、「内面」が成立してしまえば、その起源は隠蔽されるはずなのだ。日本においては、明治二〇年代に近代制度がほぼ整備されていた。その「外的刺激」に対抗・反応するものとして、近代的個人の「内面」は「発見」され、それはもとからあったかのように、起源を忘却させると柄谷はいう。逆に言えば、「内面」の成立と起源は、制度によって隠蔽され、保障されてもいるのだ。だが中国は、そうではなかったこと、言うまでもない。またこういう問いかけもありえよう。メッセージとしての礼教批判を「狂人」という寓意によらず、「健常者」の物語として語りうる可能性はなかっただろうか。覚醒して「健常」となった正当な啓蒙者が、孤立し、敗北するにしても、奮闘する物語。そうならずに「狂人」という「歪められた」形象によって描かれねばならない理由は、何なのか。筆者としては、竹内が「百姓根性」による呪詛と評した意味がそこにあったような気もする。だがしかし、それでもやはり、物語主人公は「狂人」でなければならなかったのだ。

当時の中国には、「内面」に対応する近代的制度は存在していなかった。後に述べるように、近代制度はその萌芽は見せてはいたが、「内面」形成の起源を忘却させるには程遠いあり様であった。「内面」は制度と対応して成立する、というテーゼは、少しく訂正されてもよいだろう。日本に留学滞在していた魯迅にとっては、中国とは異なる社会環境に生きていたのであり、「内面」は文学を通して、そのなかで感染され、影響を与えたのではないか。魯迅が、医学を捨てて文学を選び取ったことも、様々な釈明の自己言及はあっても、実はそこに理由の一端があったのではないか。おそらく当時の文学は、近代的個人の「内面」を典型的に代表していたのである。だがいうまでもなく、これは魯迅を含めた個別的な現象であった。「内面」は日本の社会のようには、そのままでは存在しえない。だとすれば、早すぎて形成された「内面」は、自らを担保、保障すべき近代制度を、自ら創出する以外、方法はなかったであろう。封建制度を改革する反礼教の課題を、早熟な「内面」「主体」は担わなければならない。ここに過重な自己意識が生まれる。というより、自己意識を持続させるためにも、その過重な負荷を自らに課さなくてはならなくなるのだ。(注4) そうであればこそ「内面」は、つねに成立の起源を思い出さねばならず、それは民衆に超越する啓蒙者、戦士としての帰属意識を強くもたざるをえなかった。『狂人日記』が、「内面」の発見をトレースし、とともに啓蒙者の成立を同時並行的に描くように見えるのは、そのためとは言えないだろうか。

もし近代主義的に、日本文学の「内面」を充足的なものと捉えるのならば、中国文学の「内面」は、外在的制度が不足しているがために、内面の意味は過剰であった。いわば、あくまで「不完全な内面」であった。近代文学の内側から見る限り、それは前時代的な、不健全なものに見える。しかし中国近代文学にとっては、「健常者」が封建社会に立ち向かうという「個人主義的な自由な環境への渇求」〔竹内〕なぞありえなかった。この意味で『狂人日記』において、「狂人」という寓意は、様々な意味に根拠を求めることはできるとしても、啓蒙者は、戦士は、「狂人」にならざるをえない、むしろ「狂人」であるべきであったのである。してみるとなるほど、それを「百姓根性」と評した初期の竹内好は、限りなく近代主義者であったのだ。

4　翻訳と新しい書記言語

ところで柄谷に従えば、口語的な書記体が、「内面」の形成を促したのではなかった。むしろ、「内面」が新しい書記体を必要としたのだ。ここに「言文一致」の課題が提示されている。口語的共通語の創出は、国民国家形成という政治的・社会的プロセスにとっては必然であったろう。だがある種の「内面」にとって、一時的にせよ、それが口語的書記体でなければならない、という必然性はなかったのではないか。筆者がこう述べるのは、『狂人日記』第一〇節で、「私」が兄を改悛させようと説得を試みる重要な場面について、新島淳良の記述に示唆を受けたからである。この説得の初めのことばが、ニーチェ『ツァラトゥストラはこう言った』（以下『ツァラトゥストラ』と略す）を下敷きにしていることは、よく知られたことでもある。少し煩瑣になるが、まず『狂人日記』において「私」の説得のことばを引用しよう。

「私には少し話があるのですが、なかなかことばにできません。兄さん、たぶん初め、野蛮な人はちょっとは人を食べたことがあったでしょうね。それから心変わりをして、人を食べるのを止め、ずっと向上しようとし、人間に、本当の人間に変わりました。でもまだ食べる者もいます――虫と同じようなもので、魚鳥猿に変わって、それから人に変わった者もいますよね。でも向上しようとせず、いまでも虫のままの者もいるのです。人を食べるこの人間は人を食べようとしない人間に比べて、なんて恥知らずなんでしょう。虫が猿より恥ずかしいのより、もっともっと恥ずかしいことです」。

『ツァラトゥストラ』の関連部分は、「序説」のつぎの箇所である〔氷上訳　一四―一五頁〕。ツァラトゥストラはある町の人々に、「超人」の存在を教えようと言って、こう語りかける。

「これまでの存在はすべて、自分自身を乗り超える何者かを創造してきた。あなたがたはこの大きな上げ潮にさからう引き潮になろうとするのか、人間を克服するよりもむしろ動物にひきかえそうとするのか。／人間から見れば、猿は何だろう？　哄笑の種か、あるいは恥辱の痛みを覚えさせるものだ。超人から見たとき、人間はまさにそうしたものになるはずなのだ。哄笑の種か、あるいは恥辱の痛みに。／あなたがたは虫から人間への道をたどってきた。そしてあなたがたのなかの多くのものはまだ虫だ。かつてあなたがたは猿であった。だが、いまもなお人間は、いかなる猿よりも以上に猿である」。

新島によれば『狂人日記』には、冒頭の「狂人」覚醒のシーンを含めて、このほかにも『ツァラトゥストラ』を前提としている箇所がいくつも散見されるので、『ツァラトゥストラ』のもつ意味はさらに大きいことになる。新島は、魯迅は『ツァラトゥストラ』に対して、「強い傾倒・共感」を抱いていたと指摘する〔新島　八〇頁〕。とりわけ説得における最初の論理は、テクストにとって山場、「クライマックス」〔同右　六九頁〕に当たる場面であり、それが『ツァラトゥストラ』という他のテクストの強い影響下にあること、つまり濃厚なテクスト間性のもとにあることは見逃せない事実であろう。新島は、『狂人日記』が誕生してから一五年後に、作者自身が小説を書き始めたことについて、こんなことを語っていることを紹介する。

「帰国してから、学校の運営に携わり、小説を読んでいるひまはもうなくなって、五、六年がたった。どうして再開したのか——これについては、かつて『吶喊』序文に書いたので述べるまでもない。ただ私が小説をやったのは、自分にその才能があると思ったからではないのだ。そのころ、北京の会館〔紹興会館〕に住んでいたので、論文をやるにも、参考書がなく、翻訳をやろうにも、もと本がないので、仕方なくちょっと小説のようなものを書いて責任を果たしたまでである。これが『狂人日記』であった。だいたい依拠したのは、今まで読んだ百篇ほどの外国の作品といくらかの医学的知識であり、これ以外の用意は、まったくなかった」〔「我怎麼做起小説来」『全集』四巻五一二頁〕。

そして新島は、そこからつぎのように述べる。「これは「狂人日記」が、魯迅において、翻訳のかわりであったこと〔……〕を告げている。ここにはニーチェの名はないが、「狂人日記」がニーチェの「翻訳のかわり」であることを否定していない」〔新島 八四頁〕と。

魯迅にとって、翻訳が創作より決して劣るものではなかったことは、彼の業績からしても、よく認められることである。翻訳は、創作や散文、学術的著述を合わせた魯迅の業績総量を優に超えていた。だから新島の指摘は、『狂人日記』の重要な場面が『ツァラトゥストラ』から借りている事実によっても、ある種の比喩として肯定できよう。誤解を恐れずに言い換えれば、『狂人日記』の一部は、ある種の模倣、翻案という意味で『ツァラトゥストラ』のパロディとも言えるのだ。だがもっと重要な問題がここにはある。ニーチェの翻訳というパロディが可能になるには、それを可能にさせる書記体としてのことばが必要なはずであった。「内面」という中国近代文学の起源を、それ自身のなかにトレースしたテクストの言語は、どのようにして「パロディ」を可能にしたのだろうか。

ここでも、新島が貴重な材料を提供してくれている。魯迅は、日本留学滞在時代にすでに、『ツァラトゥストラ』に「傾倒」し、そのドイツ語版を「つねに机上に置」いていて〔周作人「魯迅について」〕、その翻訳を試みているというのだ。「魯迅はツァラトゥストラ序説を二度訳している。一度目は文語訳で、日本留学中の後期（一九〇六―〇九年）であろう。二度目は口語訳で、一九二〇年六月、『新潮』二巻五号に唐俟のペンネームでのせた」〔新島 四三頁〕。留学中の翻訳は、北京図書館所蔵のものから引用しているが、文語訳であることに注意したい。新島の引用を孫引きしておく。「察羅堵斯徳行年三十。乃去故里与故里之湖。而入於重山。以楽其精神与其虚寂。歴十年不勧。終則其心化」。『ツァラトゥストラ』序説冒頭の箇所で、現代日本語訳ではつぎのようになる。「ツァラトゥストラは、三十歳になったとき、そのふるさとを去り、ふるさとの湖を捨てて、山奥に入った。そこでみずからの知恵を愛し、孤独を楽しんで、十年ののちも倦むことを知らなかった。しかしついにかれの心の変わるときが来た」［氷上訳］。一九二〇年に発表された二度目の現代語訳は省略するが、その文体は「すでに「狂人日記」を書いた後ということもあるが、「狂人日記」の文体に非常によく似ている」と新島が指摘するとおりである。

実はここに「言文一致」と新しい書記体の起源が隠されているのではないだろうか。中国近代文学における、というのが言い過ぎであるのなら、魯迅という重要な作家の一例においてである。魯迅は医学を止めて、文学に従事するようになってから、様々な文学作品の翻訳を試みていた。のちに日本の小説も翻訳するようにはなるのだが、当初（二弟周作人を含めた）彼らの関心を引いたのは、ロシア、東欧の作家、たとえばガルシンやアンドレーエフの作品であった。これらは『域外小説集』という形で、あまり影響を残すことがなかったようだが、一九〇九年に世に出されている。欧米先進地域の小説が少なかった、ということも注意に値するのだが、これら心理描写に特徴をもった小説を、彼らは、現代中国語ではなく、古典中国語で翻訳したのである。それも特徴的なのは、白話小説体ではなかったことはもとより、当時主流であった桐城派古文や梁啓超の新民体とも異なっていたことである。ここに引いた『ツァラトゥストラ』序説冒頭が、ずっと一般的な古文体に見えるほど、極めて難渋な古文体を駆使していた。伊藤虎丸はこれに関連して、自著にこんな補注を付している。

「魯迅が、その師章炳麟ばりの古文を使っていることについては、〔……〕上に述べたような西方の精神原理の異質性を、いかにして自国の〝ことば〟に受けとめようとする彼ら兄弟の気負いと誠実さと共に、もう一つ、その際、魯迅の心をとらえた西方の「詩人」「天才」たちの「心声」「神思」（『域外小説集』序言）を受けとめるには、当時流行の梁啓超の新民体も厳復の〝新〟桐城派風の古文も、明清俗語小説の口語体もいずれもあきたらぬものであったという事情を読みとることができよう」〔伊藤　一〇八頁〕。

ここに魯迅という中国の代表的作家における「内面」の発見と、新しい書記体との「ねじれた」関係を窺うことができるような気がする。ガルシンやアンドレーエフを翻訳する書記体は、当時まだなかったといってよい。既成の文体はいずれも、それこそ日常の中国的世界に引きずられて、その心理的世界の「新しさ」を表現しきれなかった。そうであるがゆえに、伊藤の言うように、難渋な古文体が選ばれたのではないか。「内面」が必要としたのは、従来とは異なる「異化」を意識させる書記体であった。『域外小説集』の文体は、そのことを鮮やかに証しているように思う。

だとすると、中国の（と全体を概括しえるかどうか、心許ないのだが）「言文一致」は、一つ余分な迂回をしていることになる。ニーチェや東欧ロシアなど海外の思想文学のことばを、一旦は極めて古代的な書記体に翻訳し、それをさらに、ジャーナリズムなどで次第に錬成されつつあった現代中国語に翻訳し直した、という二段階のプロセスである。『ツァラトゥストラ』の二回の翻訳がそれを象徴的に表明しているではないか。（注5）

偶然かもしれぬが、『狂人日記』の一部が『ツァラトゥストラ』の翻訳、パロディであるとしたら、このテクストはそうした、近代中国における書記言語形成過程の秘密を内蔵していることになるだろう。少なくとも、ここの兄に対する説得の場面は、その痕跡の残像を垣間見せていることになるのではないだろうか。

5　傷跡としての「文学的自覚」

伊藤虎丸は、『狂人日記』を作者の半生を描いた「自伝的告白小説」として読み解いている〔伊藤二二四頁〕。伊藤は、魯迅が日本滞在時代に書いた『文化偏至論』『摩羅詩力の説』などの評論を分析することによって、その時期に青年魯迅において、狂人のような「独り醒めた意識」が形成されていたとする。これは一度目の覚醒、伊藤あるいは竹内のことばでは「回心」であったことになる。このとき、魯迅は「自らを「精神界の戦士」になぞらえるほどの「客気」すら持ったと言えなくもない。これあたかも「お前たち、改心するのだ」と呼びかける作中の「狂人」のように」〔同右 二二五頁〕。これを伊藤は「自己客体化を経ない主情的な「覚醒」」、疎外感や被害者意識を伴った「指導者意識」と呼ぶ。第10章との関連で、筆者のことばで言えば「超越的主観性」と言ってもよい。そこで『狂人日記』第一二節の末尾、「初めはわからなかったが、いまはっきりした。本当の人間に顔向けできないことを！」という箇所は、伊藤によって、つぎのように解釈される。

「魯迅は、ここで自らも加害者であったことを知ったと同時に、独り醒めた「精神界の戦士」たる「客気」からも、従ってまた「被害者意識」からも解放され、やっと「英雄」でも「被害者」

でもない普通の人間になれたのである。つまり、自覚を得たのである。「狂人」は社会に復帰出来たのだ」〔同右　一二六頁〕。

これを二度目の覚醒、「罪の自覚」であったと解釈しているのだ。竹内の言う「文学的自覚」が、このような過程を通して生まれ、『狂人日記』にその痕跡が描かれている、というわけである。『狂人日記』を「自伝的」に解釈しうるかどうかについて検討する余地はあるが、伊藤の解釈にも一理はあろう。そこでこの場合、伊藤のいう二つめの自覚は、自伝的にはどのようにして生じたのだろうか。そのことは、竹内はもとより、伊藤も言及していない。ここで再び、若き魯迅が愛読していた『ツァラトゥストラ』を参照しよう。新島も引用しているつぎの箇所は、前期魯迅を語るうえで、見逃せない重要な意味を持っているはずなのである。

「人間は、動物と超人とのあいだに張りわたされた一本の綱なのだ、——深淵のうえにかかる綱なのだ。／渡るのも危険であり、途中にあるのも危険であり、ふりかえるのも危険であり、身震いして足をとめるのも危険である。／人間における偉大なところ、それはかれが橋であって、自己目的ではないということだ。人間において愛されるべきところ、それは、かれが移りゆきであり、没落であるということである。／わたしが愛するのは、没落する者として以外に生きるすべを知らない者たちである。かれらは、かなたへ移りゆく者たちであるからだ。／わたしが愛するのは大いなる軽蔑者たちである。なぜならかれらは大いなる尊敬者でもあり、かなたの岸へのあこがれの矢であるからだ。／わたしが愛するのは、おのれの没落し、犠牲となる理由を、星空のかなたに求めることをしないで、いつか大地が超人のものとなるように大地に身を捧げる人たちである。〔……〕／わたしが愛するのは、未来の人々を正当化し、過去の人々を救済する者だ。なぜならかれは現在の人々によって破滅しようとしているからである。〔……〕／わたしが愛するのは、その魂が傷つくことにおいて深く、小さな体験でも破滅することのできる者だ。こうしてかれはすすんで橋をわたっていく」〔氷上訳 一九―二一頁〕。

やや長い引用だが、この箇所を新島は、魯迅の「進化論」に対する認識の問題として、取り上げていた。確かにそれは進化論にかかわるだろう。新島だけでなく、伊藤もまた、『狂人日記』をめぐって若き魯迅の進化論について言及している。『狂人日記』を読み解く鍵としては、ここでニーチェの「超人」概念が、「本当の人間」〔真的人〕として受け入れられていることに注目すべきであろう。だが新島はニーチェと魯迅を検討し、「退化」を想定しているという意味で、両者に共通する「反進化論的思考」を見出している〔新島b 七四頁〕。

だがこれはどうであろうか。「退化論」は「反進化論」では決してない。むしろ、人間から超人への「乗り超え」「移りゆき」いわば「進化」が、テクストのこの場面では、野蛮な人から本当の人間への「向上」、自己改革として語られているのではないか。退化は現状の社会に対する警鐘として提示されているにすぎない。もっともここで新島は、魯迅は「個人の「努力」、意志の勝利によって、集団〈中国人〉と〈種〉〈人類〉の、再生をねがった」と述べていて〔同右 七七頁〕、個人の「向上」に重点を置いていたわけではあった。だが社会全体の「進化」を問題としている以上、反進化論とは言えないのではないか。

また伊藤虎丸も、五四時期の魯迅の評論を引きながら、そこに「ニーチェ風の進化論的倫理観」

〔伊藤　二一四頁〕があるのを指摘している。むろん魯迅の進化論の受容については、当時の中国知識人一般とはかなり異なっている点は注意しなくてはならない。魯迅は弱肉強食、自然淘汰の世界的状況を、強者となることで克服しようとしたのではなく、倫理の進化によって、強者と弱者の差違をなくすことによって克服しようとした。これも比較的知られたことである。だが「進化」の磁場そのものは、ニーチェに対しても、魯迅に対しても、強く働いていることは認めざるをえない。進化論を否定することとは、たとえば循環論や「停滞論」（この表現自体が進化論的だが）に与することである。極端に言えば、よくなろうとすること、「向上」「進歩」の内面化すら否定することだからである。

しかしながら、先の『ツァラトゥストラ』の引用は、この進化論的磁場に根底的な陰翳をもたらしてはいまいか。木山英雄は、「狂人」の最初の覚醒を「独り醒めた意識」とともに「任意の点における意識にすぎない」ことを暗示して、「自分のみている表象の真意にまだ気付いていない狂人の改革の努力とその失敗のいきさつとして、あらわれることになった」と記している〔木山　一四〇頁〕。「狂人」は「表象の真意」は理解していなかっただろう。だが物語は最終的に本当に「狂人」を「任意の点における意識」として描いているのだろうか。そこには、一般的な意識とは明らかに異なる思想的意識が、介在しているような気がするのだ。『狂人日記』は、ここでも『ツァラトゥストラ』をパクってはいまいか。そのパロディになっているのではないか。

五四時期の魯迅の思想的立場を表すものとして、よく引かれるものに、「私たちはいまいかにして父親になるか」がある。このエッセイを読むと、前期魯迅に対する『ツァラトゥストラ』そしてニーチェの影響が、どんなに大きいものであったかがわかるだろう。

「結局のところ、目覚めた父母は、まったく義務を果たすもの、利他的、犠牲的でなければならず、これはなかなかできないし、中国ではとりわけ難しいのです。中国の目覚めた人が、順番に年長の者が年少の者を解放するためには、古い帳簿を清算しつつ、新しい道を開拓しなければなりません。つまり冒頭述べたように、「自分は因襲の重荷を担って、暗闇の水門の扉を肩で支え、彼らを広く明るい場所に押し出してやる。それからは幸せに日々を暮らし、理にかなって人間となる」。これが一番極めて大切なことで、極めて困難で厄介なことでもあるのです」〔『全集』一巻一四〇頁〕。

ここでは、魯迅の世代にとっては、自らが本当の人間となり、解放を勝ち取ることが不可能であると語られているといってよい。解放は次世代のもの、次世代が本当の人間となるために、我々は「利他的、犠牲的」であらねばならない、それは義務ですらあるのだ。この思考が、人間は自己目的ではなく、自らは没落するが、超人への橋わたし役となるという『ツァラトゥストラ』の思考に類似していることは、言うまでもないことであろう。過渡期的存在、それも未来の若者のために犠牲となり、没落する存在として、自らを規定することが、前期魯迅の思想的位置であった。それは「進化論」の磁場にありつつ独特の様相を呈する。『狂人日記』は、そのことを鮮やかに表現していると思われるのだが、その詳細は次節までお待ち願おう。

ここで気になるのは、魯迅という人格が、なぜこのような、それこそある面からすれば「自虐」的とも言える自己規定に至ったのか。なぜこのような『ツァラトゥストラ』的な実存に投企したのか、ということである。伊藤虎丸によれば、青年魯迅は、ヨーロッパ悪魔派（摩羅）詩人にかぶれて、自らを「腕を掲げれば、応える者雲のごとし」（『吶喊』「自序」）という英雄だと思いこんでいたという。だがそこに、超人＝本当の人間への憧れとともに、深い陰翳はなかったと言えるのだろうか。筆者は、伊藤が仮説を立てた二つの「回心」を、実はほとんど同じ時期に生まれた一回性の事態だという仮説を考えたい。文学への転身は、「内面」の発見（それは同時に、啓蒙者、戦士の成立をも含みうることはすでに述べた）、そして伊藤の言う「罪の自覚」、自らが解放の指導者でありえず、没落する橋渡し役だという自覚、とほとんど同時期に生じたという仮定である。いや、没落する過渡期的存在という自覚こそ、真に「内面」を発見せしめたのではないか。それが、不足によって過剰な「不完全な内面」であるとしても。

筆者がそう考えるのは、一九〇六年ころとは、中国にとっても、魯迅にとっても、一つの区切りを感じさせるからである。さすがに清朝政府も、このころ近代化の施策を採り始めていた。象徴的なことは〇五年に科挙が廃止され、近代的学校制度が導入されてきたことであろう。軍備だけでなく、政治的経済的な近代化が急がれつつあった。同様に魯迅のいた日本も、日露戦争直後であり、これこそさらなる近代化の重要な画期の時期でもあったのである。魯迅個人としては、〇三年から〇六年にかけて、『中国地質略論』『月界旅行』など自然科学系の評論や翻訳を公表しているが、これらは単に自然科学のジャンルというだけでなく、近代主義的かつナショナリズムに基づいた論説であった。その意味で、当時の在日留学生における知的雰囲気の枠から大きくはずれるものではなかった。在日時期魯迅の評論が、個性的な面を見せ始めるのは、〇七年以降『河南』という雑誌が創刊された後である。ここにも『人間の歴史』『科学史教篇』など自然科学系のものが書かれ、その科学信仰の根強さを窺わせるが、『摩羅詩力の説』『文化偏至論』『破悪声論』など、反抗の声をあげる個としての詩人や英雄に対する賛美も、現れている。だがそれは、単なる賛美、または中国における反抗詩人の到来の希求を述べたものにすぎないのではないのである。中国において反抗の声がないこと、その砂漠のような状態に対する、ある種の悲痛な叫びと悲哀とがそこから読みとれるからだ。飯倉照平が言うように「魯迅がこの後もくりかえし用いる「寂寞」の語が、中国の現状を語るものとして、すでに〔『摩羅詩力の説』〕冒頭に現れている。〔……〕「寂寞」をうち破る「精神界の戦士」の出現を望むが、いまはただ沈思するほかはない、と最後を結んでいる」〔飯倉 九四頁〕のであった。

魯迅はこのころ『ツァラトゥストラ』を座右に置き、翻訳を試みていた。とすれば、こうした初期文学評論における、魯迅の悲観や陰翳は、『ツァラトゥストラ』の「人間」観と結びついていたのではないか。『ツァラトゥストラ』に影響を受けたことは事実かもしれないが、それよりも影響を受ける読者魯迅の側に、それを可能にする契機がなくてはならない。超人に、つまり『狂人日記』における「本当の人間」に至ることのできぬという自覚はどこから来たのか。これについては、やはり竹内好の慧眼を認めなくてはならないだろう。竹内は、戦後書いた『魯迅入門』のなかでこう語っていた。「彼はなぜ拒否しなかったか。不幸がみえている結婚に、なぜ飛びこんだのか。わざわざ苦しみをもとめるようなものではないか。〔……〕たとい、自分を殺すことで人ひとりを救いえても、それは結婚の虚偽であることを打ち消すことにはならない。虚偽は彼のもっとも憎むものだ。いかなる理由があろうとも、この結婚が、彼の過失であることは否定しようがない。〔……〕それが彼の内部で次第に罪として成長していることは、ほぼ確実である」〔竹内c 二二四―二二五頁〕。

魯迅の朱安との結婚は、〇六年の夏、彼が日本滞在中に一時帰国して執り行われた。婚約については、それ以前に決まっていたことは言うまでもない。仙台を去ったのは、同じ年の三月であったが、文学への転身との細かい前後関係はいま問わない。だがこの結婚が、魯迅にとって屈辱的な意味をもったことは推測できる。

『狂人日記』が書かれた翌年の一九年、魯迅はエッセイ『随感録四十』〔『全集』一巻三二一―三二三頁〕に、ある若者から寄せられた手紙の一部として、「愛情」と題する詩を紹介していた。

「ぼくはあわれな中国人だ。愛情！　なんてぼくは知らない。〔……〕ぼくを「愛」したことのある人はいないし、ぼくもだれかを「愛」したことがない。

一九で、両親がぼくのために嫁さんをもらってくれた。いままで数年、ぼくたちふたりは、まあ仲睦まじい。でもこの結婚はまったく他人の言うがまま、他人の決めたこと。気まぐれに決められたことが、一生の約束になってしまう。まるで家畜が二匹、ご主人様の命令に従うよう。「ほれ、お前たち、なかよく一緒に暮らせ」。愛情！　なんてあわれにもぼくは知らない」。

そして語り手の魯迅もこう述べる。「愛情とはどんなものだろう。私も知らない」。新島は、この詩に描かれた内容は魯迅自身のことだと判断し、彼は自らの「愛のない性行為」について、「家畜」のようだという激しい嫌悪の感情をもっていたと解釈する。そして、「愛のない性行為」をキーワードにして、『狂人日記』を解読する方法すら提示している〔新島b　五二―五六頁〕。筆者としても、竹内や新島の言うように、この結婚が魯迅にとって致命的な意味をもっていたことを再確認したいのだ。自分が「精神界の戦士」などでは決してないことを、彼にしこたま思い知らせたのは、この事件であったはずである。だからこそこのころ、決定的な何かが、竹内のいう「文学的自覚」のようなものが、これをきっかけに生まれたのではないか、という推定も成り立つのである。竹内自身は、魯迅の「「寂寞」とか「悲哀」とか呼びうるようなもの、云い換えれば孤独の自覚」は、「政治との対決によって得た文学の自覚であると考える」〔竹内b 五五頁〕と述べているのだが、これは竹内『魯迅』の時代状況に関わることで、筆者は「政治との対決」という説は採らない。一九〇六年ころ、魯迅という文学青年に生じた、結婚をめぐる精神的葛藤に、その自覚のすべてを見たいと思う。ここには前近代から近代へ移行する過渡のすべてが凝縮されていた。「内面」は、「不完全な歪曲」を伴っていたが、形成されつつあった。不足を補うべく、過剰な啓蒙意識と英雄意識が、「内面」に付随していた。だが、にもかかわらず、その自覚はもう一つの屈辱的体験によって否定され、否定されることによって、より根底的で孤独な自覚を生みだしたのである。筆者は、魯迅の「文学的自覚」とはそうしたものであったと考える。そうであれば、この近代への、文学への出発は、どんなにか激しい傷跡を残したことだろう。いや逆にその傷跡こそ、根本的に文学への出発を促さないわけにはいかなかった、と言うべきなのかもしれない。

6 「狂人」の行く末

『狂人日記』を、そうした魯迅の「自伝的告白小説」として読むことは、完全にはできないとしても、部分的にある意味では可能である。傷を抱えた魯迅の文学的自覚を前提に考えれば、そして『ツァラトゥストラ』の人間観を考えれば、第一三節で、「子どもを救って……」ということばも、さほど唐突なのではない。自分は不可能であっても、次世代は、人間らしい生活、家畜ではない夫婦関係を送るようにできないものか、ということばとしても読める。また「狂人」が覚醒したのち、改革者たろうとするが、自らの加害者性に気がつくという設定も、理解可能であろう。加害者性は、自己が社会内部に存在する以上、テクストとしてはあくまで蓋然的にもみえるが、既述の解釈を取り入れて考えると、妹の肉を食べたに違いないという決定的な認識をきっかけに起こっているとも言えるのである。このような魯迅の経歴と物語との重複を確認しながら、しかしテクストに隠されたもう一つの異なるメッセージ性を読みとっておきたい。それは、魯迅の履歴を踏まえつつ、少しずつずらされているものなのだ。

さてここで、本章第1節で棚上げにした、テクストの〝謎〟を検討することにしよう。疑問としては、まず第八節に描かれた夢の対話のエピソードが挾み込まれた理由であった。ここで該当のテクストを引用する。二〇歳前後の「容貌はあまりはっきりせず、顔中に笑いを浮かべた」男とのやりとりである。

「やつは笑ったまま言った。「飢饉の年でなければ、人を食べるなんてありえないさ」。私にはすぐにわかった。やつも一味で、人を食べたいのだ。そこで勇気百倍、やつに詰め寄って問い質した。／「正しいか」。／「そんなことを聞いてどうする。君はまったく……冗談を言って。……今日は結構なお天気で」。／結構なお天気だ。月も輝いている。だが私は君に聞いているんだ。「正しいか」。／やつはそうとは思っていなかった。ごまかすように答えた「いや……」。／「正しくない？　やつらはそれでもどうして食べるのだ⁉」」〔傍点は筆者〕。

傍点部が「やつに」ではなく二人称になっているのは、語気の勢いという解釈もありうる。地の文と会話の文が、作者の思いが余って混乱することはありえよう。だが、地の文の「君」を地の文として、受け入れたらどうなるのだろうか。筆者は第八節全体を、やや繰り返しのような、脈絡として余剰なシークエンスだと先に述べた。だが「君」が語り手にとって、本当に「君」であったらどうだろう。男とは何者であろうか。

端的に、地の文における本当の「君」とは、読者以外にありえない。とすれば、ここの対話者の男とは、読者を仮想していることになるのではないか。そう仮定できるのなら、第八節は、兄への説得の試みを前にして、改めて読者、とくに若い読者に向けて、「人が人を食う」社会に対する態度を問うたことになる。読者である、君たちは、この社会の現実を認めるのかどうかと。テクストは、閉鎖された形で読者にメッセージを発しているのではなく、テクストとしては小さな綻びになるが、それを通して、外部への通路を確保しようとしていることになる。読者に直接訴えかけるという、テクストとしてはちょっとしたルール違反を犯して、強いメッセージ性を確保しようとした、とも言えるのだ。このことは、第三の問題を解くときに参考になる事柄でもある。

第二の問題は、「救救孩子……」の翻訳に関わることであった。これを命令形にするのはコンテクストからしておかしい、という疑義はすでに呈しておいた。ここは「狂人」が自らの加害性を自覚し、「本当の人間」に顔向けできないことを認識したのちの、最後のことばである。これを「絶望の確認」を経た「救いの叫び」と解釈する〔木山　一四二頁〕のも一理はあろう。木山英雄は「現在と未来との間が、断乎としてしかし同時に絶望の揚句の放棄で機械的に、分かたれている」〔同右〕と述べる。そこに未来とか希望とかへの「飛躍力」を見ようとし、作家としての迫られた出発を読み取ろうとする。だがこれは、テクストそれ自体に基づくというより、『吶喊』「自序」や『野草』のロジックから遡及した見方ではないだろうか。あるいは、「狂人」と魯迅との思想的位相をあまりに単純に結びつけたとは言えないだろうか。ここでは先に述べたように（仮定にしても）未来や希望に、まったくつながっていないわけではないが、叫びというよりは、断末魔のあがき、つぶやきのことばに近いと考える。『日記』はここで終了しているのであって、「狂人の意識」はこれ以降存在しないのだ。それは、ほとんどことばにならないことば。消えゆく意識のなかで、かすかに伝えられたことばであるはずなのだ。であるとすれば、竹内新訳「せめて子どもを……」〔竹内訳 一二八頁〕はこの文脈に適っているが、「子どもを救え……」という命令形の訳は、まことに不適切と言わざるをえない。

この問題は、実は第三の問題、つまり「狂人」の行く末がどうなったのか、という問いとも深く関わっている。伊藤虎丸は、被害者意識を内在させた指導者的意識が、加害の認識によって、悔い改められ、「普通の人間になれた」。「彼はここではじめて自分で自分自身を受け容れることが出来たのだとも言ってもよいし、はじめて自己を得た、主体性を獲得したのだと言ってもよい。魯迅の「醒めたリアリズム」の誕生である」〔伊藤 二二七頁〕と述べていた。いわば「狂人」は、普通の人間として変革に努める「主体」となったというわけだ。日記本文が現代口語に近い文体であったのと対照的に、前書きは完璧な古文体で書かれていることは述べた。この「入れ子型」と文体の差違自体が、魯迅が工夫したトリックのように思われる。日記本文が、「本当の人間」を目指した非日常的な過渡的世界を意味しているならば、前書きの世界は、日常的な礼教の世界にあるということができよう。新島が指摘しているように、前書きの「ただ墨色字体一ならざれば、一時に書するところにあらざるを知れり」という文章は「当時それだけが唯一の学問であった考証学の文体のパロディ」だという。ここを読みとれる読者は、この「余」なる語り手のうさん臭さを真っ先に感じ取っただろう。いずれにしても、日常性のなかに復帰し、治癒した「狂人」は、狂人ではなくなった。筆者はこれを「狂人」つまり「精神界の戦士」、反封建の啓蒙者の滅亡として解釈する。役人として任官を待っているという前書きの記述は、「狂人」の崩壊、転向を意味しているのだ。そう解釈することで、テクスト第八節にあったような、物語創作者の読者に対するメッセージ性は、別の面でより強まると考えられるからである。

筆者は、『狂人日記』のなかに、作者魯迅の自伝的要素の影響を重視してきた。これは前節まで、魯迅の精神的思想的遍歴を追ってきた理由でもある。だが、「狂人」と作者とを完全に結びつけて読みとることはしない。「狂人」の結末と行く末を補足したのは、当時の啓蒙者に対する魯迅のもう一つのメッセージなのではないか、という気がするからである。

雑誌『新青年』に集まったメンバーをはじめ、五四時期の知識人には、啓蒙者であることの自負が強かった。伊藤がいうように、そこでは、自分は目覚めた先覚者であるという「優越感」と後れた者とは違うという「差別意識」と、実は裏返しの、それらがない交ぜになった感覚を伴っていたといっても差し支えないであろう〔伊藤 二二七―二二八頁〕。魯迅からすれば、それは極めて危うい意識であった。目覚めた啓蒙者が、自らの加害性を認識せずに、社会に対して改革を叫ぶことは、その過程で大きな蹉跌を踏む可能性が高い。自らの傷跡を抱えていた魯迅にとっては、それはたやすく理解できることであったろう。作者は、それをテクストの「前書き」に描かれた結末という周辺部分で、何気なく触れたのであった。

『狂人日記』の抱えている射程は、こうしてみるととても奥深い。それは、中国近代文学の出発《たびだち》であったが、そこには近代文学を形成する「内面」の発見それ自体が、刻み込まれてもいた。だから、このテクストを中国近代文学の嚆矢とすることも、礼教批判の文学的表現とすることも、決して間違ってはいないのである。ただここには、魯迅という作家の、彼自身の文学的自覚それ自体もトレースされていた、と言ってもよい。それは深い傷跡であり、しかも過ぎ去った過去ではなく不断に現実であり続けている。そうであるがゆえに、その「自覚」をより絶望的なほど、根底的なものにしたのではないか。テクストにとって「反封建」「反礼教」というテーマが中心であることに異論はない。だが「自覚」によってもたらされた深刻な陰翳が、近代化に向けて啓蒙に努めようとしている仲間たちに対して、隠された警鐘として、物語の片隅にそっと差し置かれたのではないだろうか。

『狂人日記』は、確かに読み解くのがなかなか厄介な作品である。その原因を一言でいってしまえば、いろいろな意味で、あらゆる観点からして、前近代と近代の境目を越境しようとしてもがく姿が、テクストに引っかかれた傷跡のように残されているからなのだ。

（注1）　なお、その前に触れておくべきことに、丸尾常喜が何度か言及している問題があった。第一二節の一

句「難見真的人」の解釈である〔「「難見真的人！」再考」魯迅論集編集委員会編『魯迅研究の現在』汲古書院、一九九二年〕。これは中国では「ほんとうの人間はなかなかいない」というふうに理解されることが多い。しかし丸尾の考察に従えば、ここは恥辱の意識と考えるのが妥当で、語法的にも、本文の拙訳「ほんとうの人間に顔向けできない」とすべきところであろう。ただ拙稿の関心からすると、この解釈、翻訳の問題は、重要ではあっても、まだ二次的な問題に思われる。

（注2）丸山昇は該当箇所を「子どもを救え……」〔日本語版『魯迅全集』一巻、学習研究社〕と翻訳しており、阪口直樹は「魯迅が「狂人日記」に「子供を救え！」という結末（光明のシッポ）を付けた」〔阪口　五五頁〕と解釈しており、筆者としてはこれらに疑義がある。

（注3）戦後竹内は、再度、魯迅と二葉亭を比較して、「二葉亭の矛盾は、別の形で透谷にもあった。そして、日本の近代文学がそこから抽出したものは、やはりその一面である浪蔓的傾向――無制約な個人主義であった」〔竹内『全集』一巻二四六頁〕と述べていて、興味深いことに、ちょうど個人主義の位置が反転して描かれていることがわかる。

（注4）坂井洋史は「中国近代以降の知識人はいつでも、自分の外側にある虚構を権威化しては、それが内側の問題も一挙に解決してくれるものと考えがちだったのではないか」〔坂井　一二二頁〕と述べる。「内面」の不安定さをカモフラージュするため、外部の権威を虚構化して依拠したという事情は、中国知識人に対して重要な指摘だが、魯迅からすれば、それをすらできなかったと言えよう。

（注5）古代的な書記体が音声と書記体の合致を求めた「言文一致」に結びつくのか、という疑念を抱く向きもあろう。しかし共通語としての音声言語も新たに形成されたものであり、むしろ現代書記言語を基盤にしているのである。またありきたりの書記体でなければ、「内面」形成以前の世界と結びつくことはないので、「内面」から見える遠近法的世界を表現するのに障害はない、という仮定を示しておきたい。

参考文献

飯倉照平『人類の知的遺産　魯迅』講談社、一九八〇年
伊藤虎丸『魯迅と終末論――近代リアリズムの成立』龍渓書舎、一九七五年
尾崎文昭「近二十年の中国における現代文学史叙述の基本的枠組みの考え方について」『東洋文化』八四号、東京大学東洋文化研究所、二〇〇四年
柄谷行人『日本近代文学の起源』講談社、一九八〇年
木山英雄「『野草』的形成の論理ならびに方法について――魯迅の詩と〝哲学〟の時代」『東洋文化研究所紀要』第三十冊、東京大学東洋文化研究所、一九六三年
坂井洋史『懺悔と越境　中国現代文学史研究』汲古書院、二〇〇五年
阪口直樹「〝救国〟と〝通俗〟の相克――二〇世紀前半の小説」『中国現代文学の系譜――革命と通俗をめぐって』東方書店、二〇〇四年
竹内好ａ「魯迅論」『日本と中国のあいだ』文藝春秋、一九七三年
　ｂ『竹内好全集』一巻、筑摩書房、一九八〇年
　ｃ『竹内好全集』二巻、筑摩書房、一九八一年
竹内好訳『魯迅文集』一巻、筑摩書房、一九七六年
新島淳良ａ『中国の論理と日本の論理』現代評論社、一九七四年
　ｂ『魯迅を読む』晶文社、一九七九年
氷上英廣訳・ニーチェ『ツァラトゥストラはこう言った（上）』岩波文庫、一九六七年
藤井省三『魯迅事典』三省堂、二〇〇二年
丸山昇・伊藤虎丸・新村徹編『中国現代文学事典』東京堂出版、一九八五年
林非『中国現代文学史上的魯迅』陝西人民教育出版社、一九九六年

ロラン・バルト　渡辺淳・沢村昂一訳『零度のエクリチュール』みすず書房、一九七一年

2　パラドキシカルな啓蒙の戦略
――『孔乙己』論

1　リトマス試験紙として

魯迅の小説のなかには、その読み方によって、読者の人生観なり世界観をあぶり出してしまう、リトマス試験紙のような作品がある。二作目の小説『孔乙己《コンイーチー》』はたいへん短いテクストだが、その一つだろう。もっとも、作品の芸術的レベルについて言うと、研究者の間に異論があるわけではない。竹内好は、近代小説の技術的基準から測って、魯迅の小説に対してたいがい点が辛かった。というより、あり体に言うと、魯迅の小説のまずい点に、偉大な小説を書けなかったところに、魯迅の魯迅らしさとして「偉大さ」があった、というのが彼の議論なのだから、点が辛いのは当然である。これはしかし、竹内魯迅論の議論の都合ということではなくて、確かに竹内の近代的文学観からすると、魯迅の小説は稚拙に見えたに違いない。そんな竹内が、この作品については「短編小説としての構成の巧みさと、描写の綿密さは魯迅の作品のなかでも第一流であり、ほとんど無駄がない」［竹内　一二五頁］(注1)と述べているのである。短編小説としての完成度の高さは、他の論者もひとしく認めるところで、衆目が一致するようだが、しかし内容の解釈については、かなりの差異があるのだ。

「リトマス試験紙」であるだけでなく、この作品については、一般の読者の誤解も多い。最近の若い読者は、滑稽であること、ユーモアを供することに、ほとんど全面的な信仰を抱いているらしい。彼らにとっては、笑いをもたらす人物は、まことにもって好ましいのだ。そうなるとこの物語の悲劇性は大いに減じられてしまうし、孔乙己と周囲の人々との関係も肯定的なものに受けとめられがちだ。作品完成度の高さ、薄ぼんやりとした流動性のない世界での軽妙な筆遣いが、かえってこうした誤解を招くのだろう。そしてここでは、そうした作品の性格が、作者がかなり周到に用意した〝仕掛け〟の結果であることを、読み解いておきたいのである。この作品を、通常の写実的リアリズムと読むことはできない。魯迅の作品は、一見写実的と思われても、実は語りと読みの戦術によって細かく仕組まれていることが、よくあるのである。そのことをつかむかどうかが、最終的に読みの違いにも影響する鍵なのだ。

さて作品に入ろう。最初に魯鎮《ろちん》という村の、ある居酒屋の風情が紹介されている。通りに面して、曲がり尺型にかたどった大きなカウンターがあり、その内側には、湯が用意され、そこで燗がつけられる。先の竹内も指摘していることだが、魯迅は農村をバックにした作品に優れていた。人と人とが足を引っ張り合う、疎外された状況の中で、弱い者の悲劇を彼はたびたび描いたが、都市よりは農村を題材にした作品の方が、叙情的でリアリティに富んでいる。おそらくは、少年時代に家が没落して傷ついた経験と、生まれ故郷であった紹興の街やその周辺の村落に対する感傷が、愛憎を伴って作者の心の襞に刻みつけられていたのだろう。もっとも、魯迅は小説が特定の場や人物と結びつけられるのを、極端に警戒していたから、魯鎮はあくまで作者の想像の産物としてあり、その想像を助ける意味で、少年時代の記憶があるということである。居酒屋のカウンターの外側では労務者たちが、突っ立ったまま熱燗をあおり、ふところに余裕のある者は、つまみを一皿か二皿頼むこともある。こうした人々は、短い仕事着を着ていて、彼らを「短衣」連中という。彼らは肉体労働によって糧を得る人々で、たいていは貧しい。これに対して、長い上着を着た者たちは、経済的に豊かな知識階層で、「長衣」階層という。彼らは外では飲まず、大股で悠然と店の奥の部屋に上がり込み、座ってゆっくりと飲み食いするのであった。伝統中国には、「士大夫」とか「読書人」とかいう階層があって、詩や学問をする知識人であるとともに、田畑など家産を持った地主であり、科挙に合格して、地方や場合によっては中央の官僚となった。出世したものは引退すると、地域社会のボス的存在として、我が物顔に振る舞うことも多かったようだ。こうした脇役的な悪役も、描写にさほど精彩があるわけではないが、魯迅の小説には頻繁に登場する。

つまり「短衣」と「長衣」のこの両者は、服装によって、外見から明瞭に区別され、隔てられていたのである。はっきり分かれた二つの階層の構図が、物語の前提として、着衣と居酒屋において占める場の違いという形で提示されているのだ。魯迅は、二〇年代後半にマルクス主義の文献を渉猟したから、その後は「階級」という観念をもう少し緻密に考えたかも知れない。けれどもこのころの作者にとって、中国社会の基本的構図は、これで充分であったろう。仲間の災いを喜び、自分に降りかかってこなければよいという「短衣」連中、彼らからできる限り搾り取ろうとする「長衣」階層、「長衣」と「短衣」の二つのはっきりした区分と、その関係を破棄できない循環の構造。これが作者によって、取り出された中国の暗黒である。物語は、冒頭からそれを縮図的に明示しているのだ。

そのなかで、「これは二〇年余り前のことで」という補足的な叙述に注意したい。それは、この小説が一九一八年に書かれたから、場面が一九世紀おわり、清朝末期を指し示すという時代設定のことではない。(注2) つづく「私は一二才から、村の入り口にある咸亨酒店《シエンホン》で店員(丁稚)をやっていた」という語りと関わるからである。なお先に少し触れたが、背景となっているこの村の呼称、魯鎮も、居酒屋の咸亨酒店も、魯迅の小説ではたびたび登場するお馴染みの架空の固有名詞であった。すぐ後で書かれた『明日』の登場人物、単四嫂子《シャンスーサオズ》は、魯鎮は咸亨酒店の隣に住んでいるし、『から騒ぎ』〔風波〕も魯鎮の話で、皇帝復位のうわさが飛び交うのが、咸亨酒店であった。いわば作者お得意の、場面設定なのである。

2 語りの位相

少年であったこの「私」が、一人称の語り手として、この物語の狂言回し役を演ずることになる。そしてこの「私」の正体がなかなかに謎めいており、テクストにおいて重要な役割を果たすのだ。物語の冒頭では、居酒屋の構造を入り口から内部へと視点を移しつつ描き、先に述べた二つの階層の「棲み分け」を述べた後で、語り手が顔を出して登場する。先ほどの計算からすると、「私」の年齢は語りの時点で、三〇代半ばくらいの中年ということになるが、「いま」何者なのかは、物語の最後まで取り立てた記述がない。それは空白であり、不明であり続けている。

つづく語りの叙述は、咸亭酒店の主人が少年をどのように判断し、どう処置をしたか、少年にとって、この職場がどんなものであったかを、読者に伝えている。「私」は「傍目にもウスノロ」だから「長衣」の旦那方の接客は任せられない。「短衣」のお客相手には、とっくりの底にうまく水を混ぜ、酒を水増ししなければならない。だが「短衣」の連中は、樽から酒をとっくりに掬い、湯に浸けるまでを、鵜の目鷹の目でじっと見つめて、文句を言ってくるので、手際が悪い「私」には無理である。こんな「ウスノロ」は本来クビだが、紹介者のコネが強かったので、燗をつけるだけの単純な仕事に回される。「店の主人は無愛想だし、お客とはウマが合わないから、楽しくやっていけるわけがなかった」。仕事は退屈で、店全体も沈滞した雰囲気が支配している。ここでも社会の暗闇がさりげない筆で描き出されている。とっくりの水増しやら、上げ底はどこの社会でもあることだろう。だがこの些細なペテンをめぐって、店と客との間に必須の攻防が繰り広げられる。「騙さねばならぬ」と「疑わねばならぬ」とがぶつかっているのだ。「私」は、騙すという店の側にも、疑うという客の側にも加担できない。気の利いた丁稚なら、主人の思惑を守りながら、気に入ったお得意にはおまけをするような対応ができたことだろう。「ウスノロ」である少年は、そんな風にうまく立ち回る、この社会の掟に順応できないのである。だから社会からはみ出ているというその分、「私」はこの社会からすると「無能」だが、別の位置から見ると、むしろ愚直という意味での誠実ですらあると言えよう。

語りの最初のこうした（加担しない）様態は、やや客観的でニュートラルな叙述をもたらし、そのことで読者に開かれ、読者に語りを受け入れやすいものにしている。ただ「はみ出し者」である以上、普通ならば、この居酒屋という世界からも、放逐されるべき存在なのに、コネによってかろうじて留まっていることにも注意したい。それは暗闇の別の力だ。そして暗闇の中で生きるのだから、そこからはみ出そうとしても、暗闇によって支えられるしかない、という構造は、『狂人日記』を連想させるであろう。繰り返しになるが、それこそが作者魯迅にとって、耐え難く、いかんともし難い暗黒の構造なのであった。

さて、主人公孔乙己の登場である。「孔乙己が店に来たときだけ、いくらか笑いが許されたので、いまでもまだ覚えている」。「笑いが許される」というのは、誰かが「許す」というわけではなくて、この「騙し」「疑う」という人間関係のなかで、当然生じるぎすぎすした、冷淡な雰囲気でも、なお笑いが可能になる、という意味だろう。この語りは、冒頭からそのまま読み進んだときはあまり気にならないが、語り手の正体を探る場合には、重要なせりふに思われる。後で触れるが「いまでもまだ覚えている」は、鍵になることばとなる。「孔乙己は立ち飲みをする、長衣を着たただ一人の者」である。図体は大きいが、傷だらけの青白い顔、ぼうぼうのひげ、「長衣」とは言っても、ぼろぼろで洗ったためしが見えない。口を開けば、「なりけりあらんや」つまり古めかしい文語体だ。どうしてこんな人物が「長衣」を着ているのか。語りは次第にあきらかにしていく。

「短衣」と「長衣」とは截然と区分されていたはずだから、彼は異例、さらに言えば異類に属する。本人は無意識で、不本意であろうが、いわば境目を越えてしまった人間、つまり「越境者」ということになる。「孔乙己はこの社会的構成〔マイクロコスム〕には一切関わらない」〔リー 六一頁〕。「読書人と民衆というふたつの階層の双方から疎外されている孤独で、怠惰な余計者」〔山口 二六頁〕。こうしたどっちにも属せない「越境者」は、たいていあざけりと笑いの対象なのだ。彼の正式の名も物語では不明である。孔は生まれつきの姓（孔子を連想させるのはもちろんである）だが、乙己は、子どもが習字を練習するときのお手本の冒頭「上大人孔乙己」から由来したあだ名だ。字画が少ないやさしい文字であること、「上大人」がご立派なお方とも読めるところに、このあだ名に込められた軽妙な侮蔑が窺える。語りは、そんなあざけりをある種の風景のごとく、スケッチのように、淡々とさりげなく描いていくのである。

孔乙己の顔に新しい傷を認めた「短衣」の客が、わざと大声を出してからかう。「お前、また人の物をくすねたに違ぇねぇ」。孔乙己が目をむいて「どうしてデタラメでぬれぎぬを着せるんだ」と言い返すと、「ぬれぎぬだと。おととい俺は見たんだぜ。何さんちの本を盗んで、お前がしばかれているのをな」。孔乙己はそれでも、顔を真っ赤にし、青筋を立てて言い立てる。「書物略取は盗みではない。……略取！　……読書人のことは盗みとは言わんのじゃ」。そう言ったあとまた「なりけりあらんや」がつづくので、その場にいた一同がどっと笑いに湧く。よどんだ空気が一変して「店の内外に活き活きした空気が溢れてくる」。語りはまだニュートラルなので、読者は居酒屋の客たちと一緒に笑うかも知れない。むろん語りには戦略があって、読者の反応は百も承知であると思われるが、それは後で述べよう。滑稽な笑いと「活き活きした空気」を圧倒的に是認するていの若い読者が、このシーンを肯定的に受けとめてしまうのも、なるほどもっともではある。さすがに作者は、こういう読者まで想定していなかったようだが、そんな誤読も語りの中立的な姿勢から生まれてくると言えるだろう。孔乙己は落ちこぼれである、そんな情報を語りは伝えるだけである。ろくでもない奴だ、と思ってあざ笑うか、和やかでユーモアがあると思うかは、読者の文化的個性の問題だろう。しかし、語りの態度表明はまだなされていない。

それから語りは、孔乙己の人物像を人々の「裏話」を通じて紹介する。ここの叙述は、孔乙己の人物を描くという目的が主要に違いないが、あくまでそれは人々の噂話を通じてなので、厳密に言うと、魯鎮の人々の孔乙己に対する視線が入り込んでいる。孔乙己は知識人階層の出身だが、科挙の試験に受からず、かといって、商売もできず、とうとう乞食同然になってしまった。ただ字が巧かったので、筆写に雇われて何とか生活できた。ところが根が怠惰だから、人の文具や書物を持ち出して売り払ってしまうことがあり、それで殴打される目に遭っていた。顔の傷はそのためである。

伝統中国の知識階層、要するに「長衣」階層にとって、科挙とはその人の人生を決定する一大事であった。科挙の進歩性は、資格や家柄に関係なく受験できたことだが、しかし実際に受験が可能なのは、ほんの一握りの裕福な人々であった。識字ですら、全体の人口からすれば、わずか少数の特権であったから、まして膨大な古典を暗記しなければならない科挙に参加できる者は、極めて限られている。その暗記のためには、幼いころから私塾に通い、家庭教師について勉強せねばならなかった。試験の内容も、四書五経という伝統中国の古典を対象にしていたから、この時代には、まったく時代遅れになっていたのである。魯迅自身もそうした家庭に育ったし、科挙が中止される前に受験もしている。祖父の贈賄事件といい、父の落魄といい、科挙という人材登用制度の欠陥は、彼自身の家の問題に関わって、身に浸みて知っていたはずだ。彼がここで問題にしているのも、科挙に失敗することで、人生全体にも失敗している、そんな男である。「人の発展と天分が、いかにこの秩序の中で、思いもよらぬことにねじ曲げられ、摩滅していくか」〔汪　一七三頁〕。それが孔乙己を「異類」にしたいきさつなのであり、確かにテクストの基礎をなすモチーフの一つであった。

そして語りはたまたま、孔乙己についてこんな記述を付け足している。「彼は私たちの店では、素行が他の連中よりましであった。つまりツケを溜めなかったのである」と。店の主人はツケがあると、小さな黒板に記入していたが、孔乙己の名前はいつも程なくして消されるのであった。これは孔乙己のある種の律儀さを表示している。それが噂ではなく、語りが事実として語っていることにも注意しておこう。本当はそれほどぐうたらな奴ではないと。「愚直」という点では「私」と少々似ているこども指摘しておこう。汪暉は「人々〔読者〕は、落ちこぼれの知識人の長衣の下に隠されている、善良さと誠意を見出す」〔汪　一七三頁〕と述べている。

場面はふたたび、孔乙己と「短衣」の客たちの会話にもどる。孔乙己が来たときだけ笑い声があるのだから、客たちは格好の酒の肴とばかり、孔乙己にまとわりついてからかう。「本当に字が読めるのかい」。これに対して孔乙己は相手にしないが、そんな傲慢な態度をさせておいて、つぎの質問で鼻をへし折ってやろうという魂胆だ。「どうして、秀才のまねにもなれなかったんだよ」。秀才とは科挙の最初の関門を通った者を指す。広い意味では、読書人、知識人一般も指すから、一番下の試験も受からなかった、知識人のかけらにもなっていない、というような含意があろう。この問いかけは孔乙己に致命的なダメージを与える。「孔乙己の思想意識のなかでは、科挙の失敗は窃盗よりも恥さらしなのである」〔盧　三七頁〕。居酒屋にいる者たちは、孔乙己の弱点を知り抜いているのだ。

これを聞くと、孔乙己はがっくりきて口答えができない。もごもごと「なりけりあらんや」を繰り返すだけだ。そこで「そのとき、みんなはどっと笑って、店の内外に活き活きした空気が溢れてくる」。先程の一句が繰り返され、孔乙己を取り囲む関係が強調されるのである。「ここでは、孔乙己の悲しい心とすこしも通じあわない民衆のたのしそうな姿が、じつにいきいきと描かれている」〔片山一三四頁〕。

注目したいのは、つづく一文だ。「こういうときは、私も笑うことが許された。店の主人も怒鳴りはしなかった」。ここに最初の態度表明がある。このとき「私」は店の主人や「短衣」の客たちと同じ側に立つことが許された、一緒になることができた。孔乙己を笑うときのみである。ふだん少年は、ウスノロとして店の主人に怒鳴られ、気が利かぬと客たちに文句を言われ続ける存在だろう。その少年の「私」が唯一、彼らと感覚的に一体化できるのがこの時なのである。孔乙己はそういう存在であった。

居酒屋にも当然ヒエラルキーがあることは、すでに述べた通りだ。順番に挙げれば、「長衣」階層、店の主人、「短衣」の客たち。「私」の出自はすぐ明らかにはなるが、少年である語り手の位置が、この居酒屋で一番低いことは、すぐ察しがつく。「短衣」の客たちも「私」も、貧しく地位のない者である。そうした者たちが、あざ笑う、馬鹿にする対象こそ、階層を「越境」してしまった「異類」つまり孔乙己なのであった。自分たちと違うくせに、外で立ち飲みし、「長衣」のくせに自分たちより惨めな男、これこそ、心おきなく安心して、諷刺し、揶揄し、罵倒できる相手なのだ。ここの語りには、そうした社会の低位層のあり方への眼差しがあるということを指摘しておきたい。「暴君統治下の臣民はたいてい、暴君よりもっと暴虐である」とこの作品と同じころ、魯迅は『随想録』で語っていた〔「暴君的臣民」『全集』一巻三六六頁〕。社会の被支配層の方が、支配層より、残忍であることを魯迅はたびたび指摘し憤っているが、その意識がここにも反映されている。これもテクストにおいて、もう一つの重要なモチーフではあるに違いない。ただし、語りはそれだけを意味しているのではなかった。

既述の通り、ここまで語りはほぼ中立的に、孔乙己をめぐる、魯鎮という地域社会の人間関係を描いていた。ここで初めて、「私」が孔乙己を笑う側にいることが表明される。「私」は店の主人や「短衣」連中と同じ視点にいるのだ。これを第一の視点としよう。そして、ここまで孔乙己の愚かさをあざ笑ったり、あるいは情けなさに憤激していた読者は、「私」というほぼ中立的な語りに馴らされてもいたから、自然に取り込まれ、「私」につき従って、事態を眺めることになるだろう。テクストのこうした機制がここに働いていることは、その理解にとって重大なことである。

物語にもどると、笑いものにされた孔乙己は、「短衣」の大人たちを相手にするのは具合が悪いと感じ、子どもたちに話しかけようとする。「私」も子どもの一人だ。あるとき「私」に話しかけて「勉強したことはあるかね」と訊ねる。「私」がちょっとうなずくと、「したことがある……。ためしに試験をしてやろう」と言う。「私」は「乞食同然の奴がおれを試験する資格なんかあるのか」と思い、顔をそむけて相手にしない。ここでは明白に孔乙己を侮蔑している「私」があらわになっている。これを第二の視点とする。「私」は居酒屋にいるその他大勢の一人としてではなく、独自の位置から、孔乙己を馬鹿にしている。そこで独自の位置とはなんだろうか。「勉強」〔読書〕とはこの時代の中国ではまず字を識ることである。だから孔乙己は、自分が注文したつまみ「茴香《ういきょう》豆」の「茴」という字の書き方を聞いてくるのだ。「こういう字は覚えるがいいぞ。いずれ店の主人になったとき、帳面を付けるのに必要だ」という孔乙己。これに対し、「私」は「主人とは階層がずっと違う」し、「茴香豆」なんかうちの主人だって帳面に付けないさと思って、孔乙己を滑稽でわずらわしく感じる。そこで「おまえになんか教えてもらうものか。草かんむりに回るの回だろ」。孔乙己は大喜びで、今度は「回」の四種類の書き方を聞いてくるが、それ以上「私」は相手にしないので、残念そうにため息をつく。この場面はなかなか興味深い。孔乙己の几帳面さ、お節介さが表れている。むろんその几帳面さには、「回」の四つの書き方という、無用な知識をひけらかす迂愚の側面は見て取れる。しかし好意的にみると、お節介のなかには、彼の寂しさと暖かさが潜んでいると言ってよいだろう。なお新島淳良は、ここの孔乙己の態度を、識字の点で優位に立とうとする、阿Qと同様の一種の「精神的勝利法」としているが〔新島 一二〇頁〕、これはやや考えすぎであろう。

だがもっと重要なのは、「私」の出自と境遇である。それが独自の位置を構成している。「私」という人物は謎だと、先に述べたが、ここでわずかに了解されることがある。それは新島がすでに指摘している〔同右 一一六頁〕が、「私」が字を識っていることから、つまり「長衣」階層の家に生まれた可能性が高いことだ。なるほど、「短衣」の客と「ウマが合わない」はずであろう。しかし物語の時点では居酒屋の丁稚をしており、店の主人になれるほどの将来もないと自覚しているのだから、没落したということだろう。ここから二つの連想が生まれる。一つは、「長衣」階層に生まれながら、「短衣」連中にも馬鹿にされているという点で、実は「私」と孔乙己は、近似していることだ。むろん「私」はここで、孔乙己を「乞食同然の奴」と見下しているのだが、むしろ自覚されていないらしいこの「近似性」こそ、孔乙己を軽蔑する「私」の感情を駆り立てていると言えないこともない。「短衣」連中があっけらかんと嘲るのとは、少し色合いが違うのだ。ある意味で自分の将来のありうる姿として、嫌悪したとも言えるだろう。その意味で、「私」にもまた越境者の気配がなにがしか漂うのである。

もう一つは、魯迅の伝記的事実との関係である。魯迅自身が紹興でも指折りの「長衣」階層の名家に生まれたお坊ちゃんであった。ところが、祖父の入獄と父の病によって急速に没落して、一家は逼迫し、魯迅は「ほとんど毎日、質屋と薬屋に出入りしていた」〔『吶喊』「自序」『全集』一巻四一五頁〕。「私の背の二倍も高さがあるカウンターの外から、上着やネックレスを差し出し、さげすみの中で金を受け取って、それから私と同じ高さのカウンターへ行き、長患いの父のために薬を買った」〔同右〕。これなどは印象的な叙述であろう。こうした体験が、少年の心をどれだけ傷つけたか。「そこそこの生活をしていたのが、急激に落ちぶれると誰でも、その過程で、たいてい世の中の本当の姿を目にできると私は思う」〔同右〕。すると語り手の「私」について、作者の少年時代を思い出すのは、それほど突飛なことではないだろう。新島が「孔乙己は、死ななかった父の像かもしれないのであり、酒屋の小僧は、もしかしたらそうなったかもしれない自分の姿である」〔新島　一一九頁〕と述べるのも、一理あるように思われる。

さて、孔乙己は子どもたちを相手にした。むろん「短衣」連中には馬鹿にされるからだが、単に気楽な相手として、子どもを選んだのではないだろう。「彼は集まる子どもたちに僅かしかない豆をわけてやる優しさを持ち合わせている」〔山口　二六頁〕。子どもへの思いをめぐっては、新島が詳しく触れているので〔新島　一二〇―一二三頁〕、ここでは省く。ただつぎのシーンは注目しておきたい。孔乙己は、群がる近所の子どもたちに茴香豆を一人ひとつずつ与える。ところが、もっとせがむ子どもたちの視線を読み取って「たくさんない。多ならんや。多ならざるなり」と答えると、彼らはどっと笑って散っていく。新島は、ここの場面と『孤独者』の主人公魏連殳《ぎれんしゅ》が、子どもたちにピーナッツをやろうとして嫌われてしまう場面とをパラレルに捉えている。これに異論はないが、そうだとすれば、つぎの想定が可能にならないだろうか。魏連殳が、若き魯迅が抱いた英雄像の行く末、なれの果てだという前提を先回りして理解しておくと、実は孔乙己もまた、かなり戯画的加工はされているが、かの英雄像の末裔ではなかったか。

その想定を補強することは、既述のような律儀で悪賢くない性格だけではない。孔乙己以外のすべての登場人物は、語りの「私」を含めて、誰かを嘲り侮蔑して生きている。だが、唯一孔乙己だけはプライドは高いが、誰かを嘲ったり、侮蔑したりはしないことである。そして、孔乙己が語り手の「私」と近似性を持つ以上、新島が言うような、作者の父親というより、作者自身の一部が投影されたと考えておくほうが適切であろう。むろん、科挙の弊害を訴えるという最初に提示したモチーフは消えるわけではないが、それを一身に担った人格破綻者として孔乙己を批判しているという解釈には、新島とひとしく、どうも納得がいかないのである。

ところで、孔乙己と近所の子どもたちのシークエンスの最後に、語りが一言付け加えられている。「孔乙己はこのように人を愉快にさせたが、しかし彼がいなくても、他の人たちはどうということはなかった」。この総括的な語りは、事態に対してなにがしか距離をおこうとする叙述を感じさせる。そのことが、第三語りの時間が、物語進行当時ではなく、語られている「いま」だと考えられよう。

の視点を構成している。語りはここで孔乙己を侮蔑する側に加担することなく、再び中立的な位置をしめるようだが、冒頭の位置にもどるのではない。孔乙己を軽蔑する第一、第二の視点を通過したうえなので、むしろ「他の人たち」〔別人〕の冷淡さが、間接的に浮かび上がる仕組みである。と同時に、子どもたちがはやしながら逃げていく直前の場面を、当時の少年――実は現在の語り手――が冷静に見つめているような印象を与える。

だが当時の少年にとっても、「彼がいなくても、どうということはなかった」ことが、つづく叙述で告白されている。それは密やかだが、実に「告白」なのだ。一年に三回ある決算の時、居酒屋の主人は、例の黒板を取り下げて気がつく。「孔乙己は長らく来ていないな」と。むろん黒板に一九銭のツケが書き残されて、借金が清算されていないことが、気がついたきっかけである。そう言われてみて「私はなるほど彼が長らく来ていないことにやっと気づいた」。「やっと」〔才〕という中国語の副詞一字が、語りが現在であることを暗示しており、当時の「私」が孔乙己に対して「どうということはなかった」という意識だったことをはっきり示している。そしてさらに指し示しているのは、語り手「私」において、当時と語りの現在とでは、意識に落差があることもである。それが密やかな形だが、「告白」と述べた謂いである。

ツケはためないのが孔乙己の性癖だから、これは何かがあったに違いない。その場に居合わせた男が「来られるものか」という。この男によれば、孔乙己はあろうことか、丁の挙人旦那の家に盗みに入った。丁挙人とあるのは、秀才より一つ上のランクの試験「郷試」を合格した者で、いわば地域社会のボスである。いくら泥棒をするのでも、相手を選ぶべきだ、ということだろう。はたしてとっつかまり、始末書を書かされた上、叩かれて足を折られてしまった。だから来られるわけがないと。店の主人が「折られてからどうなった」と聞くと、男は「どうなったって……。そんなこと知るかい。死んだのかもな」と答える。ここも単なる対話の記述だが、居酒屋の周囲が、孔乙己に対して、いかに酷薄であるかを如実に表すだろう。

ここでたとえば「「主人はもうそれ以上は聞かずに、またゆるゆる帳付けにかかった」という一句に、それを見つめている小僧の「私」の思いがこめられている。「私」の心にもはや孔乙己への反撥はない」という新島の解釈〔新島　一二四頁〕には同意したいところだ。ただこの視線は、つい先ほどまで孔乙己の不在に「気がつかなかった」語り手とは変化が大きすぎるので、語りの現在からのものと考えたほうがわかりやすい。当時の「私」が孔乙己の側に加担するのはつぎの段落からで、ここではその兆しが見られるだけだろう。少年の「私」は、孔乙己についての話を耳にするうち、周りに対する違和感を募らせていったのだ。

それからしばらくして、初冬のある日、寒いなかで「私」が暖を取ってうつらうつらしていると、突然「熱燗を一杯くれ」という声がする。声はするが姿は見えない。立ち上がって外を見ると、カウンターの下の敷居に向かって、孔乙己が座っている。真っ黒なやせた顔で、ぼろをまとい地べたに座っているのだ。「その声はひどく低かったけれど、耳慣れていた」という語りに、注目すべきだろう。「私」は孔乙己の声を識別できる、というより、気にかけていた人物の声だと言った方がよいだろうか。店の主人のほうは、「孔乙己か。まだ一九銭残っているぞ」と言う。そして「相変わらずいつもと同様に」彼を嘲り始める。「孔乙己、また盗みをやったな」。「からかってるだと。やってなきゃ、どうして足が折れたんだ」。店の主人が孔乙己に関心があるのは、やはり金銭のためと嘲るためとであった。現金だから今回はこれで酒をくれと言い、「こ、ころんだんだ」と弁明する孔乙己には、かつてのようなプライドはなく、強い反発もない。「彼は目配せして、主人にこれ以上言ってくれるなと哀願しているかのようであった」。この語りは、明らかに当時の「私」の視線と判断できるし、正確に言えば、現在の「私」と当時の「私」がここで一体化した、と言ってもよい。このとき「私」は孔乙己に加担する、あるいは少なくとも憐れむ位置に立つのである。これを第四の視点ということにしたい。

語り手の眼差しは変化しているが、しかし周りは「このときすでに何人かの人が集まっていて、主人と一緒に嘲った」。この両者の態度のコントラストによって、悲劇性が強められるとともに、人々の薄情さがよりはっきり押し出されている。つぎの「私」の行動は、孔乙己に同情する少年の姿を浮き彫りにするだろう。「私は酒を暖めると、持っていって、敷居の上に置いた」。彼は四文の銭を取りだして「私」に渡すのだが、「彼の手は泥だらけで、実は彼はその手でいざって来たのだ」。この叙述も語りが新しい視点から語っているものに違いない。それに対応して「彼は酒を飲み終えると、また周りの者の笑いの中を、座ったまま手でのろのろ立ち去っていった」という語りにより、周囲の者の嘲りさざめく声と、惨めな孔乙己の姿と、それを見つめる語り手「私」の視線が、印象的に読者に感じられる仕組みである。

この当時は、端午の節季と中秋と年末という三度の清算の季節があった。借金はこのときにケリを着けるのが常態であった。つぎの清算のときに、思い出したように居酒屋の主人は「孔乙己にはまだ一九銭の貸しだ」と言ったが、そのつぎにはもう言わなくなってしまった。つまり「どうでもよい」存在は、とうとう忘れ去られてしまったのである。さらにそのつぎの清算の季節になっても、彼の姿は見かけなかった。最後に語りはこう述べて、物語を結ぶ。「私はいまに至るまでとうとう姿を見かけなかった——たぶん孔乙己は死んだに違いない」。

3 不透明な「私」

物語の全体の解釈は、多くの研究者にとっても、単純なものではない。科挙制度に象徴される伝統に対する批判というモチーフと、異類や越境者をいたぶる酷薄な民衆への批判というモチーフとは、テクストにおいて消し去ることのできない前提であった。山口守は、「視点や時間、空間の多層性」に物語の造形力を求めつつ、前者のモチーフを強く意識している。「孔乙己のような旧式読書人を後景から前景へと変形して転移させる小説の遠近法に、読書人という存在の形態と意味を根本から批判する、転形期知識人魯迅の思想が内在している」〔山口　一二七頁〕。

しかし、右に述べた二つのモチーフを適宜組み合わせておくというのが、より一般的な解釈であるように思われる。たとえば盧今は孔乙己が「時流を知らず、迂愚で愚鈍であること、これ以上加えようがないという程度」であり、「まったく役立たずのポンコツ」だと非難する〔盧　三四頁〕。これには承服できないことはすでに述べた。彼は、そのうえでテクストは「科挙制度の知識人に対する害毒を強く暴き出し、封建社会の人を食うという犯罪的本質を強く暴き出したのである」とする〔同右　三六一三七頁〕。「暴き出す」二項が、先の二つのモチーフに対応していることは言うまでもない。また丸尾常喜はつぎのように、このテクストについて述べている。「千年にわたって中国の政治体制を支えてきた科挙制度が、無垢の人生をいかに奇形化してきたか。読書人の文化や教養が、民衆の生活にとって、いかに無用・無縁のものであったか。労働を蔑視する知識人と文化をもたない労働民衆との隔絶が、お互いにとっていかに不幸なものであったか。魯迅はこれらをユーモアをただよわせた深い悲哀で語っている」。そして「亡びゆく者への同情と批判の渾然とした作品世界」と概括する〔丸尾 a 一四八頁〕。

だが山口がやや抽象的に強調しているように、このテクストでは「視点や時間の多層性」が重要であり、その多層性の鍵を握っている者こそ、語り手の「私」なのであった。「私」について詳しく触れている解釈はそう多くはない。だが興味深いものがいくつかある。汪暉《おうき》は「狂人、呂緯甫、魏連殳だけでなく、魯迅の小説のほとんどすべての一人称の語り手（『孔乙己』を唯一の例外として）とそのほかの目覚めた知識人とは、内省的な視点から自分と外在的な世界を観察しないものはないのである」〔汪 一六九頁〕と述べている。この注意書きに従えば、『孔乙己』の「私」だけは異なるというのだ。確かにここの「私」には、魯迅の他のテクストとは毛色の違ったところがあるに違いない。だが「私」は「内省的な視点から自分と外在的な世界を観察しない」のだろうか。もう一つ、オーファン・リーの総括的記述である。「彼〔語り手の「私」〕が成人として事態を思い返すとき、過ぎ去った歳月はこの〔孔乙己を侮蔑するという〕態度を、意味ある形では変更させていない。この間接的な語りのレベルを通して、魯迅は三重の批判を訴えようとしている。主人公、主人公をからかう傍観者の群衆、そして無神経な語り手。一見平等に憐れんでいるようだが、良心という真の尺度を欠く、そんな声で彼は語っている」［リー　六二頁］。これらの記述は、誤っているか、少なくとも不正確なところがある。

ところで、この物語が成立するには、誰かが覚えていなければならないという仮設は必要ない。こういう素性のよくわからない語り手が、いなくてはならない必然性はないのである。たとえば、物語の現在に語りの現在を一致させ、はるかに客観的で写実的な語りを設定すれば、上に述べた二つのモチーフを語ることは、充分に可能だろう。「私」は語りという機能だけから考えれば、過剰なのだ。その過剰さの秘密は、二重の「私」、つまり語りの現在の「私」と物語の時点の「私」という複数の語りが存在することにある。すでにいくらか述べてきたことだが、語りの現在の「私」が何者であるか不透明でも、物語の時点の「私」とは、孔乙己に対する意識に落差があることは確認されてよい。態度は「変更されていない」のではないのだ。村人たちにとって孔乙己は「いなくてもどうということはない」存在であり、姿が消えても誰も気にもかけないし、語りの現在ではとっくに忘れ去られていただろう。だが語り手の「私」にとっては、かつては「どうということはない」存在だったようだが、語りの時点では「いまでも覚えている」と変更されたのだから。

やや繰り返しになるがここで、二重の「私」を使った、巧妙な物語の操作を提示しておきたい。冒頭の語りが、回想の位置にあり、したがって語りの現在から述べられていることは、間違いない。これは感情を押し殺した、淡々とした叙述によって、中立的な語りを構成している。そのために読者は抵抗なく、この魯鎮という村の居酒屋の世界を眺める場を受け入れるだろう。つづく第一の視点において、「私」――ここでは物語の時点の「私」は、居酒屋の主人や客たちと一体化して、孔乙己をあざ笑う。第二の視点では、もともと「長衣」階層出身であった者という「私」独自の位置から、孔乙己を軽蔑する。物語の流れに屈折はないので、読者は自然にこれに従うであろう。多くの解釈者が孔乙己を落伍者として非難するのは、ここの視点に忠実なためである。

第三の視点は、語りの現在の「私」が再び登場し、居酒屋にいるものたちの薄情さ、酷薄さを、じっと見つめる眼差しを構成する。語りは中立的だが、前の二つの視点との対比から、孔乙己をあざ笑う位置が安定的ではないことを、読者に示唆する。最後の第四の視点で、二つの「私」は合致し、孔乙己をさげすむ周囲の者とは一線を画して、その運命を思いやる視線を獲得する。ここにおいて、物語る「私」はかつて少年であった「私」が孔乙己に対して、いかにひどい仕打ちをしていたかを暗示的に語っているのだ。そして「孔乙己が店に来たときだけ、いくらか笑いが許されたので、いまでも覚えている」という記述は、物語冒頭の文脈ではほとんど読み過ごしてしまいそうだが、孔乙己という存在の記憶とさげすみの「笑い」との強い結びつきを暗示していたのだ。それはいまだに「変更なく」孔乙己を嘲笑する立場から語っているのではない。だから「私」はほとんど、悔いているのに近いのだ。

この不透明で、暗示的な、謎めいた語り手「私」の様態は、精神の内部を省察し、悔恨を導くという、『狂人日記』に始まる、魯迅小説の原型にも忠実である。だがそれが、潜在的で明示的でないことに、もう一つ別の意図が感じられないだろうか。妙な言い方をすると、それは読者を罠にはめることであり、語り手「私」はそのための仕掛けだという想定である。高い自意識を持ち、民衆を啓蒙しようとする、正義感の強い読者ほど、孔乙己のような存在に、憤りやさげすみを感じることだろう。そうした読者ほど第一、第二の視点の眼差しを共有しやすいはずだ。しかしその眼差しは、語り手に着いていくに従って最終的には、酷薄なものとして退けられる。読者は上がったはしごをはずされた形になって、自らを省みるほかない。これについては筆者の独断とばかりではないのである。汪暉は、魯迅小説の叙事形式を論ずるところで、『孔乙己』についてつぎのように述べている。

「語り手は、自分とは関係ないという、冷淡な態度で物語を語ることによって、叙述過程で意識的に読者を「ミスリード」〔誤導〕する。一人称語り手の権威を利用して、読者に語り手と一緒に、からかい、冷淡で、自分とは関係ないという態度で、叙述対象を扱うようにしむける。このようにして語り手と読者は、まったく無自覚に「一般の社会の弱者に対する薄情さ」に加担するのである。しかし、叙述過程の最後で明らかにされるのは、主人公の悲劇によって激発された、こうした冷淡な態度に対する、糾弾と批判なのであった。そうすると、語り手の態度、語調と物語の発展、叙事過程全体の効果との間には、解きがたい矛盾が存在している。話者はこのことに無自覚だが、読者は「ミスリード」から抜けだし、内省的な態度によって自己と「自分とは関係ない」悲劇的物語との関係を、自分が背負うべき道徳的責任を、思考しないわけにいかなくなるのだ」〔汪 三五一頁〕。

汪暉はこうした叙事形式について「読者と小説に語られていることとの間に、対話と交流関係が形成されている」とし、それを「開かれた叙事構造」と呼んでいる〔同右 三五二頁〕。これについてはその通りだと思うが、語り手についての解釈は、筆者と反対のようである。矛盾は「私」自身の反省として自覚されており、時間によって隔てられた二人の語り手は、悔恨によって統合されていくのである。それが明示的でないのは、読者に対する罠または「ミスリード」による「欺き」を巧妙に仕掛けるためである、と想定される。このようにテクストを読み解くとき、孔乙己が滑稽を与えるユーモリストだという解釈は、もちろんのことだが、役立たずの落ちこぼれ知識人と罵倒するのも、異端者をさげすむ民衆批判と読むのも、テクストの一部の眼差しを切り取って解釈した偏見に過ぎない、ということが判明してくる。このテクストが、リトマス試験紙の働きをするというのは、そうした意味である。つまりテクストは、二重の「私」という語り手の構造を用いて、「あなた」に、読者に向けて、非情で、酷薄で、薄情な心象がなかったかを問い直しているのである。それが「戦略」と表題に述べた理由であり、その戦略はパラドキシーに満ちている。

むろんこの作品が発表されてから九〇年近く、その〝仕掛け〟が必ずしも成功しなかったことは、『孔乙己』に関する膨大な作品紹介や解釈が、残念ながら実証してくれている。それは多くの場合、作者が仕掛けた罠や「ミスリード」という欺きを読者が見抜けず、最後まで落とし穴にはまったままであったためだろう。ただ、そのような〝仕掛け〟を試みた魯迅の姿勢を、最後に考えておきたい。

先に述べたように、物語の中盤の眼差しを共有して、孔乙己をさげすむ読者、あるいは後半の眼差しを共有して孔乙己をさげすむ民衆に憤る読者（その両者が混合するのが最も一般的だろう）とは、民衆を啓蒙しようとする知識人に違いない。魯迅は、その啓蒙者たちに警告を発しているわけである。啓蒙する姿勢のなかに、人をさげすむ心理が隠されていないか。自分も落ちこぼれになるかもしれないという恐怖から目をそむけていないか。啓蒙とは、もともと暗闇の中にある対象に対して、光をあて、光ある場に導くことであった。だがいま人々の啓蒙は、ふたたび暗闇を持ち込もうとしているのではないか。それは、気がかり、老婆心とでも言った方がよいかも知れない。文学革命の始まった当初、わざわざそれに冷水をかけるようなこの懸念の抱き方そのものに、魯迅自身のあり方が反映していることは言うまでもない。それは彼自身が挫折と暗闇とを抱えていることであった。そうであればこそ、彼は警告を発しないわけにはいかなかったのである。

啓蒙する者に対して、その啓蒙のあり方に結果的にチャチャをいれるわけだから、それは何とも余計で、皮肉な態度のように見えるかも知れない。だが一方で、それは逆に（啓蒙者である）読者に、お節介とサービスをしたとも言えるだろう。その意味では、当時の魯迅の精神状況は、シニカルではあっても、まだニヒリズムにまでは陥っていなかったことが窺えるのである。ここでは魯迅は、極めて戦略的な啓蒙者であった。啓蒙者のための啓蒙者であった。戦略的で、パラドキシカルな啓蒙者であったのである。

もう一つ蛇足めいたことを、結末に述べておこう。繰り返し触れてきたが、テクストは何も語っていないから、空白で不明であり続けている謎のことである。すなわち、語り手の「私」は居酒屋の丁稚をしたのちどうなったのだろうか。「いま」何をしているのだろうか。もはや物語を前提とした空想を馳せるしかないが、書斎でぬくぬくと書物をひもといているというのは、ここの解釈にはふさわしくない。やはり孔乙己と似たような、落魄の、流浪の人生を送り、人々にさげすまれつつ生きているのではないだろうか。

（注1）　たとえば「作品完成度において、魯迅の最初の短編集『吶喊』の中でも屈指の作品である」〔山口　二四頁〕とか、「小説家としての魯迅が本格的に成立するのは〔……〕『孔乙己』の出現を待たねばならない」など〔片山　一三二頁〕。

（注2）　丸山昇は「「狂人日記」につづく小説の最初にこれが書かれたことは〔……〕辛亥革命、五四運動という歴史的事件の前に問題を引きもどして考えざるを得なかった魯迅の心境が現われている」〔丸山　一五一—一五二頁〕と述べているが、これは少しおかしい。『孔乙己』が書かれたときには、五四運動は起きていなかった。また「物語」の時間と「いま」との時間的隔たりに、清末の中国を考えようというモチーフがあったとは考えにくい。

（注3）　丸尾常喜は、孔乙己のことばを『論語・子罕篇』のことばに結びつけるなど、孔乙己に孔子の像を重ねている。〔丸尾b　七七—七八頁〕

参考文献

汪暉『反抗絶望』久大文化股份有限公司、一九九〇年
片山智行『魯迅——阿Q中国の革命』中公新書、一九九六年
竹内好「魯迅入門」『竹内好全集』二巻、筑摩書房、一九八一年
新島淳良『魯迅を読む』晶文社、一九七九年
丸尾常喜a『魯迅　花のため腐草となる』集英社、一九八五年
　　b『魯迅「人」「鬼」の葛藤』岩波書店、一九九三年
丸山昇『魯迅　その文学と革命』平凡社東洋文庫、一九六五年
山口守「「孔乙己」寂寞の哀歌、孤独の戯画」『しにか』一九九六年一一月号、大修館書店

リー：Leo Ou-fan Lee “Voices from the Iron House　A study of LUXUN” Indiana University Press, 1987

盧今『吶喊論』陝西人民出版社、一九九六年

3　私たちはみんな阿Qだ！
――随想『阿Q正伝』

1　阿Q評価史

世界文学には、人類のさまざまな特徴を典型として彩る登場人物たちがいる。優柔不断の苦悩型、シェイクスピアのハムレットとか、主観的幻想に満ちた猪突猛進型、セルバンテスのドン・キホーテとか。彼らの名前は、個人の性格を評するとき、レトリックというより、ほとんど形容詞のように使われるだろう。魯迅『阿Q正伝』の阿Qも、そうした末席を汚しているといえるのだろうか。この作品の発表当時は、週一回新聞に掲載され、巴人《バーレン》という筆名で、誰が書いているのかわからなかった。興味深いことに、まだ連載のさなか、読者の知識人の間では、あれはどうも自分のことをモデルにしているようだ、という恐慌を来したという。主人公の阿Qが短期雇いの流浪農民という身分であったにもかかわらず、である。

『阿Q正伝』の研究史をひもといてみよう。早くは一九四〇年に馮雪峰《ふうせつぽう》が、ある文章のなかで『ハムレット』『ファウスト』『ドン・キホーテ』などを列挙し、「その強い思想的力量と明らかな歴史性」について「われらが『阿Q正伝』もこのようだ」〔馮a　一七六頁〕と述べている。翌年には荷影《かえい》という人の手で、ドン・キホーテとの比較をテーマとした文章も出されていた〔張　四〇頁〕。本国ではいち早く阿Qは、こうした著名人の仲間入りを果たしていたようだ。むろんハムレットやドン・キホーテとは、表象する性格が異なる。阿Qの場合は、欠点を指摘されたり、挫折したとき、それをそれと自覚せず、ごまかして心理的に逆転してしまう「精神優越法」あるいは「精神勝利法」〔精神上的勝利法〕の代表選手として扱われてきた。

もとより魯迅の創作意図自体は、中国人の魂を描き、警鐘を鳴らして変革しようとする「国民性の改革」にあったことは間違いない。実際阿Qには中国的特色も色濃く浮かび上がってくるのだが、だからと言って、阿Qの形象を中国の特殊性に限定する必要もなかろう。著作間もない時期から、阿Qという形象に、人類的普遍性を見出した読者は少なくないのだ。たとえば創作された年の翌年、沈雁《しんがん》冰《ぴょう》（茅盾《ぼうじゅん》）はこう述べている。

> 「我々はたえず社会各方面で「阿Q的様態」〔阿Q相〕の人物に出会うし、自らを省みて、つねに自らの身体のなかに「阿Q的様態」の要素をもたざるをえないのではないかと疑っている。だが、恥を軽くして、欠点を隠すという心理によれば、あるいは「阿Q的様態」が必ずしも中国民族特有と限ることはないかもしれないと思うのである。これは人類通常の弱点の一種でもあるようだ。少なくとも、外面を繕うという点では、作者は人間性の普遍的弱点を描き出したのである」〔茅盾a　三九六頁〕。

人民共和国における阿Qの形象は、また別の運命をたどることにはなった。というのも、彼が短期雇いとはいえ、貧しい農民であって、革命的な「無産階級」のメンバーと見なされたからである。作品解釈の「困難と主な矛盾は、つぎの点にある。阿Qは農民なのに、阿Q精神は、ある種の消極的で恥ずべき現象であることだ」〔何 三二九頁〕。そこで文学研究者は、矛盾を両立させるために、あれこれ辻褄合わせに苦労しなければならなかった。阿Qが、目覚める途上にある革命的農民とされることすらあったのである。この時期には、国民的な、さらには人類共通の弱点という観点も、階級論を抹殺するものとして批判されることとなった。そうした苦境のなかで、阿Qの身近な人間的性格を抽出し、留保しようという努力も続けられている。馮雪峰は、阿Qを具体的な農民と見なさず、「思想性の典型」として、「精神寄託説〔寄植説〕」を主張していた〔馮b 一一一頁〕。またその後に何其芳が、性格上ある種の特徴は、異なる階級の人物にも見られ、その性格を表す典型的人物の名前は、「共通名詞〔共名〕」となり、阿Qもその一つだと論じている〔何 三四一頁〕。

これらは激しい批判を浴びたが、八〇年代以降中国の改革開放政策のなかで、逆に遺産として批判的に継承され、新しい研究傾向が生みだされていった。現在では、阿Q精神勝利法の人間的普遍性を疑うような議論はない。曰く「阿Qは世界に属するものなのだ!」〔江 一三六頁〕。「阿Qは、現実を逃避し、内心に引きこもり、精神的優位を求めがちになるという、人類の普遍的弱点を、最も見事に表したものである」〔張 一二一頁〕と。

けれども、阿Qの人類的普遍性は名誉回復されたものの、阿Qまたは彼の精神勝利法は、克服されるべき欠点として、いまだ自らを深く反省する対象のままに置かれている。日本では、新島淳良によって「阿Qの精神は非常に畸形的だということです。否定的な悪徳だけをもち、ふつうの人間のやさしさを何一つもたぬということです」と苛酷な評定もなされている〔新島・加々美　一二一頁〕。劉再復《りゅうさいふく》も、阿Qについて「近代人ではなく、近代文化意識を持たず、それゆえ自我を確立できず、また他我を確立することもできず、自己の弱点を正視できず、自己の置かれた悲劇的性格に対し理性的に批判できない」と手厳しい〔加々美編　一五五頁〕。ドン・キホーテは、祖国スペインにおいて、ウナムーノによって再評価され、勇猛果敢な精神の持ち主として顕彰されたが、同様に阿Qを名誉回復して、「国粋」とするのは、祖国といえども忌むべきことらしい。筆者はあいにく、阿Qとは民族を異にするのだが、顕彰とは言えぬまでも、ここで再評価を試みてみよう、ということなのである。

2　精神勝利法（一）

阿Qは、いかにして私たちの身近な存在でありうるのか。それを「精神勝利（優越）法」に細かく言及することによって、検討してみよう。ところで、テクスト冒頭で述べられている通り、阿Qは無名の名前、匿名である。(注1) 講釈師風情の語り手は「阿Qの姓が何であるかわからない」と述べ、Qも元々どういう文字に書くのか知らない、と語っている。そしてその氏素性もわかっていない。「私がいくらか慰めになるのは、もう一つの「阿」の字は極めて正しく、決してこじつけやインチキではないことである」。「阿」は「何とかさん」「何々ちゃん」という人名の接頭辞だから、意味をなさない。むろんここには、考証癖を公言していた胡適に対する揶揄も含まれているのだが、阿Qが特定されないこと、つまりどこの誰でもないとともに、どこの誰にでもなりうる、という仕掛けを感じさせるのだ。多くの読者が、自分が諷刺されていると「誤解」した最初のきっかけは、ここにあるのである。

さて姓の問題を語るところで、語り手はこんなエピソードを挿入している。趙旦那の息子が科挙に受かり、秀才になった知らせが物語の舞台である未荘《みそう》の村に届いた。このとき阿Qは酔っていい気持ちになりながら、光栄だ、彼が趙家と同じ家系で、息子からすると三代年輩に当たると言ったのである。家系上の世代は、中国の伝統的家では順列秩序に関わる重大事であった。周囲がうやうやしく敬意を払ったのも当然である。そして次の日、趙旦那が阿Qのところにやって来て「おまえが趙の姓なものか！――どこにそんな資格がある！」と怒鳴られ、びんたを被るに至るのも、しごく当然であった。村の社祠に居候する浮浪農民と同族となっては、未荘の村の秩序を破壊しかねないからである。阿Qはこのため地回りから訓戒を受けた上、酒手を手間賃として払わされるはめになった。

私たちは、こんな荒唐無稽なことは言わないと思うかも知れない。確かに、親戚とか家系という点ではそうだろう。だが誰しも、地位や権力のある者や著名人と関係があることを、まったくの嘘ではないにしても、少しは誇張して、いかにもひどく親しい関係であるかのように語ったりはしないだろうか。いささか自慢でもあるし、聞き手に対して優位を意味するからでもあるし、周囲は驚いて、うやうやしく敬意を払うだろう。むろん、「たとえ本当に姓が趙であったとしても」その当人に伝わる場所で「このようにやたら言い立てるべきではない」のではあるが……。

また彼は口げんかをして、睨みつけるとき、「俺らは昔だったら――おまえなんかよりずっと金持ちなんだぞ！　おまえが何様だってんだ！」と言う。王暁明という研究者は、これは、まんざらでまかせではない、孔子が昔のその一人だというのだが、それは後に述べよう。ともあれ、真偽は別にして、かつての栄光を語るというのも、功なり名を遂げた人、そして功名ともに縁のない人までもが、年を経ると陥る性癖であることに違いはない。要するに阿Qは、その外見地位に比べてプライドが高いのだ。未荘の住民の誰一人として眼中にない。科挙の秀才を生み出した、村では一、二を争う勢力家、趙家や銭家の当主に対しても、気持ちの上でとくに遠慮するというふうではなかった。「俺の息子なら、もっと偉くならぁ」と思うのである。阿Qに息子ができる可能性は皆無なので、これもはったりではあるが、先の過去の栄光とは反対に、未来の可能性を夢見る希望的観測と言えよう。一〇年後を見ていろよ、とか、明日はいいことがあるさ、というのと本質的にあまり違わない。プライドがあるから、阿Qは街の人も軽蔑している。ここで街とは、県城のことで、中央が役人を派遣する最下層の行政単位であり、地域の物資の集散地でもあった。中国の村落では、山一つ越えると、ことばが違ってくる。阿Qは横長の幅狭い腰掛けの言い方が、自分つまり未荘とは違うといって、街の連中を滑稽だと馬鹿にする。川魚料理に加えるネギの形が違うといって間違っている、という。だが、未荘の村人たちに対しても、田舎者だとあざ笑うのだ。街の魚料理も見たことがないのだから。

私たちの周りでも、マニアの世界では、これと似たことはたくさんあるだろう。少年魯迅も親しんだという『山海経《せんがいきょう》』という書物を、「さんかいきょう」と読むと、もぐりだと思われる「村」がある。この村では、儒教経典に対するある注釈を、注釈者の名前をとって、鄭箋《ていせん》というのだが、その注釈者の漢代儒者を鄭玄《じょうげん》と読まないと、軽蔑され、滑稽だと思われている。これは、ほんのささやかな一例だ。

こういうわけだから、阿Qは「完璧」なはずなのだが、自意識のなかで、残念ながら一つだけ欠点があった。それは皮膚病でできた頭部の丸はげ〔円形脱毛症〕のことである。ここからはげに関する様々な連合〔パラディグマ〕が禁忌となるのだ。「明るい」とか「光る」とか。補足しておくと、阿Qのはげは、坊主頭〔禿〕とは意味が違うので留意しておいて欲しい。そこで相手が意図的であろうとなかろうと、タブーに触れると、はげを真っ赤にして怒りだし、相手を値踏みして口下手なら罵るし、力がないとわかれば腕ずくに及ぶ。ところが、どういうわけか形勢不利な場合が多い。そこで方針を変えて、たいていは相手を睨むだけに変えることにした。

身体的な劣等感ということでは、肥満とか、短足とか、背の低さを気にする向きがあろう。顔やスタイルはもとより、癖や態度にコンプレックスを感じる場合もよくあることだ。それを他人が面と向かってではなく、陰でひそひそと指摘していると思いこむこともあろう。そういうとき、心中怒り心頭に発しても、じっと我慢して、相手を睨むだけにすることになるのではないか。むろんこれらは、阿Qが先に何らかの挫折や不利益を被った結果の言動ではなかった。ただ村の底辺にいて、どこの馬の骨ともつかぬ農民としては、プライドとは、自分の位置を高め、村人たちに認知させるための手だてだったのだろう。だから本物の「精神勝利法」の極意はこれから始まるのだが、以上のやり口も広い意味で「精神勝利法」の一つなのである。

さて、未荘のちんぴら〔閑人〕たちが、はげをからかうので、阿Qが挑発されて喧嘩となった。力では敵わず、表向きには、つまり客観的には阿Qは負けて、弁髪をつかまれ頭を壁に四、五回打ちつけられ、ちんぴらたちが勝ち誇って帰っていくと、阿Qは心のなかで、こう思うのだ。「おれは息子に殴られたも同じことだ、いまの世の中まったく間違っている……」と。こうして阿Qは、勝ち誇って帰っていく。敗北の意識は残らず、自らの優位は揺るがない。「息子に殴られた」と思うのはともかく、うまくいかなかったり、納得できないことに出くわすと「これでは逆様だ。いまの世の中まったく間違っている」と、世の中のせいにするのは、誰しも経験があることだろう。

もっとも、阿Qはこのことばをつい口にしてしまったことで、ちんぴらたちに「精神上的勝利法」を気付かれてしまう。かくてその後、喧嘩に負けた後、「阿Q、これは息子が親父を殴るのじゃなくて、人が畜生を殴るのだぞ」と確認され、復唱を強要される。「虫けらを殴るんだ、いいだろ。おれは虫けらさ――まだ放してくれないのか」と阿Qは言うが、虫けらであっても、いつも通り壁に頭を打ちつけられて、やつらは勝ち誇って帰っていく。人間、畜生、虫けらという類別から、既述『狂人日記』論で触れた『ツァラトゥストラはこう言った』を連想するのは、突飛だろうか。木山英雄の言うように、阿Qには、「積極的暗黒人物」、反面の英雄の気配が漂うのである［木山 一五二頁］。とはいえ阿Qはというと、こう考えるのだ。「彼は、自分を軽蔑できる一番の人間だと思った。「自分を軽蔑する」を除いて脇に置けば、残るのは「一番」そのものだ。科挙最高位の状元だって「一番」じゃないか。「おまえが何様だってんだ⁉」」と。かくて阿Qも勝ち誇って、帰っていくのであった。ここは一見、ひどく荒唐無稽に見えよう。だが、軽蔑というのを「反省」に置きかえてみれば、そんなに奇天烈な発想ではないことがわかる。そして、ここが精神勝利法の核心であることも理解されよう。近代とは、「進歩」「向上」が求められる時代であった。そのためには、不断に自己を反省しなければならない。最も自己を見事に反省できる人間こそ、最も立派な自負できる人間ではなかったか。余談だが、最近の言論にこんな言い方もある。

「近代人とは、いわば構造的に「自分探し」「反省」を宿命づけられた存在なのだ。かれらは、誰に強要されるわけでもなく、自己を「反省する自己」と「反省の対象となる自己」に二重化し、反省＝再帰的モニタリングを反復することによって、「自己の固有性」「個人の内面」を構成的に利用する近代社会の構造〔……〕の再生産に寄与する」〔北田　三八頁〕。

つまりは、最も反省できる人こそ、最も近代人なのであった。そういう意味では、五四新文化運動時代の魯迅こそ、反省の人であったと言えるかも知れない。「自分を軽蔑する」を削除しなくとも、阿Qは、まこと一番なのだ。北田の言うように、「反省」から「自己否定」までの距離は遠いかも知れないが、自己を軽蔑するのは、一九六〇年代末に流行した「自己否定」の方に近いとすら言えるかも知れないのだから。新島淳良は、この「一番」を抽出するやり口を「まっとうな庶民ならやらぬ操作」〔新島　一三六頁〕だとし、これを知識人に限定しているが、もはやそんなことではないことが、わかるであろう。

そうなると、つぎの精神勝利法が、いかにリアルかが判明するはずである。阿Qは賭場で、たまたま僥倖のお陰で、本当に大勝ちしてしまう。目の前に、きらきらした貨幣が積み上げられたそのとき、賭場は喧嘩の渦に巻き込まれ、ごたごたのさなか、阿Qの取り分はいつのまにか消えてしまった。いきさつからすれば、賭場の胴元が、わざと騒ぎを起こして、奪ったわけである。この失敗は、さすがに阿Qにもこたえた。息子が奪ったと考えても、自分が虫けらだと言っても、すっきりしない。そこで阿Qはどう優位を回復したのか。自分で自分の頬を数回たたいたのである。「殴ったのが自分で、殴られたのが別の自分のような気がした。しばらくすると、まるで自分が別の誰かを殴ったようで」

あった。自分でも情けなくなるような失敗やへまをやらかしたとき、自分の身体を痛めつけることで、精神的安定を保つという経験はないだろうか。自分で自分を殴るまでには至らなくても、拳骨をどこかにたたきつけるような。「まだいくらかひりひりしたけれども、心は意気揚々として勝ち誇り、寝入ったのである」。そして既述「反省する自己」と「反省の対象となる自己」の二重性を、「殴った自分」と「殴られた別の自分」として理解すると、このやり口の思想的背景まで理解できてしまいそうになる。ここも新島は、「常識的に無理だと思われる」〔新島　二三五頁〕と断定して、知識人に限定しているが、近代的人間一般に通用するだろう。

こうした精神勝利法について、近代人ではなく、孔子以来の古代儒者の思考に結びつけたのが、先の王暁明である。彼が論ずるのはこういうことだ。孔子の『論語・学而篇』末尾には、たとえば「人の己を知らざるを患えず、人の知らざるを患う」〔不患人之不己知、患不知人也〕という一節がある。他人が自分を理解してくれないのをくよくよせず、他人をわかっていない自分を心配しなさい、という意味だろう。この孔子のことば、才知に満ち溢れているのに、現実の就職がままならない我が身の不遇に対して、他人の無理解のせいにせず、自分の理解力の問題のせいとした。そしてこの態度から「君子」と「小人」の区別を作り出し、「内面的修行」を編み出した。こうして自分は君子になることによって、逆に鬱憤晴らしをしたのだという。「このような元来自分を騙すに近い「内省」の伝統は、当然歪んだ結果を生みだすに決まっており、病態的な傾向においてますます激しくなった」。ややひねくれている感もするが、このやり口が王暁明によれば、阿Qの先駆というわけだ〔王暁明　六五頁〕。興味深いことに、八〇年代スター的存在の哲学者、李沢厚が、『論語』の同じ箇所を取り上げて、こんなことを述べている。「「人が己を知らざるを患えず」のポイントは、個々人の価値と尊厳をつかむことであり、〔……〕自分の存在とは自己認識のなかにあって、「人が知る」ところにはないのだ」〔李四七頁〕。いかにも近代中国のヒューマニストらしく、外部に開かれない「主体的個人」論的見解で、王暁明とはまったく反対である。しかし「内省」「内面的修行」というのは、新島の指摘するように、それ自体、阿Qの「精神」や「精神勝利法」と似通っている〔新島 二三九頁〕。その点では、王暁明説の方が李沢厚よりも辛味が利いていて、深みがあると言えようか。

3　精神勝利法（二）

さて閑話休題。本筋の阿Q「優越の記録」に戻ると、これはさらに続くのである。前節冒頭、姓の問題で趙旦那にびんたを食らった話があったが、このときも阿Qは、「いまの世の中はなっちゃいない。息子が親父を殴るなんて……」という恒例のやり口で、勝ち誇りいい気持ち〔得意〕になって、鼻歌をうなりながら酒場へ出かけていく。ここは、秀才になった趙旦那の息子より、阿Qが三代上と言っていたのだから、趙旦那が阿Qの息子であれば、ちょうど二代差となって、勘定が合うようになることでもある。ところで未荘の通例では、有力筋にかかわることになって、初めて噂の種になるのであった。趙旦那が阿Qを殴ったのは、もちろん阿Qが悪いに決まっているが、村人たちは意外にも、特段に彼を大事に扱ったのである。なぜかというのは定かではないが、どうやら、阿Qが万が一でも同族であったらまずいし、趙旦那が関係した以上、それにかかわった阿Qもおいそれと無碍にはできない、ということらしい。この辺は、未荘という村人にとっての生きる知恵であり、これを「未荘の通例」と語りは述べているわけである。そこでしばらくは、阿Qもいい気持ちで過ごすことができた。

ある年の春、阿Qはひげの王という、同じような身分身なりの男が袷《あわせ》を脱いで、上半身裸のまま虱《しらみ》をとっているのに出くわす。阿Qの考えからすれば、この男はまったくお話にならない存在で、はげがあるのは（自分もあるから）別として、あごひげはひどくみっともない代物と思っていた。いつものちんぴらだったら、側に座る気にならなかったが、ひげの王なら何の恐れることがあろうか、というわけで隣に座る。同じように袷を脱ぎ、ひっくり返すと虱とりにかかった。ところが、ひげの王はつぎつぎと捕まえては、大きな奴をピチピチと音を響かせて口で噛み殺しているのに、阿Qはうまく捕まえられない。まったく眼中にないひげの王に敵わないのだ。阿Qは、とうとう堪忍袋の緒が切れた。

この虱とり競争をめぐっても、いくつかの言及がある。葛中義は、阿Qの「すべての思想意識活動は、彼がおかれている生活の危機的状態にほとんどふさわしいものはなく、社会生活の一般的常態から見て、明白に異常だ」と概括した上で、虱とり競争を例示している。「阿Qのこの考え方は、あきらかに、たとえどんな愚かな民衆でもありえようがないものだ」〔葛 一六九頁〕と。確かに、虱とりということばにとらわれれば、そういうことになるかも知れない。

これはテクストを、極めてリアリズム的に理解した結果であろう。『阿Q正伝』の醍醐味は、実はかくのごときリアリズム的解釈に拘泥したところにはないのだ。なぜなら、私たちもほんの些細なくだらないことで、競争意識をかきたてられ、嫉妬し、負ければ不愉快になり、腹を立てないだろうか。コレクターにとっての収集点数だとか、レアものだとか、点取り虫の平均点コンマ一とか、同一ブランド装飾品の価格とか、自分の論文の被引用回数だとか……。そこで竹内実は、「精神上の勝利法と虱とり競争の結び付きが、何ともダメで悲惨です」と言いつつ、つぎのような興味深いコメントを語っている。

「わたしは、〔……〕この虱とり競争の場面が、率直にいって、好きです。話は飛躍しますが、人間どんなにみじめになっても、虱とり競争をやってでも、生きがいを発見することができるのだなあ、とよく思います。／魯迅がこのダメで悲惨な状況を否定していることは言うまでもありませんが、そのダメで悲惨な状況を肯定しないと、わたしは息がつけません。それで、わたしは魯迅がつきつけてくる、それが精神上の勝利法だ、という指摘にたいしては、まともに向き合えないのです。たぶんこれは、民衆がなぜ民衆であるのか、ということでもあるでしょう」〔竹内実一〇二―一〇四頁〕。

ここには、『阿Q正伝』を新たに解釈し直すときの、重要な手がかりが隠されているのだが、それは後に触れよう。ただこの虱とり競争は、精神勝利法そのものではない。なぜなら阿Qは何ら優越感をもつことができないでいるのだから。厳密には、このあとのプロットと組み合わされていることに注意すべきである。なお新島がこうした精神勝利法を、知識人の性格に引きつけて受けとめる傾向にあるのに対し、竹内が民衆の性格としていることは対照的で興味深い。

さてかくしてわが阿Qは、このとき実力行使に及ぶのだが、ひげの王は逃げるどころか立ち向かってきた。しかもちんぴらの場合と同じく、阿Qは彼に簡単に押さえつけられ、いつものように、壁に頭を打ちつけられてしまう。言うまでもなく、「阿Qの記憶において、これはおそらく生涯最大の屈辱であった」。この失地をどう回復するのか。ここで銭家の長男で、日本留学で弁髪を切られカツラの弁髪をしている、にせ毛唐に出会ってしまう。腹いせ紛れに、つい罵りことばが口を衝いてしまったため、にせ毛唐によって、杖でしたたかに打ち据えられることとなった。失地回復どころか生涯二番目の屈辱となるのだが、パンパンと叩かれたお陰で、いくらか気持ちが楽になる。「忘却」という伝家の宝刀が早速効力を発し、居酒屋の入り口を入るときは、もうご機嫌になっていた。だが、本当の精神勝利法は、ここから始まるのである。呑み屋にいると、寺の幼い尼が向かいからやってくる。後家や尼は、中国の村落では、最も低い階層であった。阿Qにも、安心して罵倒しさげすむ対象はいたのである。「なぜ今日はこんなについていないかと思ったら、なるほどおまえに出会ったせいか！」。そう思った彼は唾を吐きかけ、尼の剃ったばかりの頭をさすって、「坊主頭、早く帰れ、和尚が待っているぜ……」と冷やかした。若後家が、男たちの性的対象となるように、若い尼は和尚の相手というのが、世間的相場の視線であった。尼が顔中真っ赤にして逃げようとするのを、酒場の者たちが大笑いすると、勢いづいた阿Qは「和尚が手を出せるのに、おれが手を出せねぇってのか」と言って、尼の頬をつねる。阿Qは周りの拍手喝采にいい気持ちになって、もう一度つねると放してやった。かくてこの一幕により、阿Qはひげの王とにせ毛唐との二つの屈辱について、すっかり仇を討った気分になり、心も軽やかにふわふわと帰っていくのである。

「忘却」は、言うまでもなく誰しもが用いる精神安定剤である。とともに、ここで描かれているのは、別件で憂さを晴らす、時間差的な精神勝利法であった。最も下層の尼を冷やかし、やりこめることで、確かに差別的ではあったが、阿Qは優位を取り戻すのである。これはある種の八つ当たりであろう。八つ当たりは、自分より地位や権力の上の者を対象とはしない。そのうえ、一つ快いことがあれば、その前の厭なことが、すべて帳消しになる心理もよくあることではないか。

4　自覚的阿Q

阿Qの精神勝利法で、もう一つ付け加えるべきエピソードがある。若い尼の頬をつねったときのすべすべした感覚とともに、彼女が言い残した捨てぜりふ「この後継ぎなしの阿Q！」が気になってきたのだ。「まったく、女がいるべきだ。後継ぎなしでは飯一杯供えてくれる者がいねぇ」。中国の祖先崇拝では、子孫が祭祀をすることで、死んだ祖先があの世で無事暮らせるということになっている。紙銭というのも、あの世で先祖が使うお金を、燃やして送る習俗である。生きている間だけではなく、死後の世界にも、飢餓と生活の苦労があるのだ。そこで、子どもを作る必要を感じた阿Qは、趙旦那の家に一時、雇われたとき、その家の下女である呉媽《ウーマー》が厨房で彼に世間話をしている最中に、突如として求愛してしまう。「おれはおまえと寝てぇ、おまえと寝てぇ」と。ついでに言うと、呉媽は男たちの性的対象とされる若後家である。この粗忽で稚拙な告白は、趙家を大騒ぎに巻き込むこととなった。問題はその後の阿Qの態度だ。阿Qはしばらく呆然として、ちょっとまずいことになったようだと思ったものの、仕事に戻ろうとする。すると趙家の秀才が大きな天秤棒を手にして現れ、「おまえ、謀反したな……、おまえこの……」と言うと、阿Qに向かって天秤棒を振り下ろした。指の関節にしたたか痛みを覚えた阿Qは、「女が…」という考えはすっかり消え失せ、一件落着の気分で何も問題がなかったように感じる。彼は仕事場に戻り、いつも通り米つきの仕事を始めたのだった。

しばらく身体を動かしていると、外が騒がしい。様子を窺うと、呉媽が泣きながら何か喋っているがよく聞こえない。阿Qは「ふん、面白れぇ。あの若後家が何を騒いでいるのやら」と言い、聞き出そうとして騒ぎの輪に近づく。するとまた天秤棒がやってくるのを見て、さっき殴られたことに気づき慌てて裏門から逃亡するのであった。ここは「忘却」がいくら伝家の宝刀としても、あまりに滅茶苦茶に思えるかも知れない。いくらなんでも、ほんのちょっと前の呉媽に対する言動を忘れ、騒ぎの観衆の一人になりすますというのは、ぼんくらにも程があると。

精神勝利法については、偏向〔変態〕心理として分析した専門研究もある。張夢陽が『阿Q新論』のなかで、一二の心理的異常に分けて分析しているのが、その一例であろう〔張 一〇五―一一五頁〕。ただそう捉えてしまうと、一見、精神勝利法の普遍性が理論的に位置づけられる気がしても、私たちと身近な存在であることが忘れ去られてしまいがちだろう。けれどもここでは、心理学の知見を借りることにしよう。最近、心理学的症状として、このようなものが結構あるというのだ。精神科医の香山リカが、解離（ディソシエーション）と呼ぶ症状を紹介している。

「最近は〔……〕ちょっとした葛藤やストレスをこの解離に似たメカニズムで回避する若者が増加していることが報告されている。具体的な例をあげると、日中は大学生で夜は風俗業のアルバイトをしている若い女性で、自分のバイトについての考えを聞くと肯定でも否定でもなく、「自分とは関係ない」とあっさり語る人がいる。〈私〉という統合された同一性を持った人間がふたつの顔を持っているのではなく、夜の仕事をしているときの自分は〈私〉には統合されない、解離した存在なのだ」［香山　九四頁］。

つまり、葛藤やストレスを体験しているときの意識を失ったり、記憶が丸ごと消えたりする、という。この症状は、ここの阿Qの場合ごく軽いものとして、同類と言えるだろう。あまりにみっともない求愛は、葛藤やストレスとなって彼の記憶から分離してしまったかのようだから。

さて阿Qは、この騒ぎの責任を取らされ、なけなしの掛け蒲団を質に入れて弁償をすることになった。あげくに老人女性や幼い少女からも忌避され、同じ浮浪農民の小Dに仕事を奪われて飢餓状態に陥り、未荘を離れて街へ出て行かざるをえなくなる。「恋愛」と「生計」つまり性食という人間本能の不可欠の場面では、精神勝利法は効力をもたない。現実の重みを乗り越えられないからである。阿Qの物語はここから別の展開をするし、精神勝利法は最後まで、彼につきまとってはいるが、これ以降は、さほど強い印象は与えない。

それでは阿Qと精神勝利法について、私たちが新たに考えることとは、どういうことであろうか。その世界的な普遍性は詳述したように、また多くの研究者が指摘するように、解決済みだろう。また時間的、歴史的普遍性についても、たとえば江潮がこう述べている。「たとえ共産主義時代になっても、人間と自然の関係、人間同士の関係において、精神勝利というものは生みだされることだろう」［江二一六頁］と。私たちが確認しておきたいのは、阿Qの精神勝利法が、私たちの生存と深く関わっていることである。それは多くの場合、人類が克服すべき欠点として位置づけられていた。しかし克服できるのだろうか。克服すべきなのか。むしろ、私たちは、阿Qの生き様をしっかり心に刻みつけながら、阿Qたることを自覚すべきではないのか。

中国でも、精神勝利法を是認する主張がないわけではない。ある歴史学者がこんなことを書いていたのだ。百歳になる老学者をテレビ記者がインタビューして、長寿の秘訣を尋ねた。老学者は、わしが阿Qの崇拝者だからじゃと答える。そして文革の極左時代に災難に遭った詩人のことばを引用する。「中国人にもし阿Q精神が少しもなかったら、生き続けられるだろうか」と。また友人の学者が、囚われの身となったとき、獄舎で司馬遷が宮刑に処せられたのを思い出し自分のは完全無欠だから、いつか「職場」で「作業」ができるだろうと考えると、耐えられないことはなかった、という話も書き付けている。そしてこの著者はこう宣言するのだ。「阿Q万歳と言ったらちょっとなんだが、阿Q千秋（阿Qよいつまでも）と言うのは、名実相伴うだろう」と〔王春瑜　三六頁〕。

だがこうした感情は、中国の文革というときに限るまい。あるいは、そうした非日常においてこそ、日常隠蔽されている真実が語られると言ってもよいだろう。そもそも私たちが人生において、失敗や挫折に出会わないことはありえないのだ。そういうとき、そこから真摯な教訓を引き出すことは望ましいことではある。だがそれだけでは、竹内実のいうように「息をつけない」のではないか。明日を生きるために、今日までの失敗に精神的に処理をすることは、生きのびるために必要というより必然的なことであろう。それに、最後の幼い尼のケースを除けば、精神勝利法が、まさしく「精神」の内部の問題であるが故に、他人を傷つけることは少ない。現実の力関係によって傷つけられた魂が、癒しと安らぎを求めた結果が、精神勝利法だとも言えるのである。

下出鉄男は彼の『阿Q正伝』論のなかで、「もし、阿Qの身をくるむ「鈍感」或は「精神勝利法」という名の外套を引っ剝がし、彼の裸の心と肉体とを現実に晒したならば、際限なく加えられる打撃に彼は耐え切れまい」と述べる〔下出 八〇頁〕。私たちもまた、精神勝利法という外套を引っ剝がされたら、現実の打撃に耐え切れない。庶民であれ、改革者であれ、魯迅のいう「戦闘者」であれ、同じなのだ。改革者が真に改革者であるならば、彼はなにがしかの成果を得ることはあるかもしれないが、たいていは、つぎつぎと敗北し失敗するだろう。それならなおさら、その蹉跌から立ち直り、つぎの変革の試みに奮い立つには、阿Qのようにならなければならない場合がある。だから、一九六〇年代の茅盾が、阿Qの形象について、「革命を求める願望が、愚鈍の外套のなかに楽観主義の精神がある」〔茅盾b 一二頁〕と述べたのも、まんざら「極左主義」の影響として、阿Q論から抹消していいとは言えないのだ。

だが私たちは、精神勝利法の極意と、効能とともに、麻薬的な習慣性や禁断症状も知っている。そうである以上、意図的な阿Q、阿Qであることを自覚した阿Qとなるほかないであろう。精神勝利法は、あくまで現実の変革をまったく意味しない。現実（環境）の変革を企図する気力をもたらすためにこそ、精神的な処理が必要不可欠なのである。私たちはみんな阿Qだ。阿Qが何者であるのかを知っている阿Qなのである。

5　「恐ろしい眼」に抗するために

最後に『阿Q正伝』について語るとすれば、触れるべきことがあと二点残っている。一つは、阿Qの革命の問題、いま一つは、ラストの阿Q処刑の場面である。前者は、未荘の村に「革命」の知らせが届き村の秩序が動揺して、ボスである趙旦那まで恐れおののいているのを聞き、阿Qが「革命も悪くはねぇ」と思う場面である。彼はそこでこんな幻想を抱く。「欲しいものは何でもおれ様のもの。好きな女は誰でもおれ様のもの」。そして未荘のすべての人々を土下座させ「気に入らない奴をみな殺したい」と考える。これを阿Q的な革命ととらえ、「このような阿Q式の革命と呼ばれているものは、革命であっても、実質は成り上がろうとする〔取而代之〕のにすぎない」〔劉・林 三二〇頁〕と語られることにもなった。それに対し、下出は「どんなに荒唐無稽であっても、秀才や偽毛唐の取りしきる投機的な「革命」とは異なり、阿Qの「革命」には切実な思いが籠もっている」〔下出 八二頁〕と述べて、阿Qを擁護している。

筆者もこれに共感するが、物語においては「革命」という現実と阿Qとは、趙旦那が怯えるというほんの一瞬を除いて、ほとんど接点をもっていないのだ。かつて述べたこと〔代田〕だが、阿Qの思考は「革命」を媒介にした広い意味での精神勝利法であり、現実の権力とは縁がない。ただそれと同時に従来の精神勝利法とは異なる、現実性を求めようとする阿Qの「欲望」も感じられるのだ。そうした二重性のなかで彼の生存と私たちの生存を考えなければ、極めて一面的な見方になってしまうだろう。従前の阿Q精神勝利法が、精神上において相手より優越を覚えるシステムであれば、それは（精神内部ではあるが）「成り上がろう」とする趨向を含まないはずはないのだ。「成り上がろう」というのが、精神上のものである限り、私たちの生存と欲望にも関わる切実なことである。ただそれが、現実の権力を実現しようとするのであれば、たとえ「切実」であっても、確かに暴力的な危険性を帯びてくるはずであろう。ここは作者魯迅が、のちに意味深長に語っていたことでもある。

「私の考えに拠れば、中国が革命しなければ阿Qは革命しないし、中国が革命する以上は革命するはずだ。〔……〕民国元年はもう過ぎ去って追跡できないけれども、しかし今後さらに改革があったら、きっと阿Qのような革命党が現れると私は信じている。人々がいうように、私が書いたのが現在より前の一時期に過ぎないことを願うけれども、私に見えたことは必ずしも現代の前身ではなく、その後、あるいは二、三〇年の後のことかもしれぬ、と心配なのである」〔「《阿Q正伝》的成因」『全集』三巻三七九頁〕。

この有名な箇所は、実は解釈もさまざまである。だが魯迅は明らかに、統治階級に取って代わろうとする、「不純な」革命参加者の登場を予見しているのだ。「阿Qのような革命党」とは、魯迅にとって否定的な形象であったこと、確かに間違いがない。

しかしだからこそ、筆者は物語のラストが準備されたような気がするのだ。それが、二つめのテーマである。革命ののち権力を掌握した総司令はこう語っている。「わしが革命党になってから二十日も経っていないのに、略奪事件が十数件、すべてお宮入りでは、わしのメンツは丸つぶれだ」。阿Qは、未荘を離れて後、窃盗団の一味となり盗品の運び屋という下っ端をやっていたことがあった。盗品をたまたま手にできたお陰で、未荘に戻った阿Qは少々はぶりのいいときもあったのである。だがこの噂が、このとき阿Qにとって致命傷になった。こうして阿Qは、挙人旦那の家に窃盗に入った一味として、処刑されるはめになるのだ。総司令のメンツを保つ生け贄として。そして見せしめのため引き回され、処刑場に向かうとき、阿Qは自らが置かれている生存の実態を、初めて理解しかけるのである。

「このさなか、彼の頭の中は旋風が駆けめぐったかのようであった。四年前、彼はかつて山裾で一匹の狼に出会った。ずっと着かず離れず彼の後をつけ、彼を食い殺そうとしたのである。その時彼は死にそうに怖かったが、幸運にも手になたを持っていて、そのお陰で何とか未荘までもってこられた。だがあの狼の眼はいまだに忘れられない。凶暴でいながら脅えていて、きらきらと火の玉のように光って、遠くから彼の皮と肉を突き通すようであった。今度はしかし、見たこともないようなもっと恐ろしい眼が見えた。鈍重だが鋭利で、彼のことばを噛み砕いたばかりか、彼の皮と肉以外のものまで、噛み砕こうとし、ずっと着かず離れず彼の後をつけてくる」。

「鈍重だが鋭利」な「恐ろしい眼」こそ、私たちの社会一人ひとりの間を隔てる、差別と区別のシステムのことである。あるいは、そのシステムを支える意識といってもよい。それが、改革者の変革を頓挫させ、改革者を葬り去り、あるいは彼らが精神勝利法によって生きのびねばならない状況を作ってきたのだ。その意味において、阿Qの革命と欲望は、すでに幻影として失効している。むしろ、阿Qこそ私たちの生存の替わりに、生け贄として処刑場に消えたと理解すべきではないだろうか。それどころか、いつどこで、私たちは阿Qと同じ運命となって、生け贄にされるかもしれないのだ。いや、私たちがみんな阿Qであるならば、私たちの生存とは、精神勝利法と生け贄との間の危険な綱渡りのようなものではないだろうか。

（注1） 阿Qの命名については、丸尾常喜『魯迅 「人」「鬼」の葛藤』岩波書店、一九九四年、が詳しく考証

を尽くしている。

参考文献

王暁明『追問録』上海三聯書店、一九九一年

王春瑜『老牛堂三記』山西古籍教育出版社、一九九八年

加々美光行編『天安門の渦潮――資料と解説・中国民主化運動』岩波書店、一九九〇年

何其芳「論阿Q」『何其芳選集』第二巻、四川人民出版社、一九七九年

葛中義『《阿Q正伝》研究史稿』青海人民出版社、一九八六年

香山リカ『ぷちナショナリズム症候群　若者たちのニッポン主義』中公新書ラクレ、二〇〇二年

北田暁大『嗤う日本の「ナショナリズム」』NHKブックス、二〇〇五年

木山英雄「『野草』的形成の論理ならびに方法について――魯迅の詩と〝哲学〟の時代」『東洋文化研究所紀要』第三十冊、東京大学東洋文化研究所、一九六三年

江潮『阿Q論稿』遼寧大学出版社、一九八六年

下出鉄男「阿Qの生について――置き去りにされた「現在」」『日本文学』八三号、東京女子大学学会日本文学部会、一九九五年

代田智明「阿Qの欲望――視線の物語としての『阿Q正伝』」『中国――社会と文化』一〇号、中国社会文化学会、一九九五年

竹内実「紹興・『故郷』・『阿Q正伝』　作品に即して」『魯迅遠景』田畑書店、一九七八年

張夢陽『阿Q新論――阿Q与世界文学中的精神典型問題』陝西人民教育出版社、一九九六年

新島淳良『魯迅を読む』晶文社、一九七九年

新島・加々美『はるかより闇来つつあり――現代中国と阿Q階級』田畑書店、一九九〇年

馮雪峰a『馮雪峰論文集』（上）人民文学出版社、一九八一年

b「論《阿Q正伝》」『馮雪峰文集』第四巻、人民文学出版社、一九八五年
茅盾a「読《吶喊》」『茅盾全集』一八巻、人民文学出版社、一九八九年
b「関於阿Q這個典型的一点看法——給一位論文作者的信」『茅盾全集』二六巻、人民文学出版社、一九九六年
劉再復・林崗「論五四時期思想文化界対国民性的反思」復旦大学歴史系編『中国伝統文化的再估計』上海人民文学出版社、一九八七年
李沢厚『論語今読』安徽文芸出版社、一九九八年

間奏曲Ⅰ　苦悩と葛藤（一九一八―二四年）

魯迅が『狂人日記』を発表してのち、小説や評論などの著作活動を続けたのも、自ら望んだことではなかった。『吶喊』「自序」にあるように「一旦飛び出したら、戻るわけにいかず、小説のような文章を書いて、友人たちの依頼をごまかしてきた」〔『全集』一巻四一九頁〕というのは、本音であろう。むろん、思想改革の希望を抱いていなかったというわけはない。だがよく言われるように、彼はずるずると引き出されるようにして、文筆活動の道を歩み始めたのだ。こうして、『吶喊』の諸作品や『熱風』の短い評論などが生まれることとなる。かくして魯迅の意志とは関わりなく、弟周作人とともに、新文化運動の旗手として、青年の間では進歩的知識人のひとりと見なされ、一躍スターダムに押し上げられた。

しかし二〇年代に入ると、彼自身の心の内部で、苦悩と葛藤に苛まれることとなる。魯迅という人は、彼自身が述べているように、心に深い「暗闇」の部分を抱えていたのであった。「私が言うことは、いつも考えることとは違います。なぜそうなるかというと、『吶喊』の序で述べたように、自分の考えを他人に感染させたくないのです。そうしたくないのは、私の考えがあまりに暗いからです」

〔黄編　六九頁〕。また、ある意味で責任感が強いため、すべてを自分で引き受けてしまい、他人を傷つけまいとして慎重になり、逆に自己嫌悪に陥って、それでなおさら慎重になる傾向にあった。よく言えば「慎重」であったが、はっきり言えば「臆病」で「疑い深く」〔多疑〕、悪く言えば「神経症的」ですらあった。それは結果的にインフェリオリティ・コンプレックスに彼を追い込んでいくといってよいかもしれない。そんな魯迅の姿は、新しい恋人許広平と交わしたラブレター集『両地書』（いまはそのオリジナルも見られる）をひもとけば、よく理解できることだろう。その背景に、「前奏曲」で述べた祖父の贈賄事件や望まぬ結婚が影を落としていることは、容易に推測できる。ただおそらく新文化運動さかんなりし時期には、それは彼の心の奥に秘められ未来への淡い希望に覆われて、大きくは表面化しなかったのではなかろうか。

人間関係の本質において、魯迅は基本的にある種「自己完結的」であった。同年代の友人でうまく距離が取れればよいが、密接になると「平等な関係」がうまく作れない。相手に対する思いやりが深すぎて却って相手の自立を妨げてしまい、トラブルが起こって自分が傷ついてしまう。こういうケースがとくに年下の関係の場合にはよく見られるといえるだろう。不器用とも言えるし、こういう性格はあまり教師向きとは言えない。このことは次の重大な問題に関連してくるように思われる。

それは弟周作人との不和決別のことである。ふたりは中国近代文学では、周兄弟と並び称され、日本留学を含めて少年青年時代の仲間でもあり、五四新文化運動では、手を取り合ってともに大きな影響力を与えた。いわば同志的関係であり、「一心同体」のようなところがあった。それが二三年の七月、突然けんか別れをしてしまう。周作人が「これからは、どうか二度と後ろの建物〔周作人夫妻の住居」には足を踏み入れないでください」という、絶縁状のような手紙を魯迅に渡しているのだ。このあげく魯迅は自分が築いたはずの家族同居の場所を捨てて、引っ越しを決意するのであった。翌年魯迅が荷物と書籍を取りに帰ったときは、周作人夫妻の暴力的妨害にすら遭っている。これ以降ふたりは、和解どころか、顔を合わせることもなかった。

この不和決別の原因については、当事者である周兄弟が沈黙しているため、いまなお謎として議論が絶えず、家計をめぐる摩擦説やセクハラ説などが流布されている。前者は、家計を仕切っていた周作人の日本人妻、羽太信子《はぶとのぶこ》の金遣いが荒く、魯迅がそれを咎めて対立したということ。後者は魯迅が羽太信子に何らかの「不快な行為」〔不敬〕（のぞき見や盗み聞き）をしたということ。いずれにしても羽太信子が絡んでいるため、話がややこしい。最近の中国の研究者は、経済的摩擦が積もり積もって、羽太信子が口うるさい義兄魯迅を追い出そうと謀った。そこに偶然で無意識な「不快な行為」が生じ、これを口実に八道湾の周家を乗っ取ろうと考え、恐妻家であった作人がそれに巻き込まれた、という筋書きを描いている。むろんこれも、決定的な証拠はなく、推測の域を出ない。ただ魯迅の衝撃はとてつもなく大きかったし、その苦悩も深かったようだ。もしこれが右に述べたようなことであったら、魯迅はぬれぎぬとして、少なくとも自分のプライドは傷つかなかっただろう。ことはもっと魯迅の心の奥底を貫いていたのではないか。

先の研究者は、のちに魯迅が「疑い深い」性格になったのも、この事件がきっかけだと述べている。この指摘は興味深いが、筆者が疑問に思うのは、これによって人間不信や被害妄想に陥ったとして、その「不信」は他人に対してのみだったろうかということである。その矛先は結局、自分の内面に向かったのではないか。

結婚の問題と関係するのだが、周作人と羽太信子は恋愛結婚であった。周家にとっては、外国人で家格も低いということもあり、周囲の反対も予想されたのだが、魯迅が家父長としてこれを押し切ったと伝えられている。愛する弟には自分の二の舞だけはさせたくなかったということだろう。魯迅の周作人に対する配慮はこれにとどまらない。作人が病気で北京郊外の西山に療養したときは、魯迅がその費用の工面に東奔西走し、病状について細やかな心配をしている。それは当時の日記や書簡から窺い知れることだ。そんなに兄が弟思いで、かつ志を同じくしていたのだから、弟は兄に恩義を感じていいはずだ、というのは人生の機微を知らない人のことばである。不和の原因の一つに、魯迅が周作人宛ての私信を開けてしまい、作人に「プライバシーの侵害」だと叱責されたという説がある。この説は当時ふたりが、著作や書簡について自他区別なく対応していた事実から退けられているが、もともと若い編集者に対して魯迅自身が語ったという点に注目したい。不和のきっかけは、おそらく相互の行き違いやちょっとした誤解だろう。ただしそれまでに膨大な不満の蓄積があり、魯迅が気づかぬうちに、些細なことで爆発したということもありえそうである。経済的摩擦も大きかった。それを糾そうとした魯迅のことばのはしに、今までこんなに面倒を見てやったのに、という含みが伴うことがあっても当然だろう。それは周作人夫妻にとっては、外部では平等で一心同体を標榜しつつ、実は家父長として厳然と立ちはだかっているように聞こえなかったか。むしろそういう意味では周作人は、深いブラザー・コンプレックスに陥っていて、どこかで自立を欲していた。羽太信子の場合は、もっと直接的に、この偉そうに口を挟んでくる義理の兄が、嫌で疎ましかったのだろう。夫婦は心の根底で、そんな気分を共有していたと推測できる。

だが問題は周作人の気持ちではなく、魯迅の受け止め方である。無体な、という気持ちはもとよりあったろうし、信子に対しては怒りを募らせていたかもしれない。のちにペンネームに「宴之敖」と名乗っているが、これは家の日本の女（宴）に追放された者、という意味を重ねていると言われるからだ。だが一方で、魯迅は周作人の心をいくらか読みとったのではないか。いや、魯迅は少なくともこの事件の背景に深刻な原因があり、その原因のすべてではないにしても、一端の責任が自分にあること、家父長的な態度を採っていたことにあると解釈した。善意でやっているのに、それが相手に精神的重荷や圧迫となってしまう、そんな構造に気がついた、という推測をしてみたくなるのである。そうであるがゆえに、魯迅は一切事件について沈黙し、自らの家父長という罪を背負い込んだのであろう。それが魯迅にとてつもない苦悩をもたらしたことは言うまでもない。信書の秘密を侵害したという説は、確かに事実全体からは遠く小さなことだろう。だがそんな気分を弟が持っていたと、魯迅自身が語ったとすれば、真実のいくらかは表白されていたのではないだろうか。

これはこれだけで充分一つのテーマになるので、ここでは推測を提出するにとどめよう。話をもどすと、魯迅は一九二四年ころ、深い傷（トラウマ）を背負っていた。弟との不和決別によって、それまで深層に秘められていた、一つは、祖父の出来事を中心とする忌まわしい出身（この時代は遺伝が現在よりずっと素朴に信じられていた）とそれによって過ごした疎外された少年時代。二つは、封建的な結婚を受け入れたこと。これは半永続的な屈辱的体験として、日々直面することであった。三つは家父長という伝統的な態度を無意識に採っていたこと。すべてプライベートな「瑣事」に起因するのだが、現実こそ思想的確証の場であるという姿勢をもっていた魯迅にとって、これは明らかに抽象的かつ思想的課題でもあった。魯迅が憎しみ、糾弾してきた中国四千年の封建的しがらみそのものが、自己の内部にあるということであったのだから。これらが総合されたとき、恐ろしい自意識を魯迅にもたらすことになっただろう。それはどんなに変革を唱えようと、新しい時代を導こうとしても、自分は決定的に、伝統的で、どうしようもなく「古い」、そういう存在から逃れられないという事実である。周作人との不和は、最良の同志を失ったというだけでなく、それまで潜在化していた心の暗闇を、魯迅に深く、一気に自覚させたのではないか。

こうした内在的な矛盾を抱えた上に、しかも外的な要素が重なっていた。五四新文化運動は二〇年以降、盛り上がりに欠け、「五四退潮期」という状態にあった。軍閥同士の内戦も激しく、その分北京の思想統制や生活への圧迫は強くなっていった。それに対抗するはずの進歩的改革派は、実は四分五裂のあり様だったのである。李大釗《りたいしょう》や陳独秀はコミュニズムに傾倒していったが、胡適は「国故整理」を唱え、アカデミズムを通して近代化を図ろうとしていた。一方、当時文学グループで最大手であった文学研究会のメンバーも、多くは混迷に陥り、自省を迫られている。周兄弟はこういう分裂をなんとか回避するよう努力するのだが、そのふたり自身が分裂してしまったのであった。

要するに、五四運動前後にあった改革への熱いエネルギーは失われ、新しい時代が来るという希望は、はかなく消えようとしていたのである。どのように変革するか、どうすれば変革できるかは曖昧模糊とし、将来への道は暗中模索するほかなかった。魯迅の内面と外部で大いなる危機が迫っていたわけである。こうして、実存主義的な問いかけを象徴的なモダニズムの手法で表象する、そんな文学者魯迅の時代が生まれてくるのだ。

　こういう時期、一九二四年から二五年に書かれたのが、魯迅の第二小説集『彷徨《ほうこう》』である。題名が示すように、不透明な未来への遠い道をさまよい歩きながら探し求めた、そんな気分がこの短編集の諸篇の端々に見られると言えよう。そこでここでは、作品集と魯迅との関わりを探るために、そのうち四篇を手がかりとして取り挙げてみたい。『祝福』論では、非道な社会に対して、無力な自己を確認しつつ、その社会を客観的に見つめる視点を獲得する過程を考察する。『酒楼にて』では、社会改革に対してだめになってしまった、ふたりの男の対話を通して、作者自身の形象を相対化していく。ここで魯迅の生の矛盾を「個人的自由主義」と「人道主義」の対立矛盾という形で捉えてみようと試みたい。(注1) 魯迅自身がつぎのように語っているからでもある。「じっさい私の意見はわかりやすいものではありません。そのなかにたくさんの矛盾が含まれているから。私に言わせてもらえれば、「人道主義」と「個人的自由主義」〔個人的無治主義〕という二つの考えがせめぎ合っているということかもしれません。それで突然人を愛し、突然人を憎むのです。物事をするにも、時には確かに他人のため、時には自分のため、時には生命をできるだけ早く消滅させたいために、わざと必死にやるのです」〔黄編　六九頁〕。当時の彼の心境が窺えるだろう。

　人道主義とは、『狂人日記』論で述べたような、未来の社会のために、過去を葬り去り、現在を犠牲にしようという、「橋渡し役」に徹する生き方であろう。個人的自由主義とは、魯迅自身が、たとえばアルチバーシェフ『労働者セヴィリョフ』や『サーニン』の主人公の形象によって例示している。「中心思想は、もとより自由な個人主義あるいは個人的自由主義というべきものである。サーニンの言動は、人生の目的は個人の幸福と快楽を得ることだけがすべてで、このほかの生活面の欲求は、すべて虚偽だというのである」〔「訳了《工人綏恵略夫》之後」『全集』一〇巻一六六頁〕。

自己犠牲的な人道主義と、というより、自己を抑制的な生き方から解き放ちたいという欲動との間で、魯迅は揺れ動いていたのだ。後者の欲動に強く惹かれつつ、内面化された前者のモラルに縛られていたというべきだろうか。それと結びあう形で、伝統に深くからめ捕られているという自覚が危機を決定的にしていた。この葛藤を対象化することで、魯迅は危機からの脱出を模索するしかなかったのである。『酒楼にて』と『孤独者』は、そのプロセスを示す重要なテクストと言えよう。なお『離婚』は、その後に書かれた佳作で、魯迅の別の面を垣間見せてくれている。前口上はこれくらいにして、ある意味でもっとも魯迅らしい作品集と言える『彷徨』の作品を、読み解いてみることにしよう。

（注1）「個人的自由主義」と「人道主義」との対立矛盾という枠組は、すでに先行研究によってもいくつか取りあげられている。丸尾常喜「「人道主義」と「個人主義」」〔丸尾　一一一―一二三頁〕など参照。

参考文献

王錫栄撰『魯迅生平疑案』上海辞書出版社、二〇〇二年
黄仁沛編『魯迅景宋通信集　《両地書》的原信』湖南人民出版社、一九八四年
中島長文「道聴塗説――周氏兄弟の場合」『ふくろうの声　魯迅の近代』平凡社、二〇〇一年
丸尾常喜『魯迅『野草』の研究』東京大学東洋文化研究所、一九九七年

第II部　『彷徨』から

『彷徨』初版表紙
（北京北新書局，1926年）

4　おばあさんの繰り言
――『祝福』論

1　故郷にもどってきた「私」

「おばあさん」というのは厳密に言うと、正しくない。というのも、このテクストによれば、主人公である祥林嫂《シヤンリンサオ》の年齢は、四〇前後とあるからで、今時こんなことを言ったら、とんでもない失礼にあたろう。ただテクストの描写では、髪の毛は真っ白で「顔はまったくげっそりして、褐色のうえに黒ずんで」いるとか、「まるで木彫りのようであった」とあるので、読者のイメージとしては、やはり落ちぶれた魔女のようなおばあさんなのである。とんがったわし鼻ではないだろうが。

このテクストは様々な意味合いで、因縁や符合が感じられる。そもそも『彷徨』と題された二番目の作品集のトップを飾っており、魯迅にとっても『吶喊』とは異なる世界として意識されていたと考えてよいだろう。その意味で出世作『狂人日記』と対をなし、対照的に参照されるべき作品なのだ。『吶喊』とのつながりを、少しテクストを越えて連想すると、こんなことにも気づかされる。『祝福』で背景となる場所は、お得意の魯鎮であった。『吶喊』で魯鎮が登場するのは『から騒ぎ』〈風波〉が最後で、著作年譜からいうと三年半経っており、久々ということになる。

『祝福』では「私」は、旧暦の年越しの準備に忙しい「そんなある晩に故郷魯鎮にもどってきた」とある。『吶喊』で『から騒ぎ』のつぎに書かれたのが『故郷』だが、『故郷』は日本でも比較的なじみの作品であろう。主人公の「私」が生活の本拠を職場のある土地に移すため、故郷の家屋を処分しに久しぶりにもどり、家族とともに引き揚げていく、そうしたプロットのなかで派生する物語であった。ここで指摘しておきたいのは、『故郷』の語り手「私」の機能では、『吶喊』序盤の『孔乙己』『明日』『瑣末なできごと』〔一件小事〕とは違って、読者を、とりわけ啓蒙者を啓蒙するという意図は放棄されていることである。作為的な「ミスリード」や罠は仕掛けられていない。むしろ「私」は作者自身の戸惑いと新たな「希望」への旅立ちを提示し、それらを客体化する存在として、テクストのなかで機能している。「私」は作者そのものではないが、仮設された魯迅の影なのである。尾崎文昭はそのすぐれた『故郷』論のなかで、『故郷』の位置をこのように述べていた。

「この小説のすぐ前に書かれた小説『風波』は、やはり魯迅の故郷の郊外と思われる地点を舞台にしていたが、手法はリアリズムである。この手法の成熟と、「曲筆」はもうすでにそれほど意識する必要もなくなった外的状況、それに、故郷の各種人物への直接的感情からの離脱を保証した上述の心理構造によって、はじめて、「積極的暗黒人物阿Q」〔木山英雄語〕の造形と故郷の鮮明な戯画的形象が可能になったものと考えるのである」〔尾崎　一八頁〕。

語り手「私」は『故郷』において、それまでとは異なる様態を見せ、『故郷』は作品集『吶喊』での新たな展開を予感させるべく、それ以前の作品とは趣を異にしていた。あるいはだからこそ、『故郷』ではその地名が魯鎮と明示されなかったのかもしれない。実は、魯鎮が小説のなかで、はっきり故郷だと明示されるのは、『祝福』になってからなのである。魯迅自身は、作品『故郷』が書かれる一年ほど前（一九年一二月）に、現実に故郷紹興の実家を売り払い、母親を連れて北京に移っている。それは『祝福』というテクストが書かれる四年あまり前であった。『祝福』に「故郷とはいえ、家はもうなく」とある。しかも「私が今度魯鎮で出会った人々のなかで変化の大きいのは、彼女にすぎるものはないと言えた。五年前のしらが混じりの髪は」という叙述は、「私」がこの前魯鎮を訪れたのが、五年ほど以前であることを指示するだろう。テクストの時間を作者の伝記的事実と対応させるのはテクスト分析のルール違反だが、これはきわめて興味深い偶然である。いずれにしても、テクスト『故郷』で里帰りし、引っ越していった「私」が、再び故郷に帰ってきた印象は否めない。読者にとっては、「私」も魯鎮ももどってきたのだ。だが語られるテクストは、すっかり変わってしまっている。「今度魯鎮で出会った人々のなかで変化の大きいのは、彼女」だけでなく、語り手「私」もそうなのであった。

テクストの構造という点では、『祝福』はやはり『狂人日記』を思い起こさせる。『狂人日記』は、口語体で書かれた日記と文語体の序との、二つの部分から構成されていた。現実を批判する語りの外側に、現実の秩序の側にいる語りがあるという二重構造で、これを「入れ子型」と言っておいた。『祝福』の方は三部構成で、第一と第三の部分は「私」の告白的な叙述、第二の部分が「おばあさん」である祥林嫂の生涯を語る物語となっている。語り手は同一と言えるが、語られる対象は異なっており（つまり「私」と祥林嫂）、ここでもより純粋な「入れ子型」、あるいは「サンドウィッチ型」の叙述構造ができているのである。

この構造が指摘されるに伴って、この二〇年近く、語り手「私」の役割の重要性が強調されてきた。これはある意味で当然であって、それまでは祥林嫂の悲劇的物語は、「政治、宗族、迷信、夫」の四つの封建的権力〔毛沢東『湖南農民運動報告』〕によって人々が圧迫されてきたことの、代表的言説とされ、それが『祝福』の中心的主題とされていたからである。「過去の研究はおもに、封建的倫理関係がいかにこの二度も寡婦となった善良な女性を、死地に追いやったかに集中していた」〔汪 二八二頁〕。映画『祝福』のように、「私」がまったく抹消されたケースさえあったのである。そのような事情では、「私」の意味は大いに語られるべきであるし、実際「私」はこのテクストを解釈する上で、鍵となる存在でもある。ただし、その反動で祥林嫂の形象を抹消してしまうのも、かえって極端ではなかろうか。実は「私」の葛藤は、祥林嫂の悲劇をもたらした暗黒との相補関係で生じている以上、その暗黒の様態も重要なのだ。そもそも「私」と祥林嫂とは、あい拮抗する存在だったのである。

2　おばあさんの来歴

祥林嫂はどういう人物だろうか。彼女は魯鎮あたりを島にしている口入れ屋のばあさんが、下女の口を探して連れてきた女性であった。「髪を白いひもで束ね、黒いスカートに紺の袷、月のように白いシャツを身につけ、歳の頃は二六、七」。山里で柴刈りを生業《なりわい》としていたが、一〇歳も年下の亭主と病気で死に別れ、外へ出稼ぎに来たという。試しに雇うことにはなるが、「私」の叔父が彼女に

「眉をひそめた」ということに表されているように、この当時の中国では寡婦は、不吉な運命のシンボルとして負の烙印が押されていた。『吶喊』の『明日』に登場する若後家の単四嫂子《シャンスーサオズ》が、隣の咸亨酒店の馴染み客阿五《アーウー》に、性的対象として目を着けられるのも、寡婦に対する世間の眼差しを前提にしたプロットである。だが彼女の素性運命は寡婦というだけにとどまらない。夫が「彼女より一〇歳若い」ということが、彼女のより苛酷な少女時代を刻印しているのだ。中国の農村では、かつて「童養媳《トンヤンシー》」という習慣が幅広くあった。赤ん坊の息子のために、まずは子守として女の子を買い取り、息子が成人したら嫁にするというものである。人身売買と売買婚の一例でもある。こうしてできた夫婦の年齢差は一〇歳以上になるのが通例で、むしろ嫁姑の方が歳が近かった。姑が支配的な権限を持ったため、そこで嫁姑の関係はしばしば険悪なものとなった。テクストには明示されていないが、祥林嫂がその「童養媳」である可能性はかなり高い。祥林嫂は幼い頃に売られ、姑の厳しい管理の下で育てられたのだろう。このことは、実は彼女が婚家から逃げてきたという、つづくプロットとも結びつくものだ。

働かせてみると祥林嫂は、きびきびと仕事をこなし、男一人分の役に立った。「私」の叔母がたいそう気に入って、本雇いとなった。年越しの準備を別の手伝いもなしに、一人でやり遂げ、それが「かえって満足で、口元にはいくらか笑みが生まれ、顔も白くふっくらとしてきた」。根が働き者であることが理解されよう。下女という辛い仕事ではあったが、婚家の束縛から解き放たれた解放感も窺える。祥林嫂がこのときお屋敷に勤めていた時間は、あとで支払われた手間賃から計算して三ヵ月半位にすぎなかったはずだ。しかしお屋敷の人々とくに「私」の叔母にとっては、その存在は印象的であったように見える。むろん有能な労働力としてなのだが、祥林嫂がいなくなってからも、叔母がしばしば彼女を思い出すところにそれが表れている。下女として搾取されるというようなイデオロギー的観念を越えて、三ヵ月半のこの時間は、祥林嫂にとって輝いていたというべきだろう。

だが先のような事情で、婚家の姑が黙っているはずはなかった。祥林嫂を買い取り育てた元手は回収できていないし、何より下の息子の嫁取りのために金銭が必要であった。それには祥林嫂をどこかへ売り飛ばすほかに方法はないのである。だから姑が口入れ屋を伴い、ふたりの男を雇って、祥林嫂の行き先を突き止め、さらっていったのは、当時の伝統的農村社会の原理からすれば当然であったと言えよう。「生きる」とは、そういうことであった。彼女は婚家よりもっと山奥の村に売られて、無理やり結婚させられる(注1)。嫁の来手が少ないため、いい値段がつくからであった。

祥林嫂はこの二度目の結婚に激しく抵抗する。結婚式では、出血が止まらないほど頭を香炉台に強く打ちつけ暴れたが、力ずくで新しい夫と結ばされてしまう。口入れ屋のばあさんによる語りは、寡婦がこんな場合大騒ぎをするのは当たり前だが、祥林嫂のは尋常でなかった、と述べている。山村の村人は「たぶん書物を読む方のお屋敷に勤めていたから、みんなとは違うのだろう」という納得の仕方をした。言うまでもなく「二夫《にふ》に見《まみ》えず」という儒教倫理に強く影響されたという意味である。そこでこの抵抗について、中国では「反封建的要素と封建的要素が混在している」［范・曽 一四三頁］という解釈も成り立つわけだ。だがそれはあまりに堅苦しい解釈ではなかろうか。

確かに祥林嫂が婚家から逃亡したのも、つまるところこうした二度目の結婚を回避するためであったろう。だが逃亡にしろ抵抗にしろ、祥林嫂の気持ちにあったのは、儒教倫理ではなかったように思われる。それは人生を可能な範囲で自分なりに生きたいという素朴な、原初的な欲望であったろう。ぎりぎりの自由を求める心情にもとづく、生命力の自然な発露と言ってもよい。だからこそ、お屋敷の下女という辛い仕事でも、彼女にとっては、自分に仕事が任されているという生き甲斐を見出すことができたのである。そして、とんでもなく厭であった二度目の結婚についても、子どもが生まれ、生活が落ち着いてくると、彼女はそのなかに自分の生きる場所を見出して、満ち足りることができた。「彼ら親子は、母親もふくよかになり、子どもも太った。上には姑もいないし」という口入れ屋の情報は、単なるお為ごかしとは言えまい。それは生活上の感覚であり、抽象的に「封建的イデオロギー」と関係があると言ってもあまり意味がない。確かに現代の女性たちは、祥林嫂が決して「幸せ」な状態だとは言わないだろう。この小康状態は彼女の人生にとって、単に相対的な「幸せ」にすぎないと断言するだろう。だがそこに「生きる」者にとっては、その相対性がかけがえのないものになることもあるのだ。

むしろここで少し肯定的に見ておきたいのは、彼女のそういう生への欲望あるいは姿勢である。人生への積極的で、意志的な構えと、現実のささやかな幸福や安定に対する素直な感受性である。もしそれを一民衆の形象として読み取るとすれば、魯迅の小説の系譜にとって、なかなか画期的なことでもあった。魯迅が描いた民衆の形象としては、背景に存在する群衆であり、第一義的には他人の不幸を傍観者として眺め、自分に降りかかってこなかったことを幸いとするものであった。主人公として描かれても、『明日』の単四嫂子、『故郷』の閏土《ルントウ》のように、受動的で精神が枯れ果てた存在として、民衆は描かれてきたのである。むろんここで、祥林嫂がエネルギーを持った民衆として描かれていると言いたいわけではない。描写の対象として現実味を帯び、生きた人間に近い形象を持たされているということである。『吶喊』初期の悲劇の主人公が、物語のある種の要素や道具にすぎず、ねらいは実は暗黒の暴露や描出にはなかった（啓蒙者に対する啓蒙と警告であった）のと比べると、ここでは少し事情が異なっているようにも思えるのだ。暗黒は克服できるものではなく、作家の前にいかんともし難いものとして、せり出してきたのではないか。だから暗黒は構造として現れてくる。活き活きとした祥林嫂の像が、暗転する前の姿として描かれたのも、そのためだろう。暗黒の構造として、祥林嫂の生涯があるのである。

したがって、つかの間の安定は長く続かない。力自慢だった二番目の夫をあっけなく病気で失うと、つづけて致命的なことに、大事な一粒種の息子まで失うことになった。こうして寄る辺のなくなった祥林嫂は、口入れ屋の斡旋で、ふたたび「私」の叔父の家に下女として雇われようとするのである。彼女は二年あまり前と変わらぬ格好で現れるが、その様子は少し違っている。「両の頬からはもう赤味がうせ、目は伏せたまま、目尻には涙の跡が残り、目の光も以前ほど活き活きとしてはいなかった」。視線や眼光を人の精神状態のメタファーとして使うのも、魯迅のよく知られた技法である。彼女の悲運は、口入れ屋のばあさんのことばとして読者は初めて聞くのだが、この悲運は彼女の悲劇全体からすると、いわば導入部あるいは前提をなすものである。悲運に出会った女性を世間がどのような眼差しで迎えるのか、暗黒の構造の核はむしろそこにある。興味深いことは、テクストでは祥林嫂がその悲運を自分のことばで繰り返すことだ。「ほんとに馬鹿でした、ほんとに」で始まるそのモノローグは、この物語でも最も印象的な一節となっている。

3　おばあさんの絶望

「雪が降るときは獣は山奥に食べ物がないから、村にやってくるということしか知らなくて、春にも来るなんて知りもしませんでした。私、朝起きると入り口を開けて、小さなかごに豆をちょっとばかり入れ、うちの阿毛に敷居に座らせ、豆を剝かせたんです。あの子は言うことを聞く子で、一言もたがいませんから、出ていきました。私は裏で薪を切り、米をといで鍋に入れ、豆をうでようとしました。阿毛を呼びましたけど、答えがないので、出ていってみると、豆が地面に散らばって、うちの阿毛がいません。他へ遊びに行くことなどないのですが、あちこち聞いてみると、やはりいません。私、慌てて人に頼んで探してもらいました。さんざん探して、山奥まで探しに行って、柴の枝にあの子の小さな靴が片方かかっているのが見えました。みんなが言うんです。まずい、狼かも知れないって。更に進んでいくと、草むらにあの子が倒れていて、おなかの内臓はもうすっかり食べ尽くされていました。手にはまだしっかり小さなかごを握ったまま」。

この発話は、もとより彼女自身による事態の説明ではあるが、彼女が語るという行為自体をも伝えている。そしてさらに、その内容と行為を読者と「私」とを含めた第三者が聞いている、という関係性をも示している。事実、叔母は初め彼女を雇うことを躊躇する。それはむろん悲運の女は不吉だからだが、この発話を聞いて同情した叔母は、結局雇うことに決めたのであった。だが再び下女として雇われた祥林嫂は、かつてとは大いに違っていた。以前のようにてきぱきしたところはなく、物覚えもよくないし、死人のような暗い顔に笑みはなかった。前には祭祀の仕事を一手に引き受けたが、今回は「良俗を害した」という叔父の言葉で、祭祀には一切手を触れることを禁じられた。「良俗を害した」とは二度嫁したことを指しており、汚れているという意味である。

周囲の魯鎮の人々の眼差しも冷たかったが、祥林嫂は一向に気にせず、「昼も夜も忘れたことのない物語」を人々に向かって語るのである。このときばかりは、普段伏し目がちな彼女が「目を見開」〔直着眼〕くのであった。語る行為がある種のカタルシスをもたらすのであろう。ここで先ほどとまったく同一の言述が繰り返される。そして「この物語はきわめて効果があった」。人々は冷たい態度やからかいをやめ、同情の態度を見せて涙ぐんだ。遠くからわざわざ彼女の身の上話を聞きに来る人までいた。

ここになかなか個性的で、かつある程度一般的な拡がりをもった形象として祥林嫂が描かれるのである。彼女の語りは初めのうちは常に、何人かの聞き手が取り巻いていた。だが同じ話が何度も何度も繰り返されるにつれ、人々は聞き飽きてしまう。「それから村中の人たちは彼女の話をほとんど暗誦できるようになり、聞いたとたんいらいらして頭痛がするのであった」。弟周作人によれば、遠い親戚に息子に疎遠にされた女性がいて、祥林嫂のモデルの可能性があるという。その女性が悲しみを訴えるので、聞いた人が同情して息子を罵ると、女性はかえって怒って、その人が悪口を言っていると息子に伝えるため、気まずくなってしまう。「彼女はその物語を何度も話したが、みんなは半信半疑で、意見を言うのをはばかり、うんうんと言って聞くほかなかった」〔周 一五四頁〕。モデルかどうかはともかくとして、ここには人生の悲哀を繰り返し愚痴のように語り、そのせいで人から遠ざけられてしまう老人の、もう一つの哀しさが浮かび上がってくる。カタルシスとしての語る行為を、冷たい世間は受けとめられない。

これはいわば、おばあさんの繰り言ということだろう。祥林嫂の形象が規範性と普遍性を持つのはこの部分で、それは悲運そのものというより、悲運の語りと語りに対する反応という関係なのだ。そして冷淡な世間は、「頭痛」の種も嘲笑の種に変えてしまう。どうして二度目の夫を受け入れたんだい、頭をぶつけて損したな、などと。おそらくはどこの社会にもある、こうした鈍感さ、つれなさを前提として、さらに輪をかけて、暗黒はより構造的に仕組まれていくのである。

お屋敷に同じく雇われている柳媽《リューマー》の存在は、魯迅の小説にたびたび現れる悪役的民衆の系譜に位置している。不幸な主人公の心を傷つけ、さらに追いつめるのは、しいたげる者ではなく、同じ民衆なのである。柳媽は二度目の結婚について、祥林嫂がいやがったというものの、実は望んだことだろうと決めてかかる。これは『明日』の阿五が寡婦の単四嫂子を見る眼差しと共通している。男が欲しかったのだろう、という含意である。先に述べた世間の嘲笑と符合しているところは、興味深い。だが柳媽が祥林嫂に最も衝撃を与えるのは、つぎのようなことばであった。

「お前さんは、二番目の旦那と二年も一緒にゃいなかったが、とんでもない罪科《つみとが》を背おっちまったんだよ。だってねぇ、いつか閻魔様のとこへ行って、あの世のふたりの旦那が取り合ったら、どっちに行くのさ。閻魔様は仕方ないから、お前さんを鋸で裂いてふたりに分けてやるだろうよ」。

これを聞いた彼女の顔に恐怖の色が浮かぶ。山奥では聞いたことがなかったからだ、とテクストは記述するが、「二夫に見えず」という儒教倫理を田舎町の民衆レベルで翻訳すると、こういうことになるのだろう。これには道教的色彩も含まれていて、最終的には柳媽は、村の土地廟に敷居を寄進し、それが多くの人にまたがれ、踏まれれば、死後の苦しみから免れるだろう、と祥林嫂に勧める。それが柳媽という個別の意識なのではなく、彼女の口を通して表現された、伝統中国総体の言説であることは言うまでもない。

暗黒は二重三重の構造として提示されてくる。祥林嫂の不幸そのものが、最低限の彼女の意志をも踏みにじる社会構造にかかわっているし、その不幸を語ることによって、なおさら彼女を世間から疎外していくのだ。それどころかそうした「生」の苦しみの上に「死後」の恐怖がのしかかってくる。そんな「死後」の運命に対しても、祥林嫂があらがおうとするところに、既述した、主人公の生命力と独立した形象が描かれてもいる。そして、あらがうほどに不幸と悲運が深まっていく物語の過程に、暗黒が構造としてはっきり捉えられているのが理解されるのだ。

祥林嫂は、自分を嘲笑する人々を「いつも睨みつけ〔瞪着眼睛〕、一言も口を開かず、そのうち振返りもしなくなった」。彼女はじっと唇を嚙みしめ、黙々と仕事をし、柳媽のことばに従って、土地廟へ寄進するために工賃を貯めようとする。それがどんなに迷信的な行為であるにせよ、テクストの描写は、彼女の頑とした意志を伝えている。寄進が済むと、彼女は「気持ちが伸びやかになり、目の光りも思いの外明るくなっ」て、「私」の叔母に「うれしそうに」寄進が済んだことを報告するのであった。彼女にとっては、死後の心配もなくなり、運命がもたらした「不吉」と「汚れ」というシンボルも、それによって消えると思っていたことだろう。だから冬至の祭祀には「もっと働こうとした」のである。だが彼女が祭器を手にすると、「手をお放し、祥林嫂」という「私」の叔母の声が響いた。彼女の顔色がさっと灰色に変わり、気を失ったように立ちつくしてしまう。寄進によっても、いや他のいかなる手段によっても、忌まわしいシンボルを取り去ることはできず、そうである以上、死後の運命への恐怖は増すばかりになったに違いない。「生」はもとより「死後」さえも安楽ではないことを悟った彼女は、もはや何の生き甲斐もなくなり、でくの坊になってしまう。そしてろくに仕事ができない者となって、お屋敷からとうとう追い出され、乞食同然となっていくのであった。こうして暗黒の構造は、彼女の生涯と重なって閉じていくのだが、この暗黒に直面する出来事として、「私」と祥林嫂の出会いが第一部に描かれていたのである。前に述べたようにテクストでは、「私」の物語の重さも、この暗黒の重さと釣り合うものとして、提示されているのであった。

4　おばあさんと「私」の対話

さて「私」は、久しぶりに故郷魯鎮にもどってきて、叔父の家に滞在している。叔父は「私」に向かって「新党」の悪口を言うが、それは康有為たちのことで、いわば一昔前の「新党」であった。「私」が訪《おと》のうた友人や親族も「大したかわりはなく、ちょっと老けただけであった」。故郷は、なつかしさやうきうきした気分をもたらすものではなく、何の変化や進歩もない沈滞した空間であった。こうした記述から、「私」が実は「正真正銘の「新党」で、価値観において故郷の倫理体系に対し、批判的な理解ができるたった一人の人物」〔汪 二八三頁〕であることが証明されている。「私」は、変わらぬ故郷の年越し準備の風景や家の机に置かれている古書に、ある種の虚無感を抱き、「いずれにしても、明日は出ていこう」と考える。「私」は故郷にとってもはや「よそ者」でしかない。それはある程度意中のことだったかも知れないのだが、そんな「私」に故郷からの離脱を促すように、心に不安の波風を立たせたのが、祥林嫂なのであった。

「私」と祥林嫂の出会いも、このテクストにおける出色の場面である。そしてこれは「私」にとって重大な意味をもっているばかりでなく、ほとんど生気を失っている祥林嫂の、最後の意志をも個性的に表現しているのだ。旧友に会いに出かけた「私」は、川の畔で祥林嫂に出会う。「目を据えた彼女の視線を見て、明らかに私の方にやってくるのがわかった」。彼女ははっきり「私」と知って近づいてきたのである。祥林嫂は、ぐるっと動く目の玉だけが生きている証で――やはり目と視線がぎりぎりの「生」を意味する――、木像のようになっている。からの茶碗を入れたかごを手にし、自分の背丈より長い竿を持って、「明らかにまったくの乞食であった」。

「私」は立ち止まって、物乞いをされる心つもりをする。だが彼女はこう問いかけるのだ。「ちょうどよかった。あなた様は本もお読みになるし、外へ出て、見識も多いでしょう。一つお聞きしたいんです」。こう言ったとき、彼女のどろんとした眼が突然光を放った。予想外のことを言われて「私」は戸惑いながら立ち止まる。彼女は二、三歩近づき、声をひそめ、大層な秘密のように、思いを込めて訊ねた。「人が死んだ後、魂はいったいあるのでしょうか」。この疑問が「私」に対して発せられたことは、祥林嫂が「私」の位置を知っていることを示している。村中の誰に聞いても無駄なのだ。「よそ者」と化した「私」だけが、閉鎖的な村の「外」に向かって開かれた通路であり、そこにわずかだが祥林嫂が確かめようとする意味が込められている。そしてそれだけ、「私」にかかる心理的負担も重たいものになってくるのである。それで「私」は、突然のこの問いにひどく狼狽する。死後の魂の有無については「気にもしていなかった」というのは、この「正真正銘の新党」にとっては問題にならないことだからである。だが「私」はこう考える。「ここの人は決まって幽魂を信じているが、彼女は疑っている。望んだ通りを言うのがいいかも知れない。あってほしいのか、ない方がいいのか……。末路の人に余計な苦しみを増やすことはあるまい」。単純な「啓蒙」の立場は放棄されて、常識的で善意の「配慮」のもとに、この「学校の抜き打ちテスト」に対する回答はなされる。「あるかもしれない――と思うよ」。だが祥林嫂の続く問い「それじゃあ、地獄はあるんでしょうか」は、「私」を一層不透明な立場に追いやることになる。「地獄？――理屈からするとあるはずだが……そんなこと誰にもわからんし……」。「それじゃ、死んじまった一家の者には会えるのでしょうか」。「さぁ、会えるかどうか……」。歯切れの悪い回答に、自分の愚かしさを感じた「私」は、さっきまでの話をすべてひっくり返したくなって「まったくわからないんだ〔説不清〕。実際、魂があるかどうかも、まったくわからないんだ」と言い、彼女が問い返す間を盗んで、その場から逃亡するのである。

第二部を了解した読者は、祥林嫂の問いが、鋸で引き裂かれる恐怖と結びついていることがわかるはずである。「私」はその意味で勘違いをしており、彼の「善意」は皮肉にも、逆効果しかもたらさなかったのだ。だが同時に、「死後の魂がない」という回答も、「生」に何の期待が持てない祥林嫂にとって、あの世で愛しい我が子に会いたいという希望をうち砕く以上、むごい言葉であるに違いがない。汪暉の言うように、この問いには正解がないのだ〔汪　三二七頁〕。さて逃亡した「私」は不安をぬぐい去れず、思考は右往左往する。彼女の問いに「別のつもりがあって、別のことが起こったら、私の答えは確かに何らかの責任があるはずだ……」と思う。一方そんな考えは「神経質」なもので、「わからない」と言って答えをひっくり返したのだから、「たとえ何かあっても、私とはまったくかかわりのないことだ」と打ち消す。だがやはり「落ち着かない気持ちで一晩を過ごした」。

5 葛藤する「私」の物語

三部構成の第一部と第三部では、「私」の心境や態度が語りの主要な対象となっていることは、すでに述べた。『狂人日記』や『阿Q正伝』の序では、語り手は物語の外部にいたが、ここでは物語の内部に入り込んでいる。徐麟はそこに『吶喊』と『彷徨』の根本的差異を見出し、この構成が「作者を啓蒙者の生存状況として、小説の構造に投げ入れている」と述べている〔徐 二四四頁〕。

むろん、ここで「私」が魯迅であるというわけではない。たとえば、不安を打ち消そうとする「私」が「わからない」という言葉の効用を語り、このことばは「たとえ乞食の女と話すのであっても、けして不要ではないのである」と述べるあたりは、確かに作者と「私」との間に距離が感じられる。だから「受動的で、鈍感な知識人である語り手」〔リー 六二頁〕というような解釈も出てくるわけだ。ただこのような「私」の語りは、何か投げやりな「反語」的ニュアンスを感じさせることは、指摘しておくべきだろう。「私」は作者そのものではないが、作者の影として、内在的な対話の機能を果たしている。だから緊張関係は二重である。祥林嫂の悲劇は「私」の存在をおびやかすものとして、両者は拮抗関係にあり、「私」は悲劇に対する自らの道徳的責任をめぐって、葛藤と矛盾を抱えている。そして悲劇に直面し狼狽し逃亡する「私」の姿は、それを物語として紡ぎ出す作者との緊張関係も持っている。これは決定的に『吶喊』にはなかった事態であろう。

祥林嫂の死を伝えるお屋敷の雇い人と「私」の問答も、「私」と祥林嫂との問答同様に、事態に対する姿勢がずれており、このペーソスがかえって「私」の焦燥を浮きだたせる。そして彼女の死を知った「私」はつぎのように考えるのだ。

「しかし私の驚きは一瞬のことで、来るべきことがすでに通り過ぎたのだと、次第に思うようになった。何も私自身の「わからない」と彼〔雇い人〕の「餓死した」ということばの慰めに頼らなくとも、気持ちがだんだん楽〔軽松〕になっていった。たまたま、いくらか心がうずくこともあったようだが」。

このような語りに、第三部のこんなことばが重なってくる。「この〔新年を迎える爆竹の〕けたたましい抱擁のなかで、私はけだるく、かつ伸びやかになり、昼間から夕べにかけての心配は、まったく幸運祈願〔祝福〕の雰囲気で一掃されてしまった」。この二カ所を引用した汪暉は、語り手の「私」について、こう分析している。「私」は「自分が「故郷」と隔たりを持ち、疎遠になっていることを意識するのみで、自分の内心の行為と別れを告げたと思い込んでいる「故郷」との間に、不可分のつながりがあることは意識していないのである」。そこでこのテクストは「知識人が身を挺して、絶望に反抗するほか道はなく、さもなければ旧秩序の「共犯者」になってしまう」ことを指示するとする。こうして「絶望に反抗する」か「有罪」か、どちらか以外に選択はない、という矛盾に陥ると指摘するのだ〔汪　二八四頁〕。これも一理はあるが、ここではむしろ「私」のなかに、より強く作者の影を見ておきたいと思うのである。

「私」が魯迅の影であるというのは、つぎのようなテクストを参照すればわかりやすい。『祝福』の一節。

「失意のどん底にある祥林嫂は、人々によって塵芥のなかに捨てられ、飽きられた古ぼけたおもちゃとして、かつては姿形を塵芥にさらしていた。楽しく生きている人から見ると、彼女がなぜ存在しているのか不思議に思うだろうが、いまは死に神によってきれいさっぱり掃除されてしまった。魂の有無は私は知らない。けれどもこの世で生きるすべのない者が生きることをやめ、つまりは見るも厭な者が見えなくなることは、その人にとっても他人にとっても、悪くはないであろう」。

この語りは、先と同様ある種の「憤激の反語」〔七六年版『彷徨』二四頁注釈〕というニュアンスにも受け取れるが、素直に読めばニヒリズムに近い諦念のことばにも聞こえる。それはしかし、同時に作者自身のつぎのテクストを連想させるのだ。

「たとえば私は「この世の苦しみ」は呪いますが、「死」は嫌悪しません。なぜなら「苦しみ」は減らすことはできても、「死」は必然だからです。「行き止まり」とは言っても哀しむには足りません。〔……〕またお手紙には、「自分と関わりがある者が死ぬと、自分と関わりがない者すべてを憎む……」とありますが、私はちょうど反対で、私に関わりがある者が生きていると、安心でいられず、死ぬと安心します」〔黄編　六九頁〕。

「自分と関わりがある者」とは、この書簡の相手許広平にとっては親族を指すので、一般的には身内や仲間のことである。祥林嫂の苦しみを「減らす」すべがないことは、第二部が明瞭に語っているのだから、彼女の死が「私」に安心をもたらしたとしても、なおさら不思議ではない。ここのことばは二つのテクストの論理的関係から言って、魯迅の心境に近いと言えないだろうか。むろん、ニヒリスティクな憤りを心に秘めつつ。第一部では、上の一段の後、窓外のさらさらした雪の音を聞きながら、先ほどの考えに「かえって気持ちが伸びやかになってい」く。「けれども、先程見聞きした彼女の半生の断片が、ここで一つにまとまったのである」。こうして第二部の開幕が告げられるのだが、これも重要な記述であるように思われる。第二部はそれだけで充分に短編小説の形式要件を満たしていた。たとえば徐麟は「もし〔『祝福』〕全体の構造から「私」に関する部分を取り去っても、残った部分でなお完璧な物語を構成できる。しかも『吶喊』風の啓蒙主義的物語である」〔徐 一四三頁〕と述べている。ただし、第二部が『吶喊』風の啓蒙主義的物語とはひと味違って、そこでは暗黒が構造的に仕組まれ提示されていることは、すでに見てきた。

　このようにいかんともし難い暗黒の構造がせり出してくるには、それに釣り合うだけの語りの主体が必要であったろう。語りの主体も、暗黒の構造に合わせて、このときせり出してくるのだ。それは、祥林嫂の悲劇に道徳的責任があるかどうか、戸惑っている主体でも、暗黒を内部に抱えつつ、それと格闘するカオスのごとき主体でも、ありえない。暗黒を構造として見据えるためには、距離感覚が必要だからであり、それが先のニヒリズムに近い「私」の「心境」吐露であっただろう。むろん逆に「気持ちが伸びやかになってい」くのに任せても、それは忘却につながるがゆえに、語りの主体は拡散して成立しない。テクストが、伸びやかになっていく「けれども、先程見聞きした……」と逆接を用いるゆえんである。それはちょうど、ぎりぎり両者の中間にあって初めて、暗黒の構造を対象として語りうる主体となりうるということだ。道徳的責任にこだわり続ける主体と、それを放棄し、自らの責任に無自覚になっていく主体との、ぎりぎりの中間においてである。

こうして暗黒が構造として対象化された後、大変短い第三部につながる。「私」は年越しの「幸運祈願」〔祝福〕の雰囲気の中で、祥林嫂の悲劇による不安を忘れ、けだるい伸びやかさに身を任せる、そういう結末となった。汪暉に従って言えば、このときの「私」は、まさしく旧秩序の「共犯者」に違いなかろう。だが小説を作り方から考えていくと、この第三部はエピローグとしてならば、なくともよいし、ない方がすっきりしたかも知れない。これは、単なる結末を印す余韻ではないようなのである。とすれば、第三部の存在は、作者にとって何を意味したのであろうか。それは汪暉の言うように「絶望への反抗」を続けなければ、「共犯者」に陥ってしまうという叫びなのであろうか。つまりは『狂人日記』をいくらか内面的に反復しただけなのだろうか。

『祝福』では、啓蒙者への啓蒙という立場も、暗黒をむやみに糾弾する立場も、すでに放棄されている、そのことによって暗黒は対象化されてせり出し、その対象化する主体がかろうじて成立した。それの背後にあった事情とは、魯迅自身が自己解剖を迫られたことであったように思われる。王暁明はそれをつぎのように述べる。「彼〔魯迅〕の小説の中では、『祝福』は転換点であり、この一篇より彼の自己分析が正式に登場する。彼がそれを『彷徨』の巻頭に置いたことは、彼の小説の変化から見て、まことにふさわしい啓示ではないだろうか」〔王 一〇一頁〕。その通りだろう。とすれば第三部の「私」つまり、先ほどの無自覚な「共犯者」もまた、作者魯迅の影と理解した方が妥当のようである。

祥林嫂の悲劇のような圧倒的な暗黒の構造に直面した、知識人の無力感がそこに表明されている。いかんともし難いものに対して、道義的責任から逃亡したい、自由になりたいという欲望といってもよい。極端に言えば、堕落へのいざないが、その萌芽が、ここに兆しているということでもあろう。むろん、影である以上「私」は作者そのものではない。しかしそこに、自己を道義的責任を負う者、罪ある者と認めるのか（認める以上、その責任を何らかの形で果たさねばならない）、それから逃亡するか、という葛藤と矛盾が、作者を苛んでいたとしてもおかしくはないのであった。汪暉の言うように、現実の作者の言動は、暗黒に対し暗黒と一緒に格闘するような姿勢、「絶望への反抗」というあり方であったことは違いない。だがその自己内部に、自分に対する深い懐疑が生じていたと思われる。その懐疑を告白したところに、まさしく『祝福』が『吶喊』と袂を分かち、『彷徨』の開始を告げて、その巻頭を飾る意義があったと言えよう。ある意味では、『彷徨』と同じ時期に書かれた『野草』と合わせて、魯迅文学の最も魯迅的な時代がここに到来するのであった。

最後に『祝福』という題名について、一言触れておきたい。これは魯迅の故郷紹興地方の習俗で、年越しのときに行われる「幸運祈願」の祭祀のことである。日本語タイトルは、中国語そのままで、ニュアンスの方向性が間違っているわけではないが、やや誤解を招きやすい。英文タイトルは“New-Year Sacrifice”（年越しの生け贄）であって、これはたとえば「生け贄は大衆のために幸運を祈る〔祈福〕もので、神に祭った後、大衆はその肉をばらばらにして分けるのです」〔黄編　六四頁〕という作者自身のことばにも対応して、なかなかふさわしいものになっている。さらに言えば、祥林嫂は人々が新年を迎える生け贄になったのだ、という事実と、それを見据えなければならない作者との緊張関係が、そこに反映されているると思われるからでもある。

（注1） 寡婦の再婚については、白水紀子が『祝福』を材料にしてやや詳しく論じている〔白水 一三八―一四三頁〕。

参考文献

汪暉『反抗絶望』久大股份有限公司、一九九〇年
王暁明『無法直面的人生・魯迅伝』上海文芸出版社、一九九三年
尾崎文昭「「故郷」の二重性と「希望」の二重性――『故郷』を読む」『飈風』第二一号、一九八八年
黄仁沛編『魯迅景宋通信集《両地書》的原信』湖南人民出版社、一九八四年
周遐寿『魯迅小説中的人物』上海出版公司、一九五四年
徐麟『魯迅中期思想研究』湖南師範大学出版社、一九九七年
白水紀子『中国女性の20世紀　近現代家父長制研究』明石書店、二〇〇一年
天津碱廠工人理論組・南開大学中文系注釈『彷徨』人民文学出版社、一九七六年
范伯群・曽華鵬『魯迅小説新論』人民文学出版社、一九八六年

5　ぼくたちの失敗
――『酒楼にて』論

1　二つの「私」

森田童子のCDアルバムの表題作「ぼくたちの失敗」をご存じだろうか。だいぶ前に、野島伸司の脚本で、教師と生徒の禁断の恋愛を扱って、話題になったテレビドラマ『高校教師』の主題歌としてはやった曲である。森田の歌手活動自体は、一九七〇年代から始まり八〇年代初めまでで終結しているので、厳密に言えばリバイバルということになる。その歌詞はこんな風だ。「春のこもれ陽の中で君のやさしさに／うもれていたぼくは　弱虫だったんだヨネ〔……〕だめになったぼくを見て　君もびっくりしただろう／あの子はまだ元気かい　昔のはなしだネ」。森田の唄が、近年流行したゆえんとは別に、同時代に一定の人々に根強い支持があったことは、伝説のようにいまも語りつがれているそうだ。それは明らかに、六〇年代末の学生運動の高揚とその後の挫折を経験した世代の共感を得たからであろう。だから「ぼくの失敗」ではなく「ぼくたちの失敗」でなくてはならなかったのである。その歌詞は、どうも感傷的で退廃的にすぎるのだけれども。

魯迅『彷徨』の二作目『酒楼にて』を、この唄に重ねるのは少々場違いかも知れない。しかしこのテクストにも、そんな雰囲気が漂っていないわけではないのだ。辛亥革命の挫折、というよりそれを継いで託された五四新文化運動の失敗に対する精神的混迷が、前景化されているからである。かつて喧嘩をするほど熱く改革を語り合ったふたりが、昔からある故郷近くの酒場で、たまたま出くわす。問わず語りに、「だめになった」近況を話し出す友人……。『祝福』では、暗黒の構造そのものと、暗黒に直面してたじろぐ知識人「私」とを緊張関係のなかに据えて、並列に語っていた。だがここでは、たじろぎ自己を見失ったあとの「私」そのものが、直接語りの対象を占めている。そこでこのテクストについて、尾崎文昭は、心を支えるものを失った葛藤を描くとしつつ、『吶喊』において『故郷』や『宮芝居』がしめる位置のように「癒しの作用をもつセンチメンタルな作品」と規定している［尾崎 四一頁］。そうに違いあるまい。だがそう言ってしまっていいのだろうか。ぼくたちが「だめになった」背景に何が意識されていったのか。そもそもぼくたちは、いまでも「ぼくたち」でありつづけているのだろうか。森田の唄が「ぼくたち」と「ぼく」を巧妙に使い分けているように。むろん確に「ぼくたち」にとって「人間関係のありかた」がいまどうであるのか、それを「最も親しいところから模索した作品」というのは、尾崎の言うとおりだとしても。

テクストは、『狂人日記』や『祝福』と同様に、やはり「入れ子型」の構造になっている。「私」という語りの狂言回し役がまず登場し、そこへ古くからの旧友呂緯甫《りよいほ》が現れ、自分の近況を語る長い語りが引き出される。テクストでは、それは引用符で括られるわけだが、そこでも「私」という語りが支配するので、二つの「私」が対蹠的に向かい合っていると考えてもいいし、片方の「私」の語りを、もう一方の「私」が聞いているという対話的構造として理解してもよいだろう。いずれにしても、『祝福』の場合と同様、ここでも呂緯甫のみの物語としても、むろん「私」の物語としても捉えることはできない。双方の関係にも、作者のねらいがあることは、あらかじめ指摘しておくべきことである。

2　最初の語り手「私」

さて「私」は北方から南下して、S市に立ち寄る。ここは故郷から舟で数時間ほどの街で、「私」はこの街でかつて一年教員をやっていたと記述されている。この「私」にも、やはり魯迅の影がつきまとっている。S市とは容易に、その故郷紹興を思い起こさせるし(注1)、彼は日本留学を終えて帰国した翌年一九一〇年、紹興府中学堂の教師を一年余りやっているからだ。「私」は冬の大雪の光景を見て、「けだるさと懐かしさの感情がない交ぜになり」ついこの街に滞在してしまう。この勝手知った街も、『祝福』における故郷魯鎮と同様に、「私」にとっては、どこか白々しく、よそよそしい。かつての同僚は一人も残っていなかったし、勤めた学校は名称も正門の様子も変わっており、「見慣れぬものであった」。「私の興味はとっくにそがれて、ここに来たのは余計なことだったとひどく悔いた」。魯鎮では変化のないことが、「私」の気持ちを暗くしたのだが、ここではそれと違って、変化したことで「私」の気持ちがふさぐのである。はじめから「私」は感傷に誘われてこの街に来たのだが、街はその感傷を満たしてくれない。むしろ、変わったのは「私」の方の視線かも知れないのだが、それ

について は後で述べよう。

その日は「鉛色の空で、うんざりするような白っぽい有様に、細雪が舞い散っていた」。そんな重たい気分で、泥のようにおいしくない食事を済ませた「私」は、暇つぶしに、昔よく通った酒場のことを思い出し、そこへ行ってみることにする。懐旧というセンチメンタルな心境と、それに答えてくれない現実に対する、気だるい、手持ちぶさたの気分が初めから漂っている。一石居と呼ばれるこの酒場で一人過ごす「私」の心象は、なかなか興味深いものがある。一石居は二階建てで、都会的な空間であり、『孔乙己』に出てくる咸亨酒店に比べればまだ高級な場所といえるわけだが、久しぶりに訪れた「私」の印象はこんなだ。「狭くてじめじめした店の表構えとぼろぼろの看板は相変わらずだが、店の支配人からボーイに至るまで、顔見知りは一人も」いない。「私」はまったくの「一見《いちげん》の客〔生客〕」になってしまった。歩きなれた店の奥の階段を通って、「私」は二階に上がる。目の前の風情は以前と同じで、木の格子窓であった後ろ窓だけが、一枚ガラスに張り替えられていた。このガラスを通して見える廃園の描写が、「私」の心象風景を際だてて表示している。

二階は、人っ子一人いないので「一番よい座席は私の取るがままであった」。こう述べて、隅にある後ろ窓のそばを選ぶのは、中央を好む、中国の場所文化からすると少し意外なのだが、やはり窓から見える廃園の風景に心惹かれているからであろう。この風景がもっているメタファーの機能は、実は大きいのである。廃園はかつて何度も眺めたし、雪の日にも見たことがあった。しかし今回「北方に慣れた眼からすると」不思議に思うような発見を「私」はする。「いくつかの梅の老木が、雪に逆らって、樹木じゅうに花を咲かせ」ている。「こわれかかった東屋《あずまや》のあたりに椿が一株あって、鬱蒼と濃緑色に繁った葉の間に赤い花が十いくつか見えて、赤々と燃える火のようであった」。それらは厳冬をも意に介さず、怒りと誇りに満ちているように「私」には感じられ、その生き様は「暇人がぶらぶら遠くからやってきたのを軽蔑しているかのようであった」。梅の老木も椿の赤い花も、悪条件にあらがって生きる形象であろうし、それはかつての「私」の姿でもあったろう。そんな姿勢を失ってしまった「私」は、それを懐旧の気分で眺めているのであり、ある種の後ろめたさがここで象徴的に表現されている。だが、突然「私」はこの土地の雪が湿っぽく、べたべたしていて、北方のさらさらとした粉雪とは違うことに思い至るのである。少し牽強付会かもしれぬが、かつての格子窓では見えなかった世界が、このときガラス窓から透けるように見えてきた、とも言えるのではなかろうか。

やや余談になるが、作者は一年近く後、散文詩集『野草』の一篇に『雪』という小品を書いている。そこでも、江南の雪の湿潤なあでやかさに、その中に生きる真っ赤な椿や梅が配され、それと北方のさらさらと舞い上がってきらめく雪が対比される。丸尾常喜は、『野草』論のなかで、この二つのテクストに触れ「〔青春と夕暮という〕人生の時間軸は中国の南北を結ぶ空間軸に転換され、象徴的なイメージを獲得するに至る」〔丸尾　一五三頁〕と述べているが、その通りであろう。ただ作者の故郷である南方が「青春」のメタファーであることはわかりやすいが、北方のイメージには解釈の余地がありそうである。丸尾は『雪』をめぐって、北方の雪に「「心中の夕暮」をなげうとうとする孤独で執拗な意志」を読み取る〔同右　一五四頁〕が、それはこのテクストには適用できないのではないだろうか。

というのも、そこで「私」はこう思うからだ。「北方はもとより私の生まれ故郷ではないが、南方においてもよそ者と言うしかない」と。湿っぽい雪も粉雪も、私にとっては「何の関わりもない」。

そのことに「私」はいくらか哀しみを覚えるが、一方で「心地よく〔舒服〕、一杯の酒を口に運んだ」。根無し草、デラシネの悲哀または気安さだけをここに読んではいけない。なぜ「哀しみ」と同時に「心地よく」なのか。同じことは、つぎの段落にも出てくる。たった一人で酒を飲んで「廃園を眺めるうち、次第に孤独を感ずるようになったが、別に他の客が上がってきて欲しいとは思わなかった」。寂しさを感じるが、一方で孤独の気楽さが共存しており、そのぼんやりした矛盾の心境が「私」を捉えていることがわかる。これらは、最初の語り手「私」の形象を考える上で、重要なことになるはずである。

階段を上がってくる足音に不安を覚えていた「私」は、つぎに来るのは、不都合なことにボーイでないと悟る。関係がないはずの相客の顔を「恐れるように」見た「私」はびっくりした。それは旧友であり、かつての同僚の呂緯甫であった。親友という言い方を、「いまでも私が彼を親友と呼ぶのを認めてくれればだが」と限定するところに、ここでもいまの「私」が「だめになった」あり方とその自意識が語られている。だが彼の方も、外見からそれとすぐわかったものの、「動作だけはひどくのろくて、かつての敏捷で鋭い呂緯甫のようではなかった」。よく見ると、ぼさぼさのひげに、青白くやせこけた顔で、眼は活き活きとしてはいなかった。彼も変わったのである。「私」は彼に同席するよう招くが、彼はちょっと躊躇する。それが「私」には悲しく、不愉快でもあるのだが、それは「ぼくたち」の距離と現状を示していることだろう。だから「私」は「ぼくたちは」と、「うれしそうに、だがひどく不自然に」語りかける。そこには「ぼくたち」が出会った喜びと、「ぼくたち」と言ってよいのだろうかという戸惑いが窺える。彼はいま太原にいて、二年余り前にこちらへ母親を迎えに来たときには、「私」が引っ越しした後で会えなかった。いまは何をしているのかと「私」が問うと、私塾の教師だという彼は「つまらんことさ、何もしていないのと同じだ」と答える。呂緯甫も「私」の近況を聞いているのだが、返答の内容は記述されない。魯迅の小説でよくあるように、語り手「私」の身分素性は不明のまま後景化されて、その分もう一人の登場人物が「柄」として焦点化するのである。

そこで「私」が酒と肴を頼み直した後、呂緯甫はこんな話をする。

「ぼくは子どもの頃、蜂や蠅が一カ所に止まっていて、何かに驚いてさっと飛び立つが、小さな円を描いて、またもとの場所に舞い戻ってくるのを見て、まったく滑稽で、哀れだと思ったものだよ。だがまさかいま自分も、小さな円をめぐって舞い戻るとはね。それに君までも戻ってくるとは。君は遠くに飛んでいけなかったのかい」。

この言述は、青年時代に志を抱きながら挫折し、何の成果もなくしてしまったむなしさを表すときの典型的表現として、近代中国ではよく使われることとなった。彼も「私」も、つまり「ぼくたち」は、「だめになった」ということなのだ。その意味で、「私」と呂緯甫は同類ということであろう。

3　もう一人の「私」呂緯甫

そして、「それにしてもなぜ舞い戻ってきたのかい」という「私」の問いによって、呂緯甫の二つの物語が引き出されることになった。こうして、もう一人の語り手「私」が登場し、その語りは彼の実存を鮮やかにあぶり出すこととなる。また最初の語り手「私」がそれを聞くことによって、のちに両者の異質性が表され、テクストに対話関係が生まれる。先に述べたような、入れ子型の構造ができあがるのであった。この呂緯甫の二つの物語が、このテクストにおいて、中心的役割を果たしていることに違いはない。

後に述べるように、二つの物語には共通した背景があり、しかも呂緯甫の行動には、ある種の〝謎〟がある。まず一つめの話。彼には小さな弟がいたが、弟が三歳のとき亡くなってしまった。彼自身ははっきり覚えていないのだが、母の記憶の中では、「とても愛らしい子ども」で彼と「仲がよかった」。母はいまでも、彼のことが話題になると涙ぐむ。ところがその子の墓が、川の水に浸食されて沈没しかねないという。それを知った母は夜も眠れない。その時は暇も金もなくどうしようもなかったが、年末の休暇を利用して、墓を移し替えることにし、それで今度戻ってきたというのである。

この話に、魯迅自身の経験が絡んでいることは、つとに指摘されてきたことだ〔周 一六五―一六六頁〕。魯迅には、作人、建人のふたりの弟のほかに、一番下に夭折した椿寿という弟がいた。亡くなったのが五歳であるとか、墓の場所が違うとか、トリビアルなこと以外は、この後の展開も含めてほとんど事実に合致しているというのが、周作人の証言である。ついでにいえば、故郷から墓の状態を知らせた手紙が来て「母は自分でも手紙が読めた」から知り得たと記すところも、この世代の女性としては珍しいという事実に配慮した記述である。そしてご丁寧なことに、魯迅の母親が字が読めたことも、一致するのである。実は、字が読めることの意味と重さをもう少し考えておくべきなのかも知れない。魯迅自身が朱安と結婚するとき、纏足を解くことととともに条件として出したのが、字が読めるようになることであった。この条件は履行されなかったわけだが、そんな背景を含めて、作者の識字に対する関心と、それが母親と結びついていることが窺える。この変哲もない一句は、意外に奥が深そうではあるのだ。むろんそれらのことと、作者が呂緯甫に類似していると判断することは別のことである。だが『祝福』を読み解いてきた読者としては、このテクストふたりめの「私」、つまり呂緯甫についても、作者の大きな影を感じないわけにはいかないだろう。なお、王暁明は呂緯甫が登場する最初の描写について、彼の形象に魯迅の自画像を見出している［王 一〇二頁］。

さて、埋まっている棺桶は腐っていると思い、墓の移し替えのため「私」は真新しいものを買う。中国では棺桶は重要なものであって、その人や家のステイタスを示すということにも、気をつけておきたい。俗に「食は広州に在り」と並んで、「死は柳州に在り」と言われるが、柳州の木材が良質で、良い棺桶が買えるからであった。「私」はそのほかにも綿と敷き布団を用意し、人夫を四人雇って、墓地へ向かう。「私はその時突然うれしくなって、墓を一度掘り起こしたくなり、かつて仲が良かった幼い弟の骨を見たいと思った」。こんなことは普段はなかったことだと「私」は語る。なぜ「突然うれしくな」ったのか。

墓は浸食され、盛り土を怠っていたため平らになって、体裁を失っていた。「私」は雪のなかに立ち、人夫たちにきっぱりと「墓を掘り返せ」と指図する。「私はそのとき私の声がいくらか異様で、その命令も私の一生で一番偉大なものに思えた」。これは何を意味するのだろうか。人夫たちは不思議にも思わず、掘り返す。どきどきしながら、「私」は朽ちかけた棺桶の木ぎれを取りのけ、弟を見ようとする。だが驚くべきことに、棺桶のなかには、弟の遺骸も、衣服もなく、最後まで残るという頭髪すら残っていなかった。何も、跡形もなかったのである。周作人によれば、これも伝記的事実に合致しているようだが、テクストのなかでは、特別の意味を持たされていると想定すべきだろう。尾崎はこのプロットについて、こう記している。

「死後の世界を容易には信じない近代的知識人にとって、死とは、すなわち生とは何を意味するのか。生は何によって支え続けることができるのか」。呂緯甫が偉大だと感じて墓を掘るよう命令し、弟の死骸を見ようとしたのは「正にその故」だった。だが「生存のあかしと痕跡を彼は見ることができなかった。地上にせめて物質としての痕跡すらもが残らず、さらに死後の世界がないのだとすれば、人には全ての消滅しかありえないのだろうか。いま生きている自分を何によって支えたらよいのか」。

そう解釈した上で、このテクストを「心を支えるものを見つけることができずに「さすらっ」ていた」という意味で使われる、『彷徨』を代表する作品だとしている〔尾崎 四三頁〕。尾崎は『祝福』との関連でこう述べているのだが、あまり納得はできない。極めて広い意味では、そう間違っていないのかもしれないが、細かいディティールや描写について、これだけの説明では、隔靴掻痒の感があるし、明晰な分析とは言えないだろう。それでは、ここの「私」（呂緯甫）の最初の物語は、何を指示しているか。

このテクストが中国の伝統的価値の承認と結びついていると指摘したのは、在米華人研究者の林毓《りんいく》生《せい》であった。彼は「魯迅が伝統中国の道徳と文化を総体論的に否定したという見方に対する、最も重大な疑義は、彼が暗黙の次元で、いくつかの伝統中国的価値を思想的・伝統的に信奉していたところにある」〔林　一八七頁〕と魯迅の思想を概括する。そしてその一例として、このテクストを取り上げているのだ。

「彼〔呂緯甫〕は母親を喜ばせようとしたのだが、明らかに、人間対人間という典型的な伝統中国的表現様式を通して伝えられる、母の純粋に人間的な関心〔……〕を共有してもいる。彼は、可能な限り時期を早めて故郷に帰った。彼は、まれにみる熱心さと労を厭わぬ心遣いで自分の任務を果たした。この点からすれば、彼の母親との精神的アイデンティティは単なる情緒的なものと言うことはできない。それは、「念旧」（おおまかに言えば、「古い絆を大切にすること」）という伝統中国の道徳的価値の反映である。したがって、呂緯甫は意識の暗黙のレベルで、弟の墓を移すこと〔……〕が、人生で思想的・道徳的に意味ある行為であると感じている。実際、彼が弟の遺体が埋葬されている場所から土を移し改葬を実行したのは、念旧という道徳的価値を通して人間性の高貴な面に近づこうとしてのことであった。なぜなら、弟の遺骸はなにも残っていなかったにしても、改葬は弟を記念するための行為として、彼にとって象徴的な意味を持っているからである」〔林　一九六―一九七頁〕。

林の言葉を使って言えば、このテクストには「孝規範への実存的適応」が見られるということであり、要するに、親孝行と伝統的価値へのノスタルジーとが垣間見られるということである。これはなかなか興味深く、示唆に富む指摘だ。確かに呂緯甫という「私」の行動は、母を代表とする伝統中国の宗族（家族）的価値と結びついている。「私」は母を悲しませたくないという動機からこの行為を進めるうち、母子という人間関係を越えて、一族全体の、いなもっと遠い、伝統という血縁的共同体の力を体感する。墓の移転に際し「突然うれしくなっ」たり、弟の遺骸に会いたいと思ったりするのは、そうした伝統的共同体との絆を感じたためであろう。そして「掘り返せ」という命令に、人生で最も偉大なものを感じるのも、古くて重い伝統の力が、「私」の内部から沸き上がらせたことばではなかったか。かつて伝統に反抗した者にとって、それは「普段なかったこと」であったに違いない。ただし林毓生の解釈に最終的に同意しかねるのは、この先の展開についてである。つまりテクストは伝統が、何物でもなかったこと、空であり無であったことをはっきり指示しているからだ。なぜなら、伝統との絆を象徴的に強く示していたはずの弟の棺桶には、何も残っていなかったからである。共同体的結合は、結局実現を見ない。

ところで最初の物語は、実はまだこれで終わりなのではなかった。こんな状況の場合「私」は、掘り返した土をもどし、余計な棺桶を売り払えば、いくばくかの酒手にはなったろう。ところが、からであるにもかかわらず、「私」は布団を敷き、綿で遺骸のあるはずだった場所の土をくるみ、それを新しい棺桶に入れて、父親の墓のそばに埋葬し直したのであった。「私」は母親を騙すことになるが、これは安心させるためだと述べる。これは何を意味するのか。弟の遺骸がなかった、と語り終えた呂緯甫について、最初の語り手「私」は「彼の目の周りが赤らんでいるのが見えた」と記述し、それは「すぐに」酒のせいだと納得する。だがこれは、そんなことで泣くわけがないという、もう一人の「私」の偏見、あるいは作者の「ひっかけ」でもあろう。呂緯甫である「私」は、伝統的価値が自己の内部にあって、それが強い支配力を持っていることに、うすうす感づいている。だが伝統は空虚であり、何も彼にはもたらさないことも事実であった。これに目をつぶり、なおも親族的共同体の価値、とくに母親の気持ちに従って行動しようとしたのであった。ちょうど魯迅が、周家の跡継ぎとして、母親の命に従って朱安と愛のない結婚をしたように。家父長として振る舞うばかりに、周作人夫婦と決別せざるを得なかったように。

「私」が規範とするところの、人間的であることには、家族を大切にしたいという願望がとくに込められている。だがそうするには、共同体的な伝統的価値を内面化させ、承認しなければならない。逆に言えば、自分の意志と衝突した場合は、それを捨てなければ実現しえない。そうした矛盾を、彼の行動は提示しているのではなかろうか。「私」はつぎの程度には、その矛盾した事態を理解している。

「ああ、君はそんな風にぼくを見て、どうして前と随分変わっちまったんだと不思議かい。そうだ。土地神の廟へ行って神像のひげを抜いたり、毎日中国を変える方法を議論して、けんかすらやったころのことをまだ覚えているよ。だがいまはこうなってしまった。いい加減で、ごまかしているのさ。自分でも思うことがある。もしかつての友人がぼくを見たら、ぼくを友人とは見なさないだろうとね。——けれどぼくは、いまはこうでしかないんだ」。

そしてつぎのような「私」のことばは、先に述べた矛盾を抱えた苦しさと、そこであらがう姿をいく分かは表していると言えよう。

「ぼくはいまはもう心が萎えてしまったけれど、まだいくらかは、理解できることがあるさ。それがぼくを嬉しくさせるけど、不安にもさせるんだ。いままでぼくに好意を持ってくれた昔なじみを、最後に裏切ってしまうんじゃないかとね」。

「理解できる」〔看得出〕というのは、社会的なことや自分の生きる道について、まだ燃える心があるということだろう。だがその心のままに生きると、大事な親友や家族を傷つけるかもしれず、それが怖い。そうしたがんじがらめの心情がここに表出されているのだ。

4　二つめの物語

さて「私」はこの酒場、一石居に来る前、もう一つの「くだらない」懸案を片付けたと述べる。こうしてもう一つの出来事が語り出されるのだが、それもいささか〝謎〟めいたものである。こちらに住んでいたころの隣人に、ある船頭がいて、彼に阿順という娘がいた。彼女は別段美しいわけではなかったが、眼は大きくて、北方の冬の晴れた夜空のように澄み切っていた。こっちでは見られないような。余談だが、ここでも人物形象の切り札に、眼の描写が使われている。それにここでは「北方」の夜空に正の価値が与えられており、対照的に、南方との腐れ縁を暗に浮かび出させる機能も果たしていよう。ここには丸尾が『雪』について述べた、時間軸のメタファーというより、決然とした姿態を、故郷とは別の風景によって表示しようという意志が感じられる。呂緯甫が来る前の一人きりの「私」の心象を合わせて考えれば、そういう故郷の捉え方を、ふたりの「私」は共有しているのだ。

阿順はしかも働き者で、子どものころ母親を失ったのち、父親を助けて、あれこれ気を配り、節約をして、家計を守ってきた。「近所の者で彼女を誉めない者は、ほとんど一人もいない」のであった。「私」の母は、阿順がいつか赤いビロードの髪飾りを見て、自分でも欲しがって泣き、父親に殴られたのを覚えていた。あんな髪飾りは、あの土地では手に入らないのだから、今度帰るとき、土産に買ってやってほしいと母から頼まれたのである。この話でもまた母親の依頼が機縁であり、この「母」という記号は重要なのだが、それは後で検討しよう。また赤いビロードの髪飾りにも、ある種のメタファーの機能があるが、これも後で述べる。

興味深いのは、母を迎えに行ったとき、船頭の家で「私」がそばがき〔蕎麦粉〕をご馳走になった、つづくプロットである。私は断りきれず、少なめにと言ったが、阿順が持ってきたのは大盛りであった。それでも主人の船頭よりは確かに少ない。味はとても食べられる代物ではなく、ちょっと口を着けてやめようとしたとき、阿順が奥の隅からこちらを見ているのがわかった。「ぼくが彼女を窺うと、心配と期待の様子で、自分が上手に作れなかったのではないかと思いつつ、こちらがおいしいと思って欲しいと願っていたのだ」。私はそこで阿順を失望させまいと決意して「回虫の駆除薬に砂糖を混ぜたもの」よりひどい味を、無理やり必死にお腹に入れた。それでも厭ではなかった。なぜならからのお椀を片づけに来た彼女の嬉しそうな笑顔が、とびきりだったからだ。だからその晩、お腹が張って寝付けず、悪夢を見たにしても「やはり彼女の幸せを願ったし、この世が彼女のために良くなるようにと願った」。そこで母から先の依頼を聞いて、そばがきの件を思い出し、「私」はこの仕事に、積極的に精を出そうとするのだった。

ここには、人間対人間の関係に対する、「私」の極めてナイーブな感性が浮かび上がっている。自分が好ましいと思う者への、触れれば壊れそうな繊細な気配り。それは「昔の夢の痕跡」にすぎないが、それが残っていることは生きている証でもあろう。だがそれでも、「かつてぼくに好意を持ってくれた」ものたちを「最後には裏切ってしまう」事態を招くのではないか、その恐れの感覚から逃れられない。自分の思うように生きようとすればするほど、好意ある他者の期待を裏切るのではないか、その好意につけ込んで、かえって傷つけてしまうのではないか、そんな不安。ナイーブさの裏に愛する者を滅亡にまで追い込まないではいられないデモーニッシュな欲望が隠されていることを「私」は自覚しているのだ。現実の状況がもたらした外在的な挫折なら、まだしもであったろう。「私」の苦境は、自分が人間的であろうとするそのことが、愛する者の滅亡か、自分の滅亡を導き出さないではいられない、という点にあるのである。

物語を続けよう。「私」は、住処の太原にはないので、済南まで行って、やっとビロードの髪飾りを手に入れる。色の好みはわからないから、濃い赤と薄い赤のものを一つずつ買い、わざわざ一日滞在を延ばして、船頭のうちを訪《おと》なうのであった。彼のうちは落ちぶれたようにも見えた。息子と二番目の娘の阿昭がいたが、「お姉さんは」と聞いても、答えないどころか、突っかかってきて、噛みつこうとさえする。ほうほうの体で抜け出したが、このまま帰る気になれず、向かいの雑貨屋の女将《おかみ》から事情を聞き出したのであった。阿順は、前から吐血や寝汗の症状があり、母親と同じ病ではないかと思いつつ、隠し通してきたが、とうとう身体を壊してしまった。それに悪どい叔父に「お前が結婚する相手はとんでもない男だ」と騙され、精神的にもダメージを受け、失意のうちに亡くなったというのだ。せっかくの好意はこの悲劇によって無駄になったのだが、それでは髪飾りはどうしたらよいのか。「私」は自分をまるで狼のように思っている妹の阿昭を、好きになれない。好きではないが、結局雑貨屋の女将に髪飾りを託して、彼女にプレゼントすることにする。そうして母には、阿順が髪飾りを見て喜んでいたと言えば、母も安心するだろう。これが「私」の対処法であった。

ここで「母」という記号について、整理しておこう。徐麟は、二つの出来事について、「私」が母親からの依頼を忠実に実行しようとし、母親を安心させるために事実を曲げて報告しようとするところに、「私」にとっての「母」の特殊性を見る。「これは母の愛のために男性的意志と愛の能力を失った人である。フロイトの言葉を応用すれば、これは、感情と意志が「エディプス・コンプレックス」によって支配された人である」〔徐 二五〇頁〕。このテクストから、作者魯迅と母親との特殊な関係を連想するのは、まったく突飛なこととは言えまい。林毓生もまた、この二つの物語から、単なる情緒的なものを越えた「母親との精神的アイデンティティ」を指摘していたではないか。けれども、初めの物語の「私」に内在化し、「私」を支配していたのは、特殊に母親と限定する必要はないであろう。それは「母」に集約されるが、もっと広い意味で、宗族的な、中国の伝統的な人と人を結びつける紐帯だと言えよう。二つめの物語では、「母」という記号は、それほど大きく働いているとは思えない。「私」を突き動かしているのは、むしろ善良な阿順への純粋な好意であろう。いわば素朴な人間性である。したがって、このテクストにおいて、「母」という記号は注目に値するが、徐麟のように過剰に特権化させるのは好ましくないように思われる。

ところで、髪飾りを阿昭に渡したことについては、尾崎がこんなことを述べていた。「「五四」時期の魯迅の心の支えは、我が身を犠牲にして新しい世代と時代に道を開いてやろうという意思であった。しかし先へと道を歩んでいってもらいたい善良な若者が非道のために死んでしまい（象徴的な言い方であるが）、醜悪な若年者ばかりが残るのだとすると、一体どうしたらよいのか。あげる相手を失って手に残された髪飾りは、まさにこのことを象徴しているのである」

〔尾崎　四三頁〕。

この指摘は正しいように思われる。「自分は因襲の重荷をにない、暗闇の水門を肩で支えて、彼ら〔次の世代〕を広くて明るい所へ導き、それからは幸せに、理に適って人間らしく生きられるようにさせるのである」。ひとことで言えば、「私たちはいまいかに父親となるか」で語られた、このことばこそ魯迅を過渡期的存在として規定し、自己の出発点としたことであった。自分たちは、伝統の重さを突破できない（自由な結婚も、人生の選択もできなかった）が、次の世代の解放のために犠牲となって、橋渡し役となろうというのであった。この髪飾りの話は、明らかに、そうした前期の立場に対する、懐疑を提示しているだろう。尾崎が言うように、髪飾りのもらい手は、好ましく思っている阿順ではなく、厭な阿昭なのだから。そして、その意味で「赤いビロードの髪飾り」は、新しい人間らしい価値を隠喩として語っていたのであり、だからこそ、少女が泣いて欲しがったもの、この土地では手に入らないものであったのだ。

こうしてみると、二つの話は、「母」という記号に共通項はあるけれども、対照性も持っていることに気づかされる。人間対人間の関係という点では、初めのが、縦の秩序的な人間の結びつきを表象するのに対し、二つめでは横の人間関係が語られていると言えよう。しかも初めの話は、「私」自身にも意外な、意識化されていなかった、伝統的人間関係へのこだわりを描いたことになる。それに対し二つめは、従来から意識化されていた、あるべき理念的人間関係が、橋渡し役としての自己の実存が、実は「私」の内部でも揺らいでいることを証したのであった。空虚と知りつつ振り切れない伝統と、揺らいでいる進化・進歩の理念。そこにはっちもさっちも行かない「私」の苦境が、みごとにあぶり出されてくるのである。

さて呂緯甫である「私」は、年越しがすんだらまた「子曰く、詩に云う」を教えてすごすのさと言って、もう一人の語り手「私」を驚かす。まさか君がそんな古いものを教えているとは思わなかった、という「私」。生徒の親たちが要求するのだから仕方がない、という呂緯甫に対して、確かに昔の面影を求めるのは無理であった。これからどうするのか、と聞く「私」に対して、呂緯甫はこう答える。「これから？　わからんさ。ぼくたちがあのころ予想した通りにうまくいった事が一つとしてあるかい。いまは何もわからない、明日がどうかもわからない、一分後すら……」。進退窮まる状況のために「だめになった」呂緯甫の、なげやりな姿が描かれている。

5　ふたりの実存的対話

だが最初の語り手「私」である。彼はどういう人物なのだろうか。呂緯甫と同類であるはずの彼は、呂緯甫の抱える状況をどう思ったのだろうか。たとえば王暁明はこんな風に述べている。

「見て取れることは、作者がこの「私」を重視して、ずっとその場に登場させるために、あのような単調な叙述構造を創り出して、呂緯甫に延々と、きりがないほど「私」に対して長談義をさせ、小説の大部分は引用符を使った独白となっている。」［王　一〇三頁］。

ここでも当初の「私」はプロットから考えると、ややもすれば過剰気味なのだ。物語は、つぎのようにエンディングを迎えている。ふたりは酒場を一緒に出ると、別れを告げて反対方向に別々に歩みだしていった。

「私はひとり自分の宿に向って歩くと、寒風と雪の破片が顔にぶつかってきた。私はかえってすっきりとした気分〔爽快〕になった。空を見上げるともう黄昏で、それは家屋や通り道と一緒に、降りしきる雪の白さと揺らめく網目のなかに溶け込んでいった」。

そこではなぜ「すっきりした気分」なのだろうか。筆者はけっこう長い間、この一句がわかりかねていたのだが、こんな解答はどうだろう。それは「私」が、呂緯甫の同類であって、彼の苦境をよく理解できる反面、呂緯甫とはまったく反対だということである。「私」はテクストの前半で、故郷である南方にも、いま住んでいる北方にも、同化できない心情を吐露していた。この空間軸のなさはここでは、伝統にも進歩的理想にも拘泥しない、こだわりを捨ててしまった立場として表出しているのではないか。反対の道に別れていくのもその象徴的な表現とも言えよう。拘泥しないということは、親族への愛情とか、次の世代への橋渡し役という責任意識とかから、自由だということである。アナーキーで型破りなほど自由奔放な「堕落者」として。自分は「だめになった」堕落者であっても、がんじがらめの場からは自由だという心境が、「すっきりした気分」を生み出したのではないか。このような第一の語り手「私」を用意したのも、もとより作者の配慮があってのことである。言うまでもなく、魯迅は呂緯甫の苦境を共有しているに違いないのだ。人間らしくあろうというその善意の生き方が、空虚な伝統と結びついており、行き止まりの進歩の観念に支えられていたこと。「私」とは、その事実と事態を、客観的に見据えるための小道具だという見方もできるのかも知れない。

一方で王暁明は、同じくこのエンディングの一節を引用してこう述べている。

「ある種の重荷を下ろした気楽さ、ある種の窒息しそうな湿り気のある場から抜け出して、ほっと深く息をついた伸びやかさ、これは、作者が例の「私」を突出させたねらいであることは明らかである。彼はもとより「幽気」〔鬼気〕を描こうとはしたが、その目的はそこから抜け出したかったのである」〔王 一〇三頁〕。

「幽気」とは、このとき魯迅の心を占めていた、虚無感のことを指している。(注2) だから、そういう初めの「私」へのうらやましさを滲ませた共感も、このテクストから窺えることは言うまでもない。このテクストが、語り手「私」と呂緯甫の「私」という、ふたりの対照的な実存を対比させ、対話を構成しているのは、この地点においてである。

『酒楼にて』というこのテクストでは、作者の葛藤がやや感傷的に、漠然とではあるが、表出されていた。唾棄すべき伝統と、心の深層で結びつかざるをえなかったことの痛覚、未来を切り拓くはずであった進化論的世界観の動揺。そのことが運命のようにまとわりつき、どうにも抜け出せないでいるそんな人物として、呂緯甫が描かれている。それに対し、同じような状況を生き、ある面で共感する心情を持ちつつも、そこから〔堕落によってかも知れぬが〕自由に抜け出している最初の語り手「私」。そんな対立的な布置が、テクストに投げ出され、ややもすれば宙づりにされたままになっているのだ。

魯迅はこのころ、後にパートナーとなった許広平宛ての手紙の中で、自己の思想的位相を、間奏曲Iで紹介したように「「人道主義」と「個人的自由主義」〔個人的無治主義〕という二つの考えがせめぎ合っている」と分析していた〔黄編 六九頁〕。このことばを援用すれば、呂緯甫が、さまざまな優しさとしがらみにとらわれているという点で、ひ弱で消極的な意味で「人道主義」を代表すると考えてもいいだろう。とすれば語り手の「私」は、明らかに「個人的自由主義」を代表するだろう。繰り返しになるが、むろんここで、作者の姿が呂緯甫の方に重心が置かれていることは言うまでもない。自己を対象化するために、「自由な」語り手「私」が聞き手の機能として存在し、呂緯甫の形象に凝縮されたのである。つまりは、解けない矛盾に直面した自己のあり方を、情緒的に示した虚構でもあった。テクストに現れた、こうした自己分析は、確かにノスタルジーの気分が強く、感傷的であったことは否めない。尾崎文昭が、「アンニョイ感」があると言い「癒しの作用」と理解したこともそれによるだろう。だがこの情緒的な曖昧さは、むしろ作者自身がまるごと危機的状況にあって、それをシリアスに描くことはかえって致命的危機を迎えるので、それを回避するためではなかったか。作者は、呂緯甫と同様な矛盾を、呂緯甫よりももっと危機的に抱えており、それをそのまま対象化することは、小説という形式には出来なかったものと思われる。それで結局、アンニョイな自己矛盾の告白に留まり、結末は矛盾を放り出したまま、一見カタルシスを伴った「癒しの作用」に見えて、明確な終止符を打つことはなく、やや中途半端に終了せざるをえなかったのではないだろうか。

それだけ作者は、精神的には追いつめられた状況であったのだろう。その格闘の一端が表明されているという意味で、尾崎が言うように、『彷徨』の最も「彷徨」的な作品として、『酒楼にて』は第二作の位置を与えられているのである。

（注1）周作人は、Sは紹興のウェード式ローマ字表記の頭文字だし、S会館のような前例もあると指摘している〔周　一六三頁〕。

（注2）「鬼気」は「毒気」とともに、もともとは一九二四年九月二四日付け李秉中宛ての魯迅の書簡にあることば〔『全集』一一巻四三一頁〕。

参考文献

王暁明『無法直面的人生・魯迅伝』上海文芸出版社、一九九四年
尾崎文昭「「酒楼にて」および小説集『彷徨』」『しにか』一九九六年一一月号、大修館書店
黄仁沛『魯迅景宋通信集《両地書》的原信』湖南人民出版社、一九八四年
周遐寿『魯迅小説裏的人物』上海出版公司、一九五四年
徐麟『魯迅中期思想研究』湖南師範大学出版社、一九九七年
丸尾常喜『魯迅『野草』の研究』東京大学東洋文化研究所、一九九七年
林毓生、丸山松幸・陳正醍訳『中国の思想的危機　陳独秀・胡適・魯迅』研文出版、一九八九年

6　危機の葬送
――『孤独者』論

1　作者との血縁関係

『酒楼にて』で、作者が抱え込んだ矛盾、行き詰まった状態は、どこにいくのだろうか。作品集『彷徨《ほうこう》』のなかで、それを包括的に語るテクストと言えば、まず『孤独者』を挙げなければならない。このテクストは『酒楼にて』から一年半以上経った、一九二五年一〇月に書かれている。だがそれに直接入る前に、少し迂遠ではあるが、このテクストと作者との血縁関係を確認しておくべきだろう。『孤独者』の主要登場人物である魏連殳《ぎれんしゅ》の形象に、作者魯迅自身の体験と思考が色濃く投影されていることは、すでに疑念の余地がないように思われる。『酒楼にて』の呂緯甫《りょいほ》の外見や経歴に、作者と類似した部分が見出せるのと同様に、というよりそれ以上に、魏連殳には、作者との深い血縁関係が見られるのだ。これは近年、多くの論者がすでに指摘していることである。

この物語でも、『祝福』や『酒楼にて』と同様に、主人公と言うべき魏連殳のほかに、「私」という狂言回し役の語り手が登場する。つまりは、いわゆる「入れ子型」の構造という常套手段がここでも用いられて、主人公が対象化され、語り手との間に対話関係を形成している。竹内好は、そのことを「見る私」と「見られる私」と表現していた〔竹内　五四頁〕。その見る方の「私」が、初めて魏連殳に出会った場面では、彼の外観をこのように述べているのだ。「彼はじつは、身体の小さなやせこけた人で、長くて角張った顔に、ぼさぼさの髪と真っ黒なひげと眉が、その半分を占めていて、両目だけが暗いなかにきらきら光っていた」。オーファン・リーは「外見が魯迅にそっくりだ」と指摘している〔リー　八四頁〕し、王暁明に至っては、これは「彼〔魯迅〕が紹興で教えていた時の風貌とほとんど瓜二つだ」と述べる〔王　一〇四頁〕。また冒頭、噂に出てくる彼の風評はこんな風である。「彼はちょっと変わり者で、学んだのは動物学だが、中学堂では歴史を教えている」。医学を学ぼうとして日本に渡った魯迅が、のちに文学の師となったことと、これは同じ具合のことだと、李《り》允経《いんけい》は指摘している[注1]〔李　一九八頁〕。また竹内やオーファン・リーは、北京大学や北京女子師範で文学史を講じたことと、ここの記述を関連づけている〔竹内　五四頁、リー　八三頁〕。続くテクストにおいて、噂では魏連殳は「人に対しては、いつもどうでもよいというような態度だが、他人の世話を焼くのが好きだという。常日頃、家庭は破壊すべきだと言いながら、給料をもらうとすぐ自分の祖母に送ってしまい、一日として遅れたことがない」という記述がされる。別の箇所では「文章を発表するのが好きで」そのためにまずい立場になっていたが、それでも意に介さないなどの記述もある。王はこれらも「祖母を母親に置き換えれば、まさしく彼〔魯迅〕自身のことではないか」〔王　一〇四頁〕と述べている。

　こうした、テクストに散見される作者との近似性は、それを認識した上で翻って、作者の自画像として読み返すと、魯迅の自意識として了解できて興味深い。他人に対する態度について、一見素っ気ないようでいながら、気になってしまうとのめり込んでしまうというわけだし、家庭については、その破壊を言いながら、じつは孝行を尽くしているというのである。作者が自己をそれなりに分析し、その内部矛盾を表出し、対象化がなされているという気配がここからも窺われる。このことは重要なことで、まず初めに確認されてよいことだろう。だが、テクストが作者の自画像であることを証すという点では、テクスト内部を越えて、はるかに直接的な証言があるのだ。それは文芸評論家胡風の回想である。胡風は三〇年代の左翼作家聯盟の活動を通して、魯迅と知り合い、聯盟の書記として魯迅との連絡に当たるうち、その信頼を勝ち取り、自らも魯迅に師事した。いわば弟子とも言うべき、魯迅の身の周りにいた近しい人物である。

「『孤独者』のなかの魏連殳には、范愛農の影があるんじゃないですか」と私は尋ねた。彼は、考えもせず即座に答えた。「じっさいは、あれは私自身を書いたんだ……」

しばらく黙って、それからこう言った。「もちろん、范愛農の影もあるが」と」〔胡　八頁〕。

范愛農《はんあいのう》は、魯迅と同郷の友人であり、魯迅の自伝的エッセイ集『朝花夕拾』に彼の名を冠した一篇がある。日本に留学して、魯迅とともに清朝打倒の革命に参加、辛亥革命後紹興で教師をしていたが、軍閥の圧力横暴によって職を失い、自堕落な生活ののち、事故か自殺か、川で溺死をした。いわば自己破滅的な人物である。後に述べるように、テクストの魏連殳は「私」に職の斡旋を頼んでおり、一方范愛農も、北京に移った魯迅が就職の手引きをしてくれると期待していたとの記述が、上のエッセイにある。また周作人も「この主人公の性格は、いくらか范愛農に似ている」と述べている〔周遐寿一八五頁〕から、胡風の連想も決して的外れのものではない。それだけにおそらく胡風にとって、この話は極めて印象的だったのだろう。強靱な戦闘者という、当時の若者たちが描く作者のイメージと、自己破滅型とも言える主人公との結びつきは、とりわけ意外だったのかも知れない。胡風は人民共和国成立後、一九五五年に毛沢東の手で、反共産党反革命分子として弾圧され、長い獄中生活を余儀なくされた。引用の部分は名誉回復されたのちに発表された、きわめて断片的な一文である。むろん回想にはいくぶん記憶の脚色があるに違いないが、魯迅の最初の反応は、つい無防備に口に出してしまったという感がある。続く修正のことばは、それにうろたえて取り繕った記録のようにも思える。それがかえってことの真実性を、余計に浮かび上がらせているように思えるのである。

だからこのテクストが、作者の自己分析的な、自己対象化した自画像であることは、言を待たないところだろう。このことは、テクストの具体的な折々の展開のなかで、また詳しく触れることにする。そこでつぎに問題となるのは、そうである以上、さらにはある挫折型の登場人物の設定によっても、このテクストにもう一つの「定説」が生まれてくることである。それは先に書かれた『酒楼にて』との連関性のことである。竹内好は二つのテクストの主人公に触れて、「「魏連殳」は「酒楼にて」の「呂緯甫」の発展であろう」［竹内 一三四頁］と述べていた。オーファン・リーも、呂緯甫の孤独な「厭世家」的傾向が『孤独者』につながっていると述べている(注2)［リー 八三頁］。ある意味で、『孤独者』の主人公魏連殳は呂緯甫の後裔ということなのだ。また尾崎文昭は「『酒楼にて』と『孤独者』とは連続した作品で、さらに一歩踏み込んで人間存在の不条理性を探求したものだと言えよう」［尾崎 四一頁］と指摘している。なおこの二つのテクストについて、竹内が指摘している、作者が「細心にはらっ」た「注意」についても触れておこう［竹内 一三五頁］。S市がともに主要な舞台になっているのはともかく、『酒楼にて』において、呂緯甫がたどった都市、山陽、太原、済南は、『孤独者』の語り手「私」が立ち寄った都市としても記されている（ただし太原は太谷、済南は歴城と別名を使っている）ことである。この符合も、なるほど作者の意図的な用意を窺わせるものだ。確かに、呂緯甫の葛藤と苦悩は、魏連殳に引き継がれている。とりわけこの時期、作者の精神的危機に直面した試行錯誤として、両者は強い継承関係があるだろう。けれども、魏連殳は呂緯甫の単なる生まれ変わりなのではない。呂緯甫の抱える危機や矛盾は、細かく見ていけば変形もしくは質的な変化をしている。同じように、『酒楼にて』の抱えるテーマが、単にそのまま『孤独者』に受け継がれ、深化しているわけでもないのだ。両者は確かに、ネガとポジの関係にあると言えるだろう。だが、どちらがポジで、どちらがネガだとは、場合や視点によって異なってくるから、断定できない。片方をポジであるとすれば、もう一方はネガになるという具合なのである。

物語の展開から言うと、『孤独者』は『酒楼にて』のように、中途半端な終わり方ではなく、悲劇的結末によって、つまりある種のカタルシスを通して、テクスト全体をも質的に変化させている。つまり両者の間には、関連性とともに、はっきりした食い違いというか、断絶もしくは亀裂が走っているのだ。それはまさしくネガとポジの関係のように、ある意味で反転しているとも言えよう。その反転をもたらしたものによって、実のところ、矛盾と葛藤に満ちた『彷徨』の世界が、ある転換をみせたと言ってもよい。その意味では、このテクストは『狂人日記』や『阿Q正伝』ほど有名ではないけれども、魯迅の小説としては、決定的な作品と考えることが可能になる。それは竹内好が「全部の作品のなかで、一番多く問題をふくみ」「この作品がわかれば魯迅がわかるような気がする」［竹内　一三

四、一三七頁〕と言っている意味でもあるのだ。

2　外部への通路

竹内のいうことを確認するために、『酒楼にて』を視野に入れ、それを参照しながら、テクストに沿って物語をたどっていこう。最初に概括しておくと、テクストは五節に区分されている。第一節は、語り手の「私」が最初に魏連殳に出会った場面、魏連殳の祖母の葬儀のシーンである。第二節は、失職した「私」が魏連殳の借家をたびたび訪れ話し合う場面。第三節では、魏連殳の職も窮地に陥り失業。ここで「私」との間で、孤独な生のあり方が語られ、議論がなされる。第四節は、魏連殳の「私」宛の書簡を中心とする記述、志を捨てて、軍閥の幕僚となったことを告げている。第五節は、その後、魏連殳は自己破滅的な生活をして、病死してしまうのだが、その葬儀の場面。語り手「私」がのっけから述べるように、物語は「葬儀に始まり、葬儀に終わる」のであった。なおこの五節全体を通して、「孤独者」の形象が語られるに違いないが、魏連殳にとっては、三つの生き方がそこに提示されていると考えてよい。このなかに、呂緯甫と『酒楼にて』の語り手「私」の生き方もまた、形を変えて俎上に上がっているのである。これはテクストに従って、以後いくらか述べられるであろう。

さて「私」が魏連殳の名を聞くようになったのは、彼がS市でしばしば話題の人物だったからである。これはよい意味で有名だというのではない。古い秩序に慣れた人の眼からすると、「変わり者」として、はっきり言えば「厄介者」、スキャンダル・メーカーとして、話の種を提供していたということである。

ある年の晩秋、「私」は寒石山というS市から往復に四日はかかる山村の、親戚の家に遊びに来ていた。親戚は魏連殳の本家筋にあたるのだが、そんなときに疫痢《えきり》が流行って、魏連殳の祖母が感染し、危篤状態に陥る。魏連殳は幼い頃に両親を亡くし、この祖母が辛酸をなめながら彼を育て上げたのだった。身寄りは彼のほかにはなく、身のまわりの世話をする女の雇い人が、側に一人いるだけだった。祖母は「どうして魏連殳に会わせてくれないの」ということばを最後に、息をひきとってしまう。危篤の知らせを持った使いが、その前に走ったので、おっつけ魏連殳が寒石山にやってくるはずであった。「私」はその葬儀の場面に居合わせることになるのである。この山村には、小学校すらなく、彼以外に外に勉学に出たものもいない。人々は、魏連殳を「外国人のように見なし」ており、自分たちとは「まったく違う」存在だと考えていた。彼らにとって、魏連殳はまさしく「異類」であったが、一方では、留学してしこたま金もうけをしたに違いないと思いこみ、妬んでもいた。そこで、家長をはじめとする魏一族を中心として、宗族共同体が結集し、祖母の葬儀をどうするか、対策会議が開かれることになる。なぜなら、魏連殳は嫡孫として喪主を務める立場にいるが、「新党」であり「外国の教えにかぶれた」〔喫洋教〕彼は、きっととんでもない、新しいやり方を主張するにきまっているからである。衆議の結果、全て従来のまま、白い喪服を身につけ、遺体にぬかづき、僧侶や道士に儀式を委ねるという、三項目を要求することにした。魏連殳が到着したら、「みんなで広間の前に集結し、隊伍を整え互いに呼応して、圧力をかけて断固とした談判に持ち込もう」というのである。こうした事態を知ったほかの村人たちは、必ずや一悶着あるだろうと「固唾をのみ、珍しそうに聞き耳を立てた」。そして「もしかすると思いもかけない景観を生み出すかも知れない」と心躍らせたのである。

ここのテーマは、親族の葬式をめぐって、宗族共同体の伝統との関係を扱っている。言うまでもなく、形式化し、固陋になった儀式のあり方が、真情として悼むことの表現を押しつぶそうとする事態を描いているのだ。その暗闇の描き方は、引用からも一端が知れるように、魏一族の大袈裟な対応といい、村人の猟奇心といい、決しておどろおどろしいというものではない。むしろ軽妙でユーモラスな感じすらするだろう。ここですでに、二つのことに、気をつけておかなければならない。冒頭では、先に引用したように「常日頃、家庭は破壊すべきだと言いながら、給料をもらうとすぐ自分の祖母に送ってしま」うという、孝の意識または家族共同体への執着が、作者本人の自嘲のように語られていた。それがむしろあっけらかんと、軽々と語られていることに注目しておきたい。自己の思想に、唾棄すべき伝統が内在化しているという深刻な矛盾した心理状態は、表白されることによって、むしろ回避されているのである。

この葬儀の場面で注目すべきというのは、一つは『酒楼にて』のように、内在化された空虚な伝統との葛藤に重点があるのではなく、ここでは伝統は、古い秩序の力量として、外在的な圧力の形で表象されることである。上に述べた魏一族の行動が、それを端的に示すだろう。もう一つは、『酒楼にて』では決して登場しなかった形象があることだ。それは、『吶喊』以来魯迅の小説が執拗に糾問しつづけ、憤り憎んだもの、つまりは、他人の災難や騒ぎを見物したがる傍観者的民衆のことである。『彷徨』ではすでに『みせしめ』〔示衆〕において、その形象が見事に描かれていたが、ここでもその姿が復活しているのだ。そうした古い社会の外的圧力に対して、魏連殳はどう対応したのだろうか。

作者はいったん内面化された矛盾と危機を透過して、もとの『吶喊』初期のような、絶望的な啓蒙という、バラドキシカルな位置を回復しただけなのだろうか。

魏連殳がやってきて、祖母の遺体にお辞儀をすると、一族の長老たちは、打ち合わせ通りに行動する。「まずはながながと前置きを語り、続いて本題に入って、そこでみんながつぎつぎ口裏を合わせ、あれこれ並べ立てて、彼に反駁の余地を与えなかった」。話がすべて終わり、沈黙が訪れると「全員がぞくっとして、彼の唇をまじまじ見つめた。すると連殳は少しも顔色を変えず、ぽつねんと答えた――「すべて了解しました」」。これはまったく思わぬ事で、一族の者は当座ほっとしたものの、この「奇怪」さには何かまだ裏があるのではと不安で、疑心暗鬼になった。第三者の村人たちは、あっさり事が済んでしまって失望したが、やはり「見に行こう」と期待して広間の前に集まってきた。ところが魏連殳は、しきたり通り従来の作法で完璧に葬儀を遂行し、寸分の違いもない。それには「端で見ているものも感心せずにはいられなかった」し、「白髪混じりの老婦人は、羨ましそうに感嘆の声をあげた」のである。なおこのシーンは、一九一〇年に行われた、魯迅自身の祖母の葬式をなぞったものだと言われる。当時、病床の祖母に付き添っていた、下の弟周建人の回想によって証すことができよう［周建人 二五八―二六〇頁］。それによると、祖母の発病から、葬儀の進行に至る、テクスト第一節の叙述全体は「その年に義理の祖母を埋葬したときの実際の情景と、ほとんどそっくりである」［李 二〇〇頁］のだ。むろん余りに「そっくり」な細部については、物語の言語によって、記憶が逆に引きずられた可能性を否定できない。しかし、周作人も母からの伝聞として、ここの叙述がおおよそ事実に合致していることを記している［周遐寿 一八七頁］ので、魯迅自身の体験が基になっていたことは否めないだろう。ただこの場面は、伝統の圧力を回想によって確認するために描かれたわけではあるまい。つづく魏連殳の行為が、やはり事実であるにしても、大きな意味を持ってくるからである。

セレモニーが頂点に達して、泣き女が泣き、棺に釘打たれたとき、人々は怪訝で不満そうな様子を見せる。語り手の「私」はこのとき気づくのだが、魏連殳は「一粒も涙を流さず、筵《むしろ》に座ったまま、両目を暗い中にきらきら輝かせていた」。葬儀が終わろうとし、人々は見ものは何もなかったとがっかりして帰ろうとしたとき、「突然、彼〔魏連殳〕は涙を流した。続いて声はかすれて、すぐに号泣に変わり、まるで傷ついた一匹の狼が、深夜、荒野に遠吠えをするように、凄惨の中に憤りと哀しみを滲ませていた」。こんなことは前例もなく前代未聞で、人々はうろたえ、なすすべがなかった。しばらくしてやっと何人かがやめさせようとしたが、彼は号泣したまま、そこをいっかな動かなかった。そのまま三〇分ほど泣くと、彼は弔問客に挨拶もせず、祖母の部屋に入って寝てしまう。そして二日後には、さらにこんな伝聞が伝わってくる。彼は家具のほとんどを焼いてしまい、余ったものは祖母に仕えていた雇い人に与え、家屋も彼女に無期限で貸すことにしたと。一族がこぞって反対して、必死に掛け合ったが、彼は耳を貸さなかったし、それを村人たちは、「悪魔に出会った」かのように、驚愕して語り合うのである。

この祖母の葬儀の場面では、伝統の圧力と傍観者たちの好奇心とを、やや戯画的に滑稽な形で、印象的に描いている。すでに述べたが、暗黒が底知れないものとして描出されたわけではなく、それ自体は後景化されているのだ。(注3) さらには、『酒楼にて』で描かれた、暗黒を目の前にしてにっちもさっちもいかない状態も、ここではほとんど意識されない。むしろ前景化されるのは、これらの暗闇に対する対処法、いわばその暗闇のなかで生きる形、姿勢のようなものである。それは、抵抗の要素はあるが、決して正面からの闘いとは言えなかった。一種のシニカルな「方法」なのである。方法とは、魯迅流の「復讐」であった。復讐というのは、このテクストより一〇ヵ月ほど前に、散文詩集『野草』の一篇として書かれた『復讐』一文における「復讐」の意味である。この小品のなかで、魯迅は全裸のふたりの男女が刃を手にして、向かい合う形象を提示し、それを物見高げにわくわくしながら見つめる傍観者たちを描く。そうして、ふたりが向かい合ったまま、じっと何もしないことで、傍観者たちの退屈と失望を導き、彼らを裏切り、復讐を果たすというものである。長年、作家魯迅がこだわり続けてきた、傍観者的民衆に対する批判の総決算という趣もあり、傍観的態度に対する、魯迅流の抵抗が描かれていた。

そこで、李允経の指摘するように、一族と村人に対する魏連殳の対応は、ほとんどこれに似た「復讐」であると考えられる。「村にいる観客に対する報復であり、彼らに見るべき芝居をなくさせるのだ」〔李 二一〇頁〕。一族に対しても、村人に対しても、魏連殳の言動は、彼らの予想や思惑をすべて覆す。右に述べた断片を拾って、その結果を羅列すれば「不安や疑心暗鬼」「失望」「怪訝で不満な様子」「うろたえてなすすべがなく」「悪魔に出会ったように驚愕させる」といった具合なのである。むろんすべてが、意図的に人々の裏をかこうとする、計算された行動というわけではない。とくに狼の遠吠えのような号泣は、真情から出た思いのたけの表現であったろう。だが狼という表象すら、作者の小説の中では、実は復讐と緊密に結びついたシンボルとして登場するのである。それは、このテクストから二年余り後に書かれた『鋳剣《ちゆうけん》』の一節だ。この物語は、国王に父親を殺された眉間尺《みけんじやく》という少年が、仇を討とうとするところから話が始まる。そこにデモーニッシュな形象をもつ「黒い男」が現れ、軟弱で未熟な眉間尺に、替わりに仇を討ってやろうと申し出る。「黒い男」が、仇を討つ替わりに眉間尺の首を所望すると、彼は自分から首を切り落として、「黒い男」に渡す。その場面の背景に狼が登場するのだ。杉の森の奥深く「燐の炎のような眼がきらきらとうごめき、突如近づくにつれて、はぁはぁという飢えた狼の喘ぎ声が聞こえた」。先頭の狼は眉間尺を食べ尽くし、「黒い男」に襲いかかる。「黒い男」がその狼を斬り殺すと、つぎの狼が、その遺骸を食べ尽くした。このシーンの解釈は、そう単純ではない。眼としての狼は、『阿Q正伝』では傍観者的民衆のシンボルとして、阿Qの魂に嚙みつき粉々にする場面にも出てくるからだ。ただ、湯山トミ子が指摘するように、「鬼火のような眼」をもった者として「狼と黒い男が同一の者である」と想定することも可能である［湯山　八四―八五頁］。ついでに言えば「両目を暗いなかにきらきら光らせていた」のは葬儀における魏連殳でもあった。だから狼を「復讐」のメタファーとして、「復讐」との結びつきに注目しておきたいのだ。

こうして、祖母の葬儀における魏連殳の言動は、圧倒的な伝統的宗族秩序に対する、形を変えた抵抗を示すように思える。それはおそらく、『酒楼にて』以降、作者が試みたあらがいや格闘と関連しているることだろう。そのなかで再び、傍観者的態度が、最も憎むべきものとして作者の眼前に立ち現れても来たのだろう。出来事自体は、十数年前の事実に取材して、それにかなり忠実であるようだが、心的表象としては、この数年の作者の姿を概括しているように思われる。しかも『酒楼にて』が、完全な内的な対話であって、外在的な「敵」が意識されていないのに比べると、このテクストでは、少なくとも外への通路を獲得しているといえるのだ。しかし、指摘しておかなければならないのは、このような「方法」によって、伝統的秩序を何ほど変えることができるのだろうか、ということである。誰の目にも明らかなように、伝統の力は厳然と存在したままであろう。その意味で、心のなかに伝統との葛藤を抱え込んでいた状態から、作者は一歩外へ向けて踏みだし、伝統を外的対象としているが、それに釣り合う自己の姿勢はまだ閉ざされたままなのであった。そのことが、第二節以降で「私」という語り手を媒介にした、いくつかの対話によって、さらに対象化されていくことになる。

3　「孤独者」という人間像

「私」は寒石山からの帰り際に、弔問に訪れ、魏連殳に直接会うが、このときは彼は儀礼的にあいさつを返しただけであった。ふたりが親しく話をするようになるのは、S市においてである。「私」はその年の末に失業してから、足繁く魏連殳の所を訪れるようになる。それは魏連殳が「性分としては、付き合いがひどく悪いのだが、不遇な人には優しい」ということを耳にしたからだった。不遇な人が、いつまでも不遇のままではいないから、「彼には長い付き合いの友人は少ない」らしかった。その噂は本当で、魏連殳は「私」を暖かく迎えてくれる。そして知り合ってしまえば、話はしやすかった。

「彼は議論好きで、その議論もとても突飛であった。参ったことというと、彼の何人かの客のことで、『沈淪』を読んだためでもあるのだろう。彼らはいつも「不幸な青年」とか「余計者」だとか自称し、カニのように、怠惰で居丈高に大きな椅子に座り込むのだ。そうして悲哀の声をあげ、ため息をつく一方で、眉に皺をよせて、たばこを吹かすのである」。

ここの叙述も、当時の作者と、世間に認められない文学者気取りの青年との関係を推測させる。魯迅は、五四運動当時は、いささか純粋にすぎる進化論者であったから、青年というと期待を寄せて、あれこれめんどうを見ていた。その中には、むろん生涯の知己となった人たちもいたが、厭世家を気取って群がって来た者も多かったのである。またここの場面は、「私」の眼を通した叙述ではあるが、自画像として読めば、若者に対する人間関係について、作者の自嘲的な意識が窺えて興味深い。ただしテクストとしては、魏連殳がそう思っているわけではないことは、確認しておこう。なお『沈淪』は郁達夫の小説で、日本に留学し、学業や恋愛に思いを遂げられず、祖国の弱さに絶望して、自殺する青年の心理を描いた物語である。性意識の記述もあったため、頭の硬い道徳家の非難も浴びたが、二〇年代初めに一世を風靡した。ついでに述べると、『孤独者』全体の時代背景としては、辛亥革命直後の雰囲気をもつのだが、この郁の書名によって、五四運動以降だと論定されているそうである［林　一九五頁］。

さてこうした、青年に対する「私」の視線のうえに、さらに子どもに関する対話が、ここには展開されてくる。魏連殳の借家の大家には、孫である四人の男女の子どもがいて、ときどき魏連殳の部屋に闖入してくるのだ。彼らは汚れていて醜いし、「けんかばかりして、皿やお椀をひっくり返すは、菓子を無理やりねだるはで、めちゃくちゃで頭が痛くなる」。むろんそれはあくまで「私」の視線だ。

ところがこの来訪によって、「連殳の眼には、たちどころに喜びの光が湧き起こ」り、彼らのことを「自分の命より大切に思う」のであった。ここに対話的関係がまず生じている。魏連殳は、子どもたちの不作法に苛立つ「私」に気づいたように、はっきりとこう語る。「子どもというのは好いものだよ。彼らはまったく純真で……」。そうとも言えまい、という「私」に対して、大人になってからの悪い性分は、環境のせいで、初めからではない、と彼は主張する。それに対して「私」は、悪の種が初めからなければ、どうしてそれが後に芽生えて果実をならせることがあるだろうか、とかじったばかりの仏教の理論で反駁する。魏連殳は腹を立てて黙ってしまい、「私」は気まずいまま、彼の部屋から逃げ出すこととなった。いわばけんか別れになってしまったのである。ここでは、この対話は決着を見ない。「私」は失職したのち、仏典を読みかじっており、それでこんな反論をしたのだが、仏典については、魯迅自身といささか関わりがあろう。辛亥革命が挫折したのちに彼は、仏典などの古い書物を読みふけっていたことはよく知られている。五四退潮期ののちも、『野草』の諸篇などには、仏教用語が散見される。先に述べた、『復讐』二編に「大歓喜」と「大憐憫」の語が見られるように。「私」にもまた、他のテクストと同様、作者のもう一つの影が投じられていることには違いない。

さて三ヵ月ほどして、彼は初めて「私」の住処を訪れ、悲しげにこう言う。「君の所へ来る途中、街で小さな子どもに出会った。一枚の蘆の葉を手にして、私を指さして「死ね」と言うんだ。ろくすっぽ歩みもおぼつかないのに」。彼がけんか別れした「私」を許す気になった一つが、「彼自身が、「純真」な子どもに敵視されたからだと、「私」は推測する。さらに第三節では、魏連殳はその年の春に校長を辞職（これも魯迅の伝記事実に符合する）して、「私」と同じく失業する。そんな彼の窮乏を知って訪れた「私」との対話の最中に、こんな一段が現れるのだ。

「彼は耳をそばだて、ピーナッツを一摑みして、出ていった。外では大良たち〔大家の孫たち〕の笑い声がしていた。／ところが彼が出ていくと、子どもたちの声はぴたりと止んで、どこかへ行ってしまったようだ。彼は追いかけてゆき、何か声をかけたが、答えはない。がっかりしたように、彼もひっそりと帰ってきて、そのピーナッツを紙袋にもどした。／「私のは、食べ物すら口にしないんだ」。彼は低く、自嘲的に言った」。

世間から白い眼で見られている者が、子どもたちにすら毛嫌いされる事実が描かれる。つまり、この問題をめぐる対話は、テクストではほぼ決着を見ていると言えよう。後に志を捨てた魏連殳は、子どもたちを馬鹿にするように、物を買ってやる代償に、ピエロのような仕草をさせる。そこには、かつてのような愛着と愛護の気持ちは、毛頭見られないのであった。こうして、青年や子どもは、大人のように悪い習慣に染まっていないから、彼らが健全に成長すれば、社会はよくなるだろうという、楽観的な進化論の立場は、テクストによって放擲されているに近いのだ。そうした立場は、かつて作者が期待を寄せ、主張したことであった。だからこれは、かつての自己を対象化しただけでなく、否定的にすら扱っているわけである。ただ魏連殳の色濃い哀しみのなかに、かつての作者の思いが反映されていることも、確認しておくべきことだろう。

ところで、魏連殳が「私」を訪れた理由というのは、いとこの子を彼の養子にしようとその親子がやってきているから、いまは尋ねてくれるな、ということであった。養子にすれば、彼の寒石山にある唯一の財産、つまり祖母の雇い人に貸している家屋が、自分たちのものになるからだ、と彼は述べている。「私」は、結婚せず跡取りがいない彼の血統を、本家筋が心配しただけで、昔風の古い発想にすぎないのじゃないかと釈明する。この対話は子どものテーマに比べると、明示的ではなくささやかではあるが、なかなか興味深い問題をはらんでいるのである。一つは、魏連殳は子どもについて懐疑的な「私」を非難したが、親族の言動については、「私」よりずっと懐疑的なことだ。社会にというより、まずは宗族共同体に対して同化できない、信頼しない。その意味で、これは後で触れるいわゆる「孤独者」のイメージに結びつくだろう。そしてそれは、作者魯迅の宗族共同体に対する、愛憎の交じった心境とも一致することであった。もう一つはここで、「私」がこの対話に絡んで、前から気になっていたことを尋ねたことだ。「君はいったいなぜ結婚しようとしないんだい」。この問いに、魏連殳は驚いたように「私」を見返し、それから視線を自分の膝に移して、たばこを吸うだけで答えようとしない。テクストは、ここではこれ以上何も言及しないが、第五節でも似たような問いがなされていた。幕僚となって金回りのよくなった彼に、大家が所帯を持つことを勧めるのだ。だが彼は笑って取り合わない。この問題は、魏連殳という形象を理解する上では、重要に思われる。というのはそれは、彼の「病状」と関わりそうだからだ。第四節の「私」宛の手紙のなかでは、「いまはもう深夜だが、いくらか吐血したので、目が覚めた」という記述があった。彼は肺病を患っていることを、自覚していたと推定されるのである。このことは、実は作者自身の結婚観とも重なっていると考えられる。なぜなら、魯迅も、早くから自分の肺病に気づいていて、そう長くは生きられないと考えていた節があるからだ。だから、無理やり母から押しつけられた結婚についても、相手の朱安に長い苦痛を与えることはあるまい、という心づもりであったと推定される。それはそれで無責任な対応ではあるが。そうすると、母親の強引な手だてがなければ、魯迅の結婚に対する態度は、実は魏連殳と同じになった可能性が高いのではなかろうか。魏連殳が「私」の問いに答えなかった背景には、こうしたことが連想できるのである。

さて「私」と魏連殳との対話には、もう一つ大きなテーマが残っている。それはテクストの題名にもなっている「孤独者」について。つまり魏連殳の最初の生き方についてである。魏連殳は子どもたちにピーナッツを与えようとして、逆に嫌われてしまう。「私」はしょげている彼を見て、こう語りかける。「ぼくには君が自分から苦しみを探しているように思えるよ。君は世の中を余りに悪く見ている……」。魏連殳を訪れる客たちがみな、暇つぶしに来ると彼が思っていないか、という「私」。そう思うこともあるという魏連殳。「私」はそこでこう述べる。

「人間は実際はそんな風じゃないんだ。君はまったく、自分で蚕の繭を作って、自分をそのなかにもぐり込ませてしまったんだ。もう少し世間を明るく見るべきだよ」。

これに対する魏連殳の答えが、対話関係を構成する。

「そうかも知れない。だが、その繭を作る糸はどこから来たと言うんだ。事実世の中には、そういう人はいくらでもいるさ。たとえば、ぼくの祖母だ。ぼくは彼女の血は受け継いではいないが、彼女の運命は受け継いでいるのかも知れない」。

祖母は、父の継母であり（これも魯迅の場合と同じである）、一日中窓の下に座って、針仕事をし続けていた。笑みも見せず、つれない様子ではあったが、魏連殳のことをしつけ、かばってきた。継母という立場から、他の家族からは、あまり暖かく受け入れられたのではなかった。しかし父の死後もずっと、祖母の針仕事によって家計は支えられてきた。そして祖母の葬儀の時である。「けれど、ぼくはあの時どういうわけか、彼女の一生が目の前に凝縮して浮かんだんだ。自分で孤独を作り、それを口に入れて味わった人の人生が。しかもそういう人はほかにもたくさんいる。こうした人たちが、ぼくを号泣させたんだ」。「君のぼくに対する考えは、かつてはぼくの祖母に対する考えだった。けれども、その時のぼくの考えは、実は正しくなかったんだ」。

この対話は、さらに連想すれば、後にパートナーとなった許広平との書簡によるやりとりをも思わせるものだ。このテクストが書かれる半年あまり前（二五年三月）に、二人は文通を開始していた。たとえば許広平はこんな風に、魯迅の消極的な姿勢をなじっている。（注5）

「けれども別の方ではいつも、たぶん「〔将来を〕私自身は目にできない」とか「静かに永眠する」……とかいう終わりに行き着くのを好むことばに触れます。小鬼〔許広平のあだ名〕はこういう言葉を聞くのは不愉快です」〔黄編　六五頁〕。

これに対し魯迅はこう答えている。

「自分の考えを人に伝染させたくないということです。どうしてかと言えば、私の考えは暗すぎて、自分でも正しいかどうかはっきりと確認できないからです。「やはり反抗したい」については本当ですが、「反抗する理由」が小鬼とはまったく違うことも、私はわかっています。あなたのは、光明の到来を望んでのことでしょう（私はきっとそうだろうと思います）。しかし私のは、暗闇とやみくもに格闘することにすぎません」〔同右　六九頁〕。

暗闇と闘う意志ははっきりしているが、その姿勢が「蚕の繭」のなかにもぐり込むようなあり方でしかなかったことが、ここに表白されていると言ってよいであろう。その繭の糸は、いわば暗闇と闘うところから来ているのだ。そこでテクストは、こうした対話の結末をどう導くことになるのだろうか。

ここでは、世の中からほとんど見捨てられ、厭なこともじっと一人で耐え忍んで、生きてゆくほかない、そういう人生の系譜が強調され、語られている。したがって、オーファン・リーのように、「孤独者」を「厭世家」とのみ捉えるのは、この形象を狭めてしまうことになるだろう。魏連殳が語るこの「孤独者」の系譜は、過渡期に特徴的なものというより、もはや歴史を越え、普遍的に提示されている気配すらするのである。なお既述のように、魏連殳の生き方は、テクスト全体のなかで、三つの形が提示されていると考えられる。それは雰囲気として継続性をもつから、魏連殳の形象を分裂させるわけではない。広義の「孤独者」像はテクスト全体を通して表現されていると言うべきだろう。しかし、狭義としての「孤独者」の形象は、その三つをすべて貫通して含んでいると考える必要はないと思われる。ここで述べられた第一の生き方が、「孤独者」を典型的に表しているだろう。残りの二つは、狭義の「孤独者」からの離脱または反面の生き方を提示するのである。

ところで、魏連殳は議論好きで、しかも歯に衣《きぬ》着せぬ突飛な論旨を発表して、周りなど眼中になかった。S市の人々からは、奇人として見られていたのである。だからこの形象が、青年魯迅が思い描いていた「英雄」の末裔に当たることは、『摩羅詩力の説』などの初期のテクストを知る読者には、容易に理解できるだろう。「英雄」は「腕を振るって呼びかければ、応ずる者雲のごとし」〔『吶喊』「自序」〕というはずであった。だが彼らは、傍観者的民衆によって、憎悪と迫害の対象にされ、最後には生け贄となって、見殺しにされるのであった。このため、「英雄」たろうとした者も、「英雄」の末路に共感した者も「激しい哀しみ」に襲われ、「この寂寞は日一日と成長して、大きな毒蛇のように、私の魂にまとわりついた」〔同右〕のである。ここで注目したいのは、そういう目覚めた「英雄」の末路と、社会の隅にひっそりと、しかしひとり歯を食いしばるように生きた、祖母のごとき人物の生涯が、重ね合わされてくることであろう。「孤独者」の形象によって、時間を超えた系譜が提示されているばかりでなく、階層的な区分も超えた系譜が提示されているのだ。この系譜が伏流のように中国社会の底層を流れていた。「孤独者」は、もとより名の通り、ばらばらで孤立しているが、「運命を受け継ぐ」系譜として、拡がりと一般性を獲得しているのである。そこでやや余談になるが、こんな発想は突飛にすぎるだろうか。この「孤独者」の系譜を一八〇度逆転させると、ちょうど『中国人は自らを信ずる力を失ったか』〔『全集』六巻一一七―一一九頁〕で述べられる「中国の背骨」になるというのは。作者は、三〇年代に入って、未来にいくばくかの希望を見出していたと言われる。そんな九年余りののちに、彼はこんな事を書いていた。

　「我々には昔から、没頭して仕事に努めた人、必死にやり抜こうとした人、民衆の代弁者となった人、身を犠牲にして真理を求めた人……がいる。帝王宰相の系図に等しいいわゆる「正史」であっても、なかなか彼らの輝きを覆い尽くすことはできなかった。これこそ中国の背骨である。／このような人々は、現在でもいなくなったわけではない。彼らは確信があるが、自分を騙しはしない。彼らは倒れてもその後を継いで闘っているが、ただ一方で、つねに虐待され、抹殺され、暗闇に消え去って、人々に知られることができないでいるのだ」。

そして、そうした彼らの力を確かめるためには、「自分で地の底まで見に行かなくてはならないのだ」〔同右　一一八頁〕と。この「中国の背骨」こそ、「孤独者」が反転した形象ではないか。彼らは、営々と社会の変革に携わりながら、「人々に知られることが」なく、抑圧され、抹殺されているというのだ。いわば「孤独者」の形象が、のちに別の形で復活していると言えないだろうか（もとより初期の「英雄」像が形を変えて再生したとも言えるだろう）。だがむろん、両者の間に、大きな落差があることも言うまでもない。「中国の背骨」が、変革の原動力として捉えられているのに対し、「孤独者」に、そうした可能性を見出すことは難しい。それこそ、両者は反転しているのであって、否定によって媒介されていると言うほかないだろう。

「孤独者」は作者の自画像であるとともに、そうした生き方を普遍化、一般化し、対象化したものでもあった。そしてそれは、いったんは否定されなければならなかったのであり、事実テクストによって否定されていると言ってよいだろう。こうして物語は、第四節の魏連殳による告白につながっていく。そこでは「孤独者」としての生の姿勢が持続していないことが語られる。そして第三節の終わり、「人が死後その人のために泣く者が一人もいないようにするのは、たやすいことではないね」という魏連殳のことばは、続く展開にとって、きわめて暗示的なのであった。狭義の「孤独者」の崩壊は、ここにすでに予兆が示されていると言えよう。

4　「人道主義」と「個人的自由主義」

さてともかくも、「私」はなんとか山陽という街の教職にありつくことができた。魏連殳は「私」

の出発する前の晩――物語の展開から考えて、秋口であろう――にやってきて、「筆写係」でもいいから職はないか、と頼みに来る。「私」は魏連殳のおもねるような態度に驚いていると、彼はこう語る。「ぼくは……ぼくはもう少し生きなければならない」と。おもねっても生きのびたいという点に、すでに「孤独者」の生き方とは異なる要素を見出すことができる。だが現地に行ってみると、彼のための仕事探しはうまくいかなかった。それどころか「私」は、学生運動を煽っているという嫌疑がかけられ、気楽に外出もままならない状態になる。「私」は何度か魏連殳に弁解の手紙を出すが、返事はなかった。「私」は夢のなかで、「もう少し生きなければならない」ということばを聞き、そう語る魏連殳の表情を見る。それほど印象的な言辞であったということだろう。そんなとき、突然に魏連殳からの手紙がやってくるのである。冬の一二月のことであった。「私」に対する宛名は「申飛」となっており、これは魯迅が以前使ったペンネームの一つである。もはや明白に、作者の自画像という分身から、作者のもう一人の分身へ宛てた手紙という、意図的な布置なのであった。ここでも内在的な対話が形成されるのだ。

魏連殳は、返事を出せなかったのは、切手を買う金銭もない極貧の状態だったからだという。そして彼はこう語るのである。

「いまは率直に君に伝えよう。ぼくは失敗したのだ。かつて、ぼくは自分は失敗者だと思っていたが、いまはそれが違うとわかった。いま本当に失敗者となったのだ。かつては、少しでもぼくに生きていて欲しいと願う人がおり、ぼくもそう望んだときは、生き続けることができなかった。いまはまったくそんな必要はないが、生き続けようとしている」。

「少しでもぼくに生きてほしいと願う人」とはどういう人を指すのか。第三節で、予兆のように記されていた「死後その人のために泣く者」とそれはかかわるであろう。テクストはその人について、さらにこう続ける。

「少しでもぼくに生きてほしいと願った人、その人自身が生きられなかった。この人は敵におびき出されて殺された。誰が手を下したか、誰もわからない」。「この半年来、ぼくはまるで乞食だった。いや実際乞食そのものだと言ってもよい。だがぼくにはやることがあり、そのためなら乞食でも、餓えでも、寂しさも、辛さも、望むところだった。ただ滅亡だけはいやだった。どう、少しでもぼくに生きてほしいと願う人の力とは、何と大きなことか」。

この人物について、林非は「彼は革命家であるはずだろう」と規定する〔林 一九八頁〕が、「彼」と断定できるだろうか。これに対し李允経は、作者の心理において「許広平そのものと言って構わない」と述べている〔李 二〇八頁〕。言いかえれば、魏連殳を愛する恋人という推定である。これに異論はない。魯迅の伝記事実との対応を考慮するならば、李も指摘するように、一九二六年六月一七日付け、李秉中宛て書簡を参照すべきであろう。そこではこう述べられている。「私は最近突然、まだ生きていたいと思うようになりました。なぜかというと、話せば少々滑稽ですが、この世に私が生きることを望む人が何人かいるためです」。また二六年一一月二〇日付け許広平宛の手紙でも、こう述べている。「〔道を同じくする者が〕一人いることについて、私はもとより慰められますし、それによって私に多くの勇気を与えてくれますが、その人が私のために犠牲になることが心配です。〔……〕〔道を同じくする者は〕そんなにたくさんは要りません、一人いればいいのです」〔黄編 二三七頁〕。注意しておきたいのは、短い間だがここに、「孤独者」とは位相の異なる、魏連殳の二番目の生き方が提示されていることだ。「生きていて欲しいと思ってくれる人」つまり「愛してくれる者」のために生きようとするのは、祖母や、結婚そのものを拒んでいた、従来の魏連殳の生き方とは異なるからである。

だから魏連殳の手紙のなかで「かつて、ぼくは自分は失敗者だと思っていた」という「かつて」〔先前〕は、祖母の葬儀で号泣した魏連殳のことではない。それは「半年来」「乞食そのものだ」という時期の魏連殳を意味する。恋人のために生きようとして、生きるすべがなかった時期を、「失敗者」だと思っていたというのである。その半年前といえば、彼が辞職して失業した後の時期であり、ちょうど「私」が魏連殳を心配して訪れた頃であった。そのとき「蚕の繭」の話を語り合い、彼が「死後その人を泣く者」に言及したのであった。このときに「生きていて欲しいと願う人」の影がすでに見え隠れしていることになる。この対話の時期は、実は二つの生き方の狭間にあったことが想定されるのだ。再び現実の作者について触れておけば、魯迅が許広平に対して、恋愛感情を確認したのは、王得后《おうとくこう》によれば、このテクストが書かれた二五年一〇月と同じ年の、六月二五日であったという〔王得后　三二四頁〕。魏連殳の手紙は、一二月に書かれたことになっているので、それはその半年前に当たる時期と偶然にも符合するが、単なる偶然かどうか、興味深いところである。その人物が許広平に価する人物だ、という李の仮説を認めれば、現実の作者の場合はこの二番目の生き方を生きたことになる。しかしテクストでは、この生き方それ自体は、大きなテーマとはなっていない。テクストでは、この生き方は、未完のまま実現できなかったからだ。そう描いたのは、作者の当時の心境として、それを主題化できるだけの覚悟はなかったこともあると思われる。だがそれよりも、「生きていてほしいと願う人」を失った場合に生ずるであろう、つぎの第三の生き方を、前景化させる必要が大きかったからではなかろうか。魏連殳の手紙は、こう続けている。

「私自身は、私が生きていてほしくはないという人のために、生きていようと思った。幸いに、私にちゃんと生きてほしいと願う人は、もういなくなったし、もう悲しむ者は誰もいないのだから。そういう人を、私は悲しませたくはない。だがもういない、一人としていないのだ。愉快なことだ、気持ちのいいことだ。私はかつて憎しみ、反対したすべてを履行している。かつて心を寄せ、主張した一切を拒絶している。私は本当に失敗したのだ――だが、勝利したのだ」。

「失敗した」ということは、具体的には、魏連殳が軍閥の杜師団長の幕僚という職に就いたことを意味している。幕僚とは、軍人官僚の顧問秘書的な役割で、おもに公的、私的な文書の作成に携わる。伝統的には、科挙で意に添った結果を得られなかった知識人が、世に出るもう一つの方途でもあった。一般的に言えば、変革を志していたはずの者が、体制側に「転向」したと言えるわけでもある。李允経によれば、魯迅は同郷出身の軍人陳儀と面識があった。教育者として、文筆家として、前途が閉ざされそうになったとき、魯迅は生活のため、陳儀の幕僚になるという道も考えないでもなかったという(注4)〔李 二〇三頁〕。李は、魏連殳のこの行動が、作者自身にあったかも知れない可能性を示しているのだ。「堕落」は必ずしも、単なる想像力の産物ではなかったらしい。

それでは、引用最後の「だが、勝利したのだ」というのは、どう解釈したらよいだろうか。それにはまず第五節で語られる、幕僚となった後の魏連殳の姿を参照しなければならない。林非が指摘するように、魏連殳は幕僚となったのち、「何ら不当なことをしたわけではない。ただ世の中を馬鹿にしたような態度を取っただけである」〔林　一九六頁〕。魏連殳は充分な収入があっても、それを湯水のように使い果たした。「今日買い込むと、次の日には売っ払ってしまう」。だから死後には何も残っていないのであった。大家の住んでいた母屋に移ってからは、ほとんど毎日が酒宴で、「喋るは、笑うは、唱うは、詩をやるは、マージャンをやるは……」という乱痴気騒ぎであった。大家やその孫たちへの態度も変った。高価な漢方薬をもらうと、それを中庭に放り投げ、大家に向かって「老いぼれ、飲んで見ろ」と言うのであった。かつてあんなに愛護していた子どもについても、大家の口からはこんな表現がされる。「あのお方は、以前は子どもが親爺を見るより、子どもを恐がっていました」。それは子どもに嫌われてショックを受けたころの話だ。「ここのところはまったく違って、喋ったり、騒いだり、大良たちもあの方と遊ぶのが大好きで、暇さえあれば、お部屋に行っていました。あの方も色々な手でからかって下さるの。物をねだると、犬の鳴き真似をさせたり、頭をぶつけて御辞儀をさせたり、それはもう大騒ぎ」。そんな「世の中を馬鹿にし」〔玩世不恭〕、自分に対しても投げやりな生き方をしたあげく、魏連殳は吐血をし、肺病で病死してしまう。金ぴかの肩章の着いた軍服を身につけて棺に横たわっている魏連殳の死に顔を、「私」はこんな風に描写するのだ。

「彼は不似合いな衣装のなかで、静かに横たわり、目を閉じ、唇を結んでいた。口元には冷たい微笑を浮かべ、この滑稽な遺骸を冷笑しているかのようであった」。

李允経は、「このようにして彼は、魂の自己崩壊によって、肉体の一時的な存続を図り、自嘲的なスタイルと、世をあざ笑う冷眼で、社会に対して思い通りの報復を行い、生命の終了に至ったのである」と述べる〔李　二一〇頁〕。また王暁明は「最後の自滅的な滅亡ですら、暗黒に対する報復であり、ある種、自己の腐敗によって社会の腐敗をさらに激化させようという意味がおおいにある」〔王暁明 一〇五頁〕と述べる。これらは、祖母の葬式の時とった魏連殳の行動に対する評価と、ほぼ同様であろう。李も引用するように、当時の魯迅に、こうした「復讐」の発想があったことは事実である。たとえば、魯迅はこんな事を述べていた。

「私が酒をやめ、肝油を飲み、寿命を延ばそうとするのは、必ずしも私を愛する者のためではなくて、大概はやはり私の敵――彼らに格好をつけさせて、敵ということにしよう――のためであり、その十全な世界にもう少し汚点を増やしてやろうとするためなのだ」〔『墳』「題記」『全集』一巻四頁〕。

そうすると、「勝利した」とは、「敵」に対する「復讐」に成功したことを意味するのだろうか。それにしては、現実の魯迅とは違い、魏連殳は「死に急ぐ」ような生き方をしたのではなかったか。また林非は、この「勝利」についてこう述べている。

「彼は怒りを抱きながら、じりじりと自らを傷つける道を歩んだ。こうして彼の言う「失敗」になったのである。しかし、死に至るまで、暗黒社会とつるむことはなかった。こうして、彼の言う「勝利」を獲得することになったのである」〔林 一九七頁〕。

この解釈は、「勝利」について余りに消極的に捉えすぎていないか。そこで竹内好はというと、このテクストにつぎのようなコメントを残している。

「その愛するものが失われたいま、彼は愛するもののためではなく、憎むもののために、生きられるようになる。つまり、自分が以前に憎み、反対した一切のものになり、自分が以前に崇拝し、主張した一切のものにならぬことで、彼は失敗者であると同時に勝利者である。〔……〕つまり、彼が生きるとは、彼が自分を憎むということである」〔竹内　五四―五五頁〕。

そしてここから竹内魯迅が、つぎのように組み立てられていくのだ。

「彼〔ここでは魏連殳はそのまま魯迅である〕は善の資格をもって悪を批判することに「失敗」した。新しいもの（それは彼に善だ）の資格で古いもの（それは彼に悪だ）に対抗することに「失敗」した。その結果、古いものであり、従って悪であるものをもって、古いもの＝悪を破壊しようとするのだ。絶望をもって絶望を克服しようとするのだ」〔同右〕。

これは、竹内魯迅の骨格をなす、基本的枠組の一つである。

これらいくつかの注釈は、それぞれそれなりの根拠をもつであろう。ただ筆者としては、魏連殳の前の二つの生き方との比較において、この三番目の生き方を考えておきたい。彼自身が手紙で語っているのである。「愛してくれる者」を失ない、したがって「私にちゃんと生きてほしいと願う人は、もういなくなった」。「私」が「悲しませたくはない」者は「一人としていないのだ。それは愉快なことだ、気持ちのいいことだ」と。一番目の生き方と二番目の生き方は、異なっているけれども、共通する点もある。それはなにがしか、枠にはめられ、自分が抑制される側面をもつということである。狭義の「孤独者」は、社会からはみ出ているようであっても、実はそうなのではない。魏連殳も彼の祖母も、宗族共同体からなかば排除されているが、その帰属を根底から否定はできない。そもそもふたりの関係が、一面では、孝的な結びつきであったことを忘れるわけにはいかないのだ。それに魏連殳が意識している、進歩の観念、子どもの世代のために「橋渡し役」になろうという思いもまた、別の意味で彼の生き方を枠づけし限定していると言うべきであろう。こうした枠づけは、魏連殳のなかですでに内面化されさえしたものだ。『酒楼にて』を論ずるときに、魯迅のなかで、「人道主義」と「個人的自由主義」の二つの考えが「せめぎ合」っているということに触れた〔黄編 六九頁〕。魏連殳の初めの生き方は、呂緯甫よりはるかに頑強だが、それは、このうち「人道主義」のある側面に対応するのではないか。ある意味で真の「人道主義者」は、「孤独者」にならざるを得ないということでもある。それらの枠や制限が、時代や社会環境によって押しつけられ、魏連殳はそれを引き受けざるをえなかったのだ。

二番目の生き方、「もう少し私に生きてほしいと願う人」のために生きるというのは、最初の生き方と違うことは述べた。それは「人道主義者」や「孤独者」のような一般化されたものではなく、もっと個別的な関係を支えにして生きることである。だがこの場合でも、その人のために「ちゃんと生きる」責任が生じるとともに、その人の人生を巻き込んでしまうことにもなるだろう。たとえば王暁明は、魯迅が許広平との愛を勝ち取り、同居するに至ったことについて、こう述べている。「余りに多くの苦痛によって取り替えた幸福とは、それ自体もう幸福なのではなく、大きな借財にすら変わってしまい、受け取る者の背に重くのしかかるだろう」と〔王暁明 一二九―一三〇頁〕。だから愛する者として、これからの生涯を共に生きる決意が必要なのだ。最初の生き方の枠とは違って、それは自ら選び取るべき枠ではあるが、しかし枠づけであることには変わりない。これについて、魯迅がこのテーマを回避したことは、すでに触れた通りである。

第三の生き方は、その愛する人を失ったことが致命的であったにしても、それは同時に、その枠から自由になることでもあったと言えよう。「愉快なことだ、気持ちのいいことだ」というのは、逆説的な表現でもあるが、別の真実を語っているだろう。そして「勝利した」というのは、そうした内面化された一切の枠づけから、自由になったということを表しはしないだろうか。つまり、「せめぎ合う」もう一つの考え、「個人的自由主義」に身を委ねることでもある。たとえば、林非のこんな比較の視点に注目したい。「魏連殳の性格は、〔アルチィバーシェフの〕『労働者シェビィリョフ』の登場人物といくらか似たところがある」。「彼らの思想的重荷はほとんど同じものであり、彼らが暗黒社会に対して採った、強烈な否定の態度、そこから発する内心の反抗は、きわめて合致している」〔林 二〇四頁〕。

シェビィリョフは、社会を変革し、民衆を救おうと志すが、かえって民衆から迫害され、憤りのあまり、社会全体に復讐しようとして、劇場で民衆に向かって、無差別に発砲する。魯迅は、この小説を一九二一年に翻訳していた。イプセンの『民衆の敵』と同様に、傍観者的民衆によって、先覚的な改革者が追いつめられる物語の系譜にあると言えよう。(注6) むろん林非が強調したいことは、むしろ両者の大きな隔たりの方であった。なぜなら復讐の対象は、シェビィリョフにとっては、外在的な大衆だが、魏連殳にとっては、竹内も指摘するように自己そのものであったのだから。しかし、外向的と内向的と方向が違っても、自己破滅的な心情としては、明らかな共通性が見てとれることも事実であろう。そして、このシェビィリョフについて、魯迅は当時こう語っていたのである。「〔社会が個性を摩滅させているという〕この種の大勢を徹底的に破壊しようとすると、たやすく「個人的無政府主義者」になってしまいます。『労働者シェビィリョフ』に描かれているシェビィリョフがそうです」〔黄

編 一二一頁〕。「個人的無政府主義」は「個人的自由主義」〔個人的無治主義〕をさらに極端にしたものと言えようか。シェビィリョフは「個人的自由主義」の極北を表すが、魏連殳の最期はその内向的な一族であったろう。先の『酒楼にて』を論ずるところで語ったように、その語り手「私」は「個人的自由主義」者のようであった。このことを考えあわせると、『酒楼にて』の語り手「私」のような存在を前景化し、あらわにその極地を示したのが、魏連殳の三番目の生き方だという想定も導き出されるのである。そのように考えれば、『酒楼にて』と『孤独者』の二つのテクストが、ネガとポジの関係になっている意味も、もう少し奥行きをもつことだろう。この生き方に、ある種の「復讐」の色合いがあることは、当然窺える。だがテクストは、そんな野放図な生き方の行き着く先を、すでに記述したのではないか。物語は三番目の生き方が、結局どうなるかを描いたはずなのである。それは自己破滅以外にはありえないと。

5 「孤独者」の埋葬

そこで物語の最後の場面に触れよう。「私」は、魏連殳の寂しい葬儀に出くわして、参列したものの、その棺を見送るに忍びず、中庭から出ていってしまう。そんな「私」はこう語るのだ。

「私は歩みを早めて行った。まるで何か重たいもののなかから飛び出そうとしても、できないかのように。耳のなかでは、何かがもがいており、それが長い間続いて、やっともがき出てきた。

それは長い叫びのようで、まるで傷ついた一匹の狼が、深夜、荒野に遠吠えをするように、凄惨の中に憤りと哀しみを滲ませていた。／私の気持ちは、そこで軽くなり、ゆったりと湿った石の道を歩んでいった。月の光のもとで」。

傷ついた一匹の狼の描写は、第一節で祖母の葬儀の際、魏連殳の号泣について、使われたことばと同一である。こうして魏連殳の最後の生き様を知る以前は、この葬儀を「退屈に感じ、たいして哀しみも感じていなかった」のに、「私」はここでは激しく心揺さぶられているのだ。「私」もまた、魏連殳や彼の祖母に連なる「孤独者」の一族であること、少なくともその理解者であることが示される。けれども「私」はそのもがいた叫びの声を吐き出すように、その葛藤を脱ぎ捨てていってしまう。これについても、解釈は簡単ではない。たとえば王暁明は、こう述べている。

「中国の暗黒に直面して、呂緯甫のような軟弱な人は意気消沈するだろうが、魏連殳的な頑強な人も同様に絶望するというのだろうか。このような問いを前にしては、結末でいかに「私」が足早に抜け出しても、読者の視線を移すことは難しいだろう。『酒楼にて』と比較して、作者の「幽気」に対する探求は大いに深まっているのである」〔王暁明　一〇五頁〕。

そして王は、作者は創作によって内心を探索し、「幽気」を追い払おうと試みたが、その内心のドアを「余りに大きく開けすぎて」不安になり、これに失敗したというのである〔同右　一〇七―一〇八頁〕。筆者はこれには賛同できない。

魏連殳の生き方には、三つあることを述べてきた。テクストで掘り下げて描かれているのは、第一の狭義の「孤独者」の形象と、第三の奔放で自己破滅的な幕僚の形象とであった。これが「人道主義」と「個人的自由主義」に対応しているのではないか、というのが筆者の提案であった。そして最後に、やはり「孤独者」の系譜を受け継ぐ語り手によって、この作者の心のなかで「せめぎ合っている」両者は、魏連殳の肉体とともに埋葬されるのである。別の観点では李もこう結論づけている。

「連殳の死去は、魯迅が造成した墳墓であり、古い私の埋葬であって、そこに未練がないわけではない。しかし一方では新しい「私」の探索でもあり、その後の途を予見させ、彼〔魯迅〕が新しい途のなかで、見事で幸せな人生を獲得するだろうことに、深い慰めと喜びを感じさせるのである」〔李　二一三頁〕。

これは余りに楽観的にすぎる解釈ではあろう。だから、この危機の葬送によって、すべてが新たになったわけではない。未来に選択されるべき、テクストにおける第二の生き方に対して、決定的な決断がされたのでもない。ここでは触れられないが、続く『傷逝《しょうせい》』が書かれなければならなかったのも、その決断の準備とかかわっていたのだろう。それでも、ここには従来の自己に対する総体的な告別が、すでに予告されていると言っていい。こうして『孤独者』は、魯迅が従来の自分からもがき出て行こうとする、その姿勢を描いたのであった。『彷徨』の世界は、この四日後に書かれた『傷逝』とともに、大きく転回し始めるのである。『孤独者』は竹内が語るように、まさしく魯迅の実存を証す、スリリングなテクストと言えるのであった。

（注1）　ただし魯迅が帰国後に紹興中学堂で教えたのは、博物学と生理生物学であった。

（注2）なおここでは中国語〔孤独者〕を英語 misanthrope（人間嫌い、厭世家）と訳しているが、これには後で述べるようにやや異議がある。
（注3）なお林非は、このテクストについて、封建勢力の強大さを強調しているが、これには賛成できない［林 二〇〇頁］。
（注4）魯迅のことばとしては、孫伏園『魯迅先生二三事』が挙げられる。
（注5）時期は一年ほど後になるが、厦門でぐずぐずしている魯迅に、許広平がしびれを切らして激励するあたりも、この対話を前提に対照すると興味深い。
（注6）翻訳当時の作者のこの物語に対する共感は、「訳了《工人恵綏略夫》之後」『全集』一〇巻一六五―一七〇頁、参照。その後の魯迅自身によるこの小説への言及は、『華蓋集続編』「記談話」、『全集』三巻三五五―三五九頁、参照。

参考文献

王暁明『無法直面的人生・魯迅伝』上海文芸出版社、一九九三年
王得后『《両地書》研究』天津人民出版社、一九九五年
尾崎文昭「「酒楼にて」および小説集『彷徨』」『しにか』一九九六年一一月号、大修館書店
胡風「魯迅先生」『新文学史料』一九九三年第一期、人民文学出版社
黄仁沛編『魯迅景宋通信集《両地書》的原信』湖南人民出版社、一九八四年
周遐寿『魯迅小説裏的人物』上海出版公司、一九五四年
周建人『魯迅故家的敗落』福建教育出版社、二〇〇一年
竹内好「魯迅入門」『竹内好全集』第二巻、筑摩書房、一九八一年
湯山トミ子「母子分離を越えて――二人の眉間尺・黒い男・母性」日本現代中国学会『現代中国』七四号、

二〇〇〇年
李允経『魯迅情感的世界』世界工業大学出版社、一九九六年
林非『中国現代小説史上的魯迅』陝西人民教育出版社、一九九六年
リー：Leo Ou-fan Lee “Voices from the Iron House　A study of LUXUN” Indiana University Press, 1987

7　女の描き方
――『離婚』を中心として

1　巧みとは言えない女性像

女性を描くという点では、お世辞にも、魯迅はうまいと言える作家ではなかった。もっとも同時代、五四新時期文学の男性作家のなかから、その名手を探そうにも、ちょっと困ってしまうのだから、これは彼固有の問題ではないかも知れない。あとで触れるように、さまざまな時代的制約があるようにも思われる。ただ同世代の男性作家たちが、しばしば女性を主人公とした作品を書き、女性を描くことにそれなりの工夫を試みていたのと比べると、魯迅の場合、このテーマに対して、いささか素っ気なく思われるのだ。たとえば茅盾は初期作品で、性愛に満ちた女性を描くことに腐心していた。許地山《きよちざん》は『商人の妻』『巣をつくる蜘蛛』などで母性を理想化し、自立した人間像として女性を描いた。また沈従文《しんじゆうぶん》は『蕭蕭《シヤオシヤオ》』『辺城』などで辺境に生きる素朴な女性を描いている、という具合である。でもそんな風に言うと、すぐさま文句が出そうだ。だって魯迅にも、『明日』の単四嫂子や『祝福』の祥林嫂があるじゃないかと。『明日』は前期の作品で、貧しく、知識もない寡婦が、幼い大事な一人息子を病気によって失ってしまう悲劇を描いている。『祝福』の祥林嫂は、第4章で触れたように、夫に二度も死なれた不幸な女性で、「本当に地獄というのはあるのですか」と迫り「私」を困惑させる人物であった。作品のなかで、彼女たちは確かに物語の展開を支える「主人公」に近い存在なのだから、魯迅が女性描写に心を砕いていないとするのは、ぬれぎぬのようにも思えるだろう。しかしこれについては、二つのことを指摘しておかなくてはならない。

魯迅は確かに、ジェンダーとしての女性が、中国の社会でどんなに苛まれてきたか、ということに関心を持ち続けてきたと言えよう。上に挙げた作品も、女性の社会的地位の現状について、批判的に描いたという意味から、社会派小説として読むことは可能である。しかし、テクストから「被抑圧」という社会性を強く引き出せる分だけ、かえって個性をもった女性性を描ききれていない憾みは残るのである。現実には、どんなに虐げられた女性でも、個性や自意識を持っていたはずである。それはたとえば、老舎の長編『駱駝の祥子《シャンズ》』で、祥子を誘惑する、我が強くて見栄えのよくない親方の娘「虎妞《フーニユウ》」や、祥子と同居する憐れな心優しい娘、小福子の描写を読めばわかるだろう。彼女たちは無知な庶民だが、老舎の筆にかかれば、一人前の人格として、活き活きと描かれることになる。しかし、魯迅のテクストにはそうした女性の描写が、祥林嫂の生に対する執念など一部の例外を別とすると、ほとんどないと言ってよい。彼の物語で中心人物となる女性は、抑圧された形象として、「ふつつか」(『明日』)で、ほとんど受動的な、人格を奪われた存在であった。そのような存在を作りだした現実と周囲の彼女たちへの視線を描くことによって、作品が社会的批判を強める結果にもなっていた。しかし、そうしたある種の「規範化」のため、深みのある女性の造形に結びついていないとも言いうるのである。もう一つ指摘しておくべきは、これらの人物は「主人公」のようで、実は本当の「主人公」ではないかもしれない。そういう読みが成立することである。

『明日』のテクストでは、単四嫂子について、「ふつつかな〔粗笨〕女」だという語りが五回も繰り返されている。これについてはすでにいくつか議論がされているが、少し確認をしておきたい。その文学的効果とは、語りが「ふつつか」という形容を用いて、単四嫂子を突き放すことによって、語りに同化しやすい読者に単四嫂子との距離を取らせ、容易に同情したり、加担できないシステムが機能することである。単四嫂子は、だけど明日になれば息子の病気はよくなるかも知れない、という希望を抱いて心を落ち着かせる。そこに語り手は、横からこんな口を出すのだ。「単四嫂子はふつつか者なので、この「だけど」という言葉の恐ろしさがわからないのだ。よくないことは、幸いによくなることがあるかもしれないが、多くのよいことがこれによってダメになるのである」。またつぎのような叙述もある。「単四嫂子は処方箋を受け取って、歩きながら考えた。彼女はふつつかな女だが、〔医者の〕何の家と済世薬店と自分の家が三角形になることを知っていた。もとより薬を買って帰った方が便利なのだ」。この逆接によって導かれる、余りに単純な内実が、かえってさりげなく彼女の世間知らずを示さないだろうか。しかも語り手は、控えめに、叙述の前景には登場していなかったのだが、四回目の「ふつつか」には、近代小説の技法を無視してまで「私がとっくに述べたように」という一句が付け加えられて、直接しゃしゃり出てくる。まるで駄目を押すかのように。

こうした語りに読者は戸惑わされる。一人称語り手の権力に弱い読者は、単四嫂子に疑問を抱くだろうし、用心深い読者は、語り手にも単四嫂子にも共鳴できず、中途半端な立場に置き去りにされる。

実際「ふつつか」ということばは、ゆったりと淀んだ空気のなかで展開する悲劇全体にあって、ささくれだった棘のように違和感を残している。ところが語りは、息子の死に嘆き悲しみ、夢にでも会いたいという単四嫂子の悲劇の頂点で、逆に「主人公」の情感に接近してしまう。「そこで目を閉じ、できるだけ早く眠って、宝児に会おうとしたが、静けさと大いさと空虚〔静和大和空虚〕とを通して、苦しい息が自分でもはっきり聞こえた」。アンドレーエフ的とでもいうか、ここだけ抽象的な叙述がされ、単四嫂子の哀しみの重量が表現にかかっている。こうなると、読者は「ふつつか」だと断定した側に取り残されてしまう。「ふつつか」と措定したのが、語り手ではなく読者であるような心理効果が働き、悲劇のカタルシスに与れない。カタルシスに共鳴できない読者は、その悲劇になにがしかの責任を背負わざるをえない仕組みである。第2章で述べたことを思い出していただきたい。これはちょうど『孔乙己』の語り手の「ミスリード」と類似した効果を果たしているのである。事実、二つのテクストの啓蒙的戦略は、よく似ているのだ。こうした、パラドキシカルな啓蒙の戦略を読むとすれば、テクストには本筋とは別に、もう一つの話者と読者の、駆け引きのような物語が伏在していることになるだろう。したがってこの場合、読者と物語の話者こそ隠れた「主人公」であり、単四嫂子は物語の〝仕掛け〟という逆説めいた言い方もできないわけではないのだ。

『祝福』については、ちょっと違うかもしれない。物語は『狂人日記』よりはっきりした「入れ子型」で、サンドウィッチ形式になっている。つまり、語りによる祥林嫂の物語を間に挟んで、前後に語り手自身の「私」の物語が置かれ、パンの役目を果たしている。ここでも物語は二重で、しかもそれが明示的だ。だから祥林嫂の形象には、個性的なところがあり、「私」と釣り合うだけの深みがある。それは『祝福』を扱った第4章で述べたことである。どちらを「地」とし、どちらを「柄」とするかは、なかなか難しいところだ。ただどちらかといえば、祥林嫂の物語それ自体は〃仕掛け〃で、祥林嫂と「私」との関係性、彼女のような実存に直面し、詰問された「私」のあり方が問われているのだという読みの方が、魯迅のテクストとして、よりふさわしい気がする。その方が魯迅という作家を考えるとき、思考に奥深さをもたらすのだ。そしてそれだけ、女性主人公の個性は、かなり印象的だが、やや従属的な感は否めない。むろんこれは、中国の「暗黒社会」に対する魯迅の態度が関係していること、言うまでもないのだ。彼にとって「暗黒」は彼の外部にあったものではなかった。「暗黒」が自分と深く堅く結びついたものである以上、外側からそれを無前提に批判する立脚点などないのである。そうであれば、「暗黒」を批判する作業は、自己を棚上げにしては語りようがない。自己をせり出し、問い糾さないではいられないのだ。魯迅文学がスリリングであるかなめがそこにある。

ただしいくつか、補充をしておきたい。魯迅ばかりではなく同世代の男性作家もまた、女性を描くのが上手だとは言えないと先に述べた。伝統的には、才子佳人（お坊っちゃまと深窓の令嬢）という男女関係の描写枠組があったため、始まったばかりの近代文学が、これから抜け出すには、なかなか苦労したということがあっただろう。女性の描き方自体が手探りの状態であったのである。さらに付け加えると、日本の近代作家に比べると、おおよそ中国の新しい時代の男性知識人は、その女性観や男女関係に対する見方が、ひどくストイックであることである。日本では、複数の異性と関係すること、あるいは複数の異性と同居をしたり、配偶者を交換したりするというような行動は、むろん近代婚姻制度の普及確立とともに世間からの非難を浴びたが、それでも「アウトサイダー」の特権として、なお可能であった。たとえば、大杉栄と伊藤野枝と神近市子の一件を思い出せばよい。しかし中国では、近代的な知識人にとって、一夫多妻が封建的罪業ととらえられたから、「一夫一婦制」は信仰に近い理念なのであった。これについては、日中の文化的差異から説明することも可能ではある。たとえば、セックスに対する表向きの意識は、近世江戸期以来、中国より日本の方が開放的であったことは事実だろう。また中国の知識人が、「アウトサイダー」ではなく、天下国家に責任を負う強い「エリート」意識を持っていたことも関係しているかも知れない。だから、日本の作家の性的な「自由」は、体制からはずれることでかえって得られたものであり、また近代制度が確立していたからこそ、逸脱が可能になったという見方もできるはずである。これに対して、中国の知識人は封建的なものを崩して、近代制度を作る側に立たざるをえなかった。婚姻制度を含めて近代制度は完成していなかったからである。そしてそのことは、異性に対する、極めて禁欲的な、あるいは観念的な視線を、とりわけ男性作家にもたらしたのではないだろうか。

実際の人生についても、同様である。知識人のなかでも、たとえば胡適《こてき》や王精衛《おうせいえい》など、「自由恋愛」を主張しながらも、現実には親の決めた結婚に従った者は多かった。しかしそれでいて、結果的に安定した夫婦関係を築き上げたことは、それぞれの個性にもよるのだろうが、一夫一婦制による「呪縛」もなにほどか与っているような気がする。魯迅もまさしく、彼らと同じく親の決めた結婚に従った一人であった。彼の悲劇はそれが円満な家庭に結びつかなかったことによるのだが、許広平との恋愛や同居に異常な躊躇と配慮を見せるのは、右のような事情を反映していよう。彼の心のうちで、いわゆる「フリン」に対する後ろめたさや抵抗感が強く作用していたことは否めない。こうした性に対する意識の、相対的な「不自由さ」が、描写の技術を低下させた嫌いもあるのである。いずれにしても、魯迅を含めた当時の男性作家は、女性を抑圧された（あるいは観念化された）社会的なジェンダー一般としては描けても、独立的な人間の形象として、個別的、個性的な存在としては、いまひとつうまく描けていないのであった。ただここで、たとえ魯迅の作品に限ったとしても、いくらか例外があることは指摘しておかなければならない。

2　悪役的民衆の原像

例外の一つは脇役である。彼女たちはもともとは、作者にとって嫌悪の対象であったかも知れない。おそらくは無意識のうちに憎さ余って、作者の筆が活き活きとしたエネルギーを、吹き込む結果になったのではないか。そのような形象をいま「悪役的民衆の原像」と呼んでおきたい。その呼称では、阿Qがその代表格だと思われるかも知れないが、彼は「主役」であり、また第3章既述のごとく、私たちに身近な存在として、特段に奥行きと広さを持っている点で、そして何よりも男性であることから、当面は除外しておく。面白いことに、阿Qを除くと、「悪役的民衆の原像」にあてはまりそうな形象は、すべて女性なのである。そこでもう少しこの形象を限定しておこう。それはたとえば、お喋りでお節介なことである。お節介のくせして、最後までめんどうをみるのではない。善良そうでいて、追い打ちをかけるような冷たいことばを吐く。ずる賢く、こすっからい……。

『明日』のなかで、単四嫂子の向かいに住んでいる王九媽《ワンジユウマー》は、そこまで性悪とは言えないのだが、単四嫂子の息子の様子を気にかけたりする一方で、葬式の時は、息子との別れに踏ん切りのつかない単四嫂子に怒り出す。葬式を取り仕切るという現実の生活感覚を、彼女の意識が象徴しているのだ。『祝福』で似たような位置にいるのが、柳媽《リユウマー》であるが、こちらの方が薄情である。彼女は祥林嫂の相談にのるようでいて、「あの世へ行ったら、二人の夫に引き裂かれるぞ」とおどすのだから。ただこの二人は、脇役として、印象的で明瞭な形象を持つところにまでは、まだ至っていない。それに比べると、異彩を放っているのが、『故郷』に登場する、もと豆腐屋の看板娘〔豆腐西施〕、竹内好訳で「豆腐屋小町」という女性、楊二嫂《ヤンアルサオ》である。このテクストは竹内訳で、中学・高校の「国語」教科書に採用されている。だから比較的多くの学生が読んでいるはずなのだが、大学の授業でこれを取り上げても、タイトルを忘れていて、読んだことに気がつかない者がいる。彼女が登場する場面で、はっと気がついたという学生に、筆者はたびたび出会った。それだけ印象的なのである。その楊二嫂の登場とは、こんな具合だ。故郷に引っ越しのため戻ってきた「私」が、幼なじみの閏土との昔を思い出し、甥の少年宏児と話しているちょうどその時、すっとんきょうなかん高い声が飛び込んでくる。「あら、こんなにご立派になって。ひげもずいぶん長く」。楊二嫂の、このお為ごかしの最初の発話は、「私」と甥との会話を突如遮断する。それは「頬骨の出た、唇のうすい、五十がらみの女」で、立った様子は「まるで製図用の脚の細いコンパスそっくりだった」（注1）。竹内は、彼女が高校生などにうけているのは、その形象が「漫画ティック」なところだと述べていて〔竹内『全集』三巻『日本における魯迅の翻訳』〕、なるほどと思わせる。「私」の母は、その直前に「連中がまた来たわ。器を買うとか言って、手当たり次第勝手に持っていってしまうんだから」と言って、見張りに行くのだが、そのとき「外で何人かの女の声がした」とある。楊二嫂が、その一人であることは間違いない。要するに彼女は、引っ越し騒ぎに紛れて、物品を手に入れようという魂胆なのだ。甥との話に夢中になっていた「私」に近寄ったのも、下心あってのことに違いない。ところが「私」は彼女のことをすっかり忘れていて、あてがはずれた楊二嫂は、「私」に散々悪態をつき、唆呵を切って去っていく。「まったく、お偉いさんは眼がたかいからね」と。ただし帰りしなに、ちゃっかり母の手袋を持ち去っていくのを忘れない。尾崎文昭は、彼女について、研究者には「日本では、多くの場合軽視されている」と指摘している〔尾崎七頁〕。「軽視」されるのは、この小説が日本的な文脈で、無意識に「故郷喪失」的な類型で読まれるからだろう。懐郷と故郷の現実に対する嫌悪というアンビヴァレンツな感傷の物語の文法からすると、楊二嫂の存在は逸脱して見えるからだ。このチャラチャラしたオバタリアンは、せっかくの雰囲気をぶち壊してしまうかに見える。それだけ、悪役的形象は見事だということでもある。

もう一つ楊二嫂については、重要な一件があった。それは食器窃盗事件である。故郷を離れていくとき、母はおととい起きたこんな事件を語る。「彼女〔楊二嫂〕が灰のなかから、十数もの茶碗や皿を探り出してきたの。あれこれやりとりの末、閏土が埋めておいて、灰を運ぶとき、一緒にうちに持ち帰るつもりだったと決まったわ」。灰は、閏土が所望した物の一つだから、それに食器を隠して彼が盗もうとしたというのである。ところで、これについては犯人に二説がある。一つはその場の評定どおり、閏土の仕業とするもので、一般に日本ではこちらがそのまま信じられている。たとえば既出尾崎のほか、藤井省三が丹念に論告している〔藤井　一五〇―一五四頁〕し、中学・高校の教室でもそう教えているらしい〔板垣　一六三頁〕。ところが、中国で一般に教えられているのは、楊二嫂犯人説だそうだ。「自分で隠しておいて芝居をすることで、閏土の名誉を傷つけ、同時に発見者の手柄と褒美を手にした」〔藤井 一五一頁〕ということである。この二説、名探偵ならどう推理するのか、難しいところだが、後者の材料を探してみよう。

楊二嫂は、何かめぼしいものにありつこうと「毎日必ずやってきた」。しかも、目的を同じくする仲間数人と一緒のようである。母は閏土に同情して「持っていかない物は何でも渡そうよ。彼の望むままに」と提案しているのだから、閏土は隠してまで何も盗む必要があるのだろうか。そんな扱いを受けている彼に、楊二嫂が嫉妬したと考えても不思議ではない。そもそも「石像のようで」「辛いためにマヒした」愚鈍な閏土に、そんな計略が働くだろうか。閏土が隠したという論定も、楊二嫂を含めた、その場にいた人々の議論である。彼女の仲間が大いに参加したであろうことは、想像に難くない……などなど。ヘボ探偵の筆者には、犯人の断定はしようもない。だがこのずる賢さを加味すると、楊二嫂という「悪役的民衆の原像」は、よりくっきりと輪郭をあらわにすることには違いない。ともあれ、彼女はこの発見を手柄にして、鶏をかう道具を褒美がわりに手にすると、「飛ぶように逃げていった。底高い纏足の足で、こんなに速くと思うほど」。この退場の仕方も、いささか印象的に滑稽である。こうして楊二嫂は、「辛いために自分勝手に生きる」人物の代表として、『故郷』のなかでは、「辛いためにあくせく生きる」「私」と「辛いためにマヒして生きる」閏土とは異なる独特の位置をしめた。つまりは、利己的で物欲の強い、型破りな形象として、このテクストのなかで、彼らに対しある種のチャチャをいれるような存在なのである。

さてこんな楊二嫂には、興味深い後継ぎがいた。『故郷』が書かれてから一六年後、阿金という若い女性が、魯迅のテクストに登場する〔「阿金」『且介亭雑文』『全集』六巻〕。彼女は「漫画ティック」というより「グロテスク」に近いのだが、楊二嫂よりもぐっとパワーアップして、そのバイタリティーは抜群である。しかも彼女は、散文から抜け出て、タイムスリップし、後に触れる別の歴史小説『采薇《さいび》』に姿を現すのだから、作者の用意も尋常ではないことがわかるだろう。ただしこの「悪役中の悪役」阿金については、第9章の『采薇』を扱うところで、述べることにする。ここで最後に触れておきたいのは、この楊二嫂のバイタリティーを一部引き継ぎ、魯迅のテクストのなかでは、女性としてもっとも個性的に描かれている異色な存在である。それは、『彷徨』の最後に書かれたテクスト、『離婚』の主人公的な登場人物、愛姑《アイグー》であった。

3　『離婚』の愛姑

『彷徨』について、ここまで取り上げたテクストは、どれも作者の精神的軌跡を自己分析したものである。それに比べると、このテクストはだいぶ趣を異にしている。物語はある農村の嫁が離縁を迫られていて、それに納得せず抵抗するが、大地主のボスの周旋によって、その圧力に屈する話である。嫁の愛姑は、婚家の家族とそりが合わず、夫は若い寡婦とできてしまい、「三行半《みくだりはん》」を突きつけられる。体よく追い払われたと思った彼女は、プライドを傷つけられ、兄弟や村人と結託して、相手の家を襲い、かまどをたたき壊す。かまどはその一族の守り神が宿るところとして、象徴的な場所であった。このトラブルをめぐって、付近の村のボス慰《ウエイ》旦那が周旋していたが、愛姑の一家が妥協せず埒があかない。そこでさらに上のボス七大人《チーターレン》が出てきて、調停するというので、愛姑とその父親荘木三が、村のボスの屋敷へ、またまた舟に乗って出かける。そんな場面からテクストは始まるのである。

テクストは大まかに分けて、二つの場面からできている。一つは船中で、ふたりが乗船したのち、村人や同乗した者たちとのやりとり。もう一つは、村のボス慰旦那の家で、ここで一段上のボス七大人とのやりとりが描かれる。愛姑の一族は、決して貧しい農民ではない。むしろ近辺では有力な農家というべきだろう。許傑《きょけつ》は「中農か富農の娘」と規定している〔許　一九三頁〕。そうでなければ、かまど壊しにこんな動員力はありえない。ふたりが舟に乗り込んだ時も、何人かは「拳を合わせる挨拶をした」し、「同時に、舟板には四人分の座席が空けられた」のである。だからこの物語は、『明日』や『祝福』のように、伝統の暗黒によって、虐げられた女性の悲惨さを描いてきた従来の類型とは、だいぶ異なるのだ。愛姑の船中の「象徴的」〔林非〕な描写も、彼女の来歴を如実に物語っている。「愛姑は彼〔父親〕の左に座って、鎌のような脚をちょうど八三《バーサン》に向けて「八」の字を作った」。その格好の大胆さとともに、彼女が纏足をしていることがわかる。纏足は女性に対する封建社会の抑圧のシンボルでもあるが、一方では労働をしないという意味で、一定の階層以上の女性であることを暗示するのである。さてこの船中の場面の対話では、ほとんど彼女の独壇場といってよい。かまど壊しに加担した八三が、今回は七大人がお出ましと聞いて「眼を丸く」して驚く。彼は、かまど壊しで鬱憤も晴らしたし、「愛姑があっちに戻っても、実のところ味けねぇし……」とはなから弱気なのだ。

これに対し愛姑は、「別にあたしゃ、どうしても向こうに戻りたいっていうんじゃないのさ」と突っかかる。

「むかつくんだよ。考えてもごらん。「若糞ったれ」が若後家とつるんだから出ていけなんて、こんな簡単な話があるもんか。「大糞ったれ」まで息子の肩を持って、出ていけなんて、それで済むかい。七大人が何だってんだ。県知事様と義兄弟だからって、まさか人の道理がわからないとでもいうのかい」。

この立て板に水のような喋り口に、八三は言い負かされてしまう。夫や舅に対する口ぶりも、七大人に対する言及も、なかなかの度胸というものだろう。そしてこのせりふが物語っているように、彼女は受動的な被害者なのでは決してない。相手にダメージを与えるほどの仕返しをし、自分のプライドを守りたいということが、彼女のきかん気を支えているのだ。林非のいう「あばずれ」〔潑辣〕で「野放図」〔野性〕な性格〔林　二二二頁〕、許傑のいう「突っ張った」〔剛性〕性格が、せりふから充分に窺い取れる。

語りは一方で、このあばずれに批判的な視線を向ける二人の老婆を、ちゃんと配置してはいる。「愛姑に目をやり、互いに顔を見合わせ、口をとがらせて、うなずいた」。むろん数珠をすりあわせ、念仏を唱えているこの相客は、妻たる者が本来慎み深くあるべきだという伝統的思考の持ち主に違いない。だが確認しておきたいのは、親子の一族は近辺では名士なので、ここではお世辞や提灯持ちに囲まれていることだ。「お初におまみえするが、木おじ〔父親〕のお名前はとっくに存じてまさぁ」とすり寄ってくる汪得貴《ワンドゥーグイ》は、全面的に愛姑の味方をする。「お話のわかる方」と気をよくした彼女は、さらに気を吐く。「七大人だろうが、八大人だろうが、あたしゃ絶対あいつら一家をぶっつぶしてやるから。慰旦那は四回もなだめたじゃないの。おとうだって、手切れ金を見てふらふらしたでしょ……」。これに父親は「だまれ」と小声でつぶやくが、一体に彼は寡黙で、冒頭で少し愚痴をこぼす程度だ。後の記述によれば、このとき婚姻証書を携帯しており、和解の心算があったことになる。だから、今回は分が悪く、潮時だという心づもりであったのだろう。そもそも正月で休みのはずなのに、男兄弟を同行させていないのは、初手から戦意を喪失していた疑いもある。だが愛姑はそうではない。

汪得貴の役目は、愛姑をいい気にさせつつ、ボス的な知識人の采配に対して、幻想を振りまくことだ。許傑の言うような「愛姑に共鳴し」「新しいものを彼が受容できることを示している」［許 二〇五頁］という判断は、誤解だろう。汪得貴はこう語っている。「彼ら書物を読むお方たちは、人様のために、公平な話をして下さるでな。たとえば誰かがみんなに侮蔑されたら、あの方たちが出てきて、公平な話をする。振る舞い酒なんて関係ないわ」。愛姑はこんな発話を信じてしまう。こうして村の周旋役、慰旦那の家に到着した後の描写は、この親子を取り巻く人々の関係性を鮮やかに示しているのだ。船中ではちやほやされた彼らは、七大人を中心とする、まるで別の構造のなかに飛び込んでしまうのである。

普段とは違う仰々しく、重々しい雰囲気に、愛姑は「思わずどんどん落ち着かなくなってきた」。そしていよいよ親子が大広間に入ったときのテクストの描写は、なかなか読み応えがある。

「広間にはいると、たくさんの品物があったが、一々目をやる余裕はなかった。それにたくさんの客はいたが、色とりどりの緞子の長衣がぴかぴかするばかりだ。これらのなかで最初に一人の人物に目がいった。それがきっと七大人に違いない」。

この場所が、極めて特権的な空間であることが、愛姑の視線から窺える。それだけではない。「ほかに若旦那が何人かいたのだが、威光によって干からびた南京虫のように押しつぶされ、愛姑にはいまのいままで目に入らなかった」。緊張から彼女の視線は周囲にまで行き届かないらしいのだが、一方では七大人の威勢によって、その他大勢の存在感も希薄になっているのだ。船中と慰旦那の大広間との二つの場面では、愛姑たちの立場は逆転している。船中では幅を利かせることもできたが、「慰旦那の黒塗りの正門をまたいだとたん、彼らの身分は、招かれて門脇の部屋に座る客の立場に変わってしまうのだ」〔許　一九九頁〕。こうした設定自体が、作者にはあまり見られなかったことだ。つまり複線的な社会的ネットワークを描き、その構造のなかに人物を投入して、同じ人物が対照的な関係性を持つことを見事に表現しているのである。単純化して言えば、人は、場合によっては奴隷にも主人にもなるということであろう。そうした二重の構造をもった社会関係が、ここでは明示的に描かれている。だがこうした状況でも、愛姑という女性はそう簡単に引き下がらないし、めげはしないのだ。

慰旦那が、改めて協議離婚を勧めてこう言う。「七大人様のお考えも、私と同じじゃ。だがな、七大人様は双方とも気の毒と思し召して、施の家〔夫の一族〕にもう一〇元上乗せさせ、九〇にしようとおっしゃるのじゃ」。言うまでもなく「七大人のかわりに喋っている」〔許　二〇〇頁〕わけで、このときそれに「うなずく」のは、林非の解釈〔林　二二二頁〕のように父親ではなく、七大人と理解するのが自然である。しかし愛姑は父親の態度に危機感を覚える。「ふだん沿岸の住民たちにも一目置かれている父親が、どうしてここで何も口を開かないのか」。愛姑は、関係がすでに転換していることがわかっていない。それだけ無鉄砲で、世間知らずだとも言えようか。「書物を読むお方」の幻影にすがって、彼女は何とか突破口を見つけようとする。「七大人様が、書物を読み理屈のわかったお方であること、よく存じています」。彼女は度胸を据えて語り出す。嫁入りしてからの、彼らの仕打ちを。たとえば、鶏小屋の戸締まりが甘かったために、雄鶏がイタチにかみ殺されたのは、ぬれぎぬなのに自分のせいにされてしまったこと、などなど。七大人がぎょろっと愛姑を見るが、彼女は続ける。

「あたしは、結納をすませて、嫁入りかごに乗って来たんですよ。そんなたやすいことですか。……きっと奴らに一泡ふかせてやります。お白洲に訴えたって構わない。県がだめなら、府だって……」。

ここで七大人が、やっと口を開く。話し出すのが後であればあるほど、軽々しくない神秘性が増すというものだろう。

「わしが上乗せに一〇元というのは、実際「破格の沙汰」じゃ。そうでなけりゃ、舅姑が出ていけと言ったら、出て行かねばならぬ。府どころか、上海北京、たとえ外国だろうと一緒じゃ。信じないのなら、あいつは北京洋学堂帰りじゃから、聞いてみるがいい」。

慰旦那の息子である、洋学堂帰りが、このでたらめを否定するはずもなかった。それより注目しておきたいのは、つぎのことである。愛姑が主張し、根拠としているのは、伝統社会の規範に則った婚姻関係の正当性である。七大人はそれを、舅姑の決定権という宗族的倫理を盾に、自らの権力によって覆そうとしていることだ。これは、単なる新旧の争いでも、抑圧被抑圧の関係でもなく、伝統秩序的なものですら、ボス的大地主によって押しつぶされてしまう横暴さを表象するということだろう。

さて、一人として自分を応援する者がいないことを悟った愛姑は「完全に孤立していると思った」。だがここまで静かにしていた「若糞ったれ」が、彼女のあばずれぶりや話ぶりを非難すると、彼女は最後の反撃を試みるのである。

「みなさんの前でまだお話があるんです。あいつのどこがお上品な口のききかたなのでしょう。口を開けば「育ちが知れる」だの「馬鹿者」だの。あのばいたとできてからは、うちの先祖様まで罵られて。七大人様、叱って下さい、この……」。

ところが、七大人はこのとき突然、両の白眼をむいて、顔を上げ「来たーれ」と怒鳴ったから、愛姑はぶるっと震えて、口をつぐんだ。心臓はどきどきし、大局は変わり、しまったと思うがもう遅い。たちどころに、紺の長衣に黒いチョッキを着た部下の男が入ってきて、ステッキのように直立した。それから七大人から耳打ちをされ、男が命令を了解して出ていくと、愛姑は「予想もできないこと」が起こるかも知れないと怯えるのである。そして七大人の威厳を見損なっていた、放埒にすぎたと後悔した彼女は、急速に闘争意欲が萎え、思わず口走るのであった。「もともと七大人のお言いつけに従うつもりで……」。これを聞きつけた、慰旦那が話はまとまったと事を進めて、一件はあっという間に落着の方向にむかっていくのだ。物語としては、ここがちょうど転回を示す山場であり、なかなか緊迫感に溢れている。だがプロットには、この後まだちょっとした〝仕掛け〟がしてあったのである。

全体として、七大人については、「神秘的で恐ろしい力をもっている」〔林　二二四頁〕かのように描かれている。広間の場面冒頭に出てくる、「屁塞《ピーソー》」という奇天烈な骨董品と「水銀浸」という染み。丸まった体型だが、魁偉な容貌。そしてこの「来たーれ」という発声。大地主の悪役的ボスの形象としても、作者のテクストとしては『阿Q正伝』の趙旦那を超えて、とびきりであろう。むろんその

「神秘性」は、滑稽さの裏返しでもあることは言うまでもないが、愛姑たちにとっては強いプレッシャーとなって見える。しかも「紺の長衣に黒のチョッキ」は、いかにもやくざな、裏稼業を換喩として示していよう。だから愛姑が怯えたのも無理ないのだが、いったい七大人は何をこの男に命令したのだろうか。戻ってきたこの男は、小さな亀の形をした真っ黒で扁平な小物を、七大人に渡した。七大人はその亀の頭を抜き、中身を取り出すと、掌のうえで丸めて、鼻孔に入れる。そして大きなくしゃみをするのであった。八一年版『全集』の注釈によれば、これは嗅ぎたばこだとする。ただ許傑はここの動作を「阿片中毒の発作」と述べており〔許 一九八頁〕、これは妥当な解釈であろう。中毒が始まった表情が先の描写であり、慌てて手下を呼んだのが「来たーれ」なのである。とすれば、愛姑が怯えたのは、実体のないものということになるし、話が落着したのも、たまさか偶然だったと言えるではないか。これはなかなかに滑稽な結末の〝仕掛け〟なのであった。

ところで魯迅自身は、このテクストと『石鹼』とに触れて、「外国作家の影響を逃れ、技巧はいくらか円熟し、描写も深みが増した」としつつ、「だが情熱は減退し、読者の注意を引かなかった」〔『中国新文学大系』小説二集序」『全集』六巻二三九頁〕と述べていた。この後者の部分を証拠とし引き合いに出して、林非はこのテクストをあまり高く評価していない。というより愛姑の「内心に深く込められた苦しみ」や彼女の「性格と内面生活は、充分豊かに描かれていない」というのである〔林 二二七、二二八頁〕。筆者はこれとは反対に、愛姑の性格も苦しみもかなり克明に描写されていると考える。それが魯迅のテクストで、女性が独立した形象として活き活きと描かれた数少ない例だという理由でもある。また、静態的な心理描写ではなく、「愛姑の心理過程は、つねに外的な緊張した状況と対話とのなかに現れており、心理的な描写と外部環境とは互いに結びついている」という指摘もある〔汪暉　三八六頁〕。そもそも「あばずれ」とか「野放図」という性格は、テクストに明確に刻印されていたのではなかったか。林非のこの意見にはどうやら、別の尺度が働いているらしい。なぜなら彼は、筆者の議論とは正反対に、閏土や祥林嫂については「内心世界」が充分描かれていると論じているからである。これはどういうことであろうか。

そういう意味では確かに、『明日』『故郷』『祝福』といったテクストと『離婚』とは、登場人物の描き方や暗黒の様態が、かなり異なっているのだ。彼らが徹底的に抑圧された民衆であるのに対して、愛姑は二重性をもった、複線的な存在である。そしてそうであるがゆえに、自己のプライドを武器に反抗することが可能になったに違いない。そのことが、愛姑という形象に、リアリティとバイタリティを与えているのだ。そして暗黒の存在も、重く沈んだ抜きがたいものではなく、このテクストでは、いくぶん喜劇的な、ユーモラスな雰囲気を伴っていると言えよう。なぜなら読者にとって、七大人の神秘性のベールはすでに剝がされているのだから。確かに、七大人の偶然の動作に恐怖を覚えた、愛姑の脆弱さは指摘されよう。また仮にそれを見破って、ごねたところで、せいぜい手切れ金の額をつり上げる程度にすぎない（実際九〇が限界ではないことはテクストが示している）ことも指摘できよう。その意味で、作者にとって、現実的な暗黒の力量が小さくなったというわけにはいかない。だがそれにしてもテクストのなかでは、暗黒はかなりの程度、重みを減じていることは事実であろう。要するにここでは、こけおどしに近いのだ。それこそが、林非の趣向に合わなかった原因のように筆者には思われる。

以上の記述からも理解されるように、つまるところこのテクストは、秀逸なリアリズムの作品というこことになろう。もちろん、先行する作者のテクストのなかに、この手のリアリズムの作品がないわけではない。だがこれに匹敵する描写力をもつのは、『から騒ぎ』〔風波〕くらいであろうか。しかしその『から騒ぎ』にも、愛姑のような、見事に凝縮された女性形象は見出されない。暗黒を一瞬でも空洞化して、笑い飛ばすような大胆さも見られない。ここには明らかに、世界に対する作者魯迅の新しい視線が、予見されているのだ。だから、王暁明が言うように「『兄弟』と『離婚』は作者のある種の無自覚かも知れない、内心の収縮を表す」というのは、誤解であると筆者は思う(注2)〔王 一〇八頁〕。「内心」の葛藤をある程度突き抜けたからこそ、外の世界へと、おっかなびっくりであっても、歩みだしたのである。しかもその試みは、創作がこのあと中断することによって、終了してしまったわけではない。

竹内好は、このテクストについて「作品としては成功している」と述べ、かつ魯迅が「小説家として、新しい境地に入ったことを示している」と評価していた。そしてそれは「発展はしなかった」としつつも、「『故事新編』の諸作（とくに『非攻』と『出関』）で、そのままの形で受け継がれているようにみえる」と批評している〔竹内 一三八頁〕。挙げる作品名は違うが、大雑把に言って筆者はこの評価に異論はない。『故事新編』のなかから、このテクストの後継者に最もふさわしいものを選ぶとしたら、筆者は『采薇』を推薦するだろう。『離婚』は、その主要登場人物愛姑の形象に特異性をもち、つぎの作品集への展開、そして『采薇』阿金の登場を予感させるのだ。その詳細は第9章で語られよう。女性像という観点からすれば、前期の受動的描写を脱し、異なる精彩を放つ活き活きとした個性的女性形象が生み出されつつあった、ということなのである。

（注1）日本の中学校教科書では、岩波文庫版竹内好訳が使用されているので、この箇所のみそれに従った。
（注2）なお『兄弟』については、『酒楼にて』『孤独者』と同類の過渡期的な自己分析の痕跡を見ることができるように思われる。

参考文献

板垣昭一『中学校文学作品「故郷」のよみと授業』えみーる書房、一九九一年
汪暉『抵抗絶望』久大出版股份公司、一九九〇年
王暁明『無法直面的人生・魯迅伝』上海文芸出版社、一九九三年
尾崎文昭「「故郷」の二重性と「希望」の二重性――『故郷』を読む」『飈風』二一号、一九八八年
許傑『魯迅小説講話』陝西人民出版社、一九八一年
竹内好「魯迅入門」『竹内好全集』二巻、筑摩書房、一九八一年
藤井省三「〝真犯人〟を探せ――魯迅『故郷』のミステリー」『中国文学この百年』新潮選書、一九九一年
林非『中国現代小説史上的魯迅』陝西人民教育出版社、一九九六年

間奏曲II　躊躇と新生（一九二五―三〇年）

　許広平が魯迅に最初の手紙を送ったのは、一九二五年三月であった。北京女子師範で魯迅の授業を受けていた彼女が、学校の問題や人生の悩みを師に相談するという内容であり、当初は師弟間のやりとりに近い。ところが、女子師範の新校長が、学生に対し抑圧的な方針をとったことによって、学生自治会と対立、活動家であった許広平たちが除籍されて反対運動に火が着いた。世に言う「女師大紛争」である。これによって、ふたりのやりとりは緊迫し、それとともに親密さも増していった。ふたりは、その年の六月末には、お互いの思いを確認したとされている〔王 三三四頁〕。許広平の存在が、絶望の淵にあった魯迅を心理的迷路から脱出させるきっかけとなったのは確かであろう。だが、正妻朱安の問題があった。離婚するとしたら、一旦は引き受けた一人の女性の人生を破滅させることを意味した。なかなか離婚は決断できないことであったから、新しい恋人との出会いは、別の矛盾を抱え込むことでもあったのである。

　一方、女師大紛争の渦中で、学生側を支持した彼は、学校側に加担した『現代評論』派の知識人と、激しい論戦を繰り広げている。事件は、教育部の職を魯迅が罷免されるという局面にすら至るが、裁判を起こしてまで徹底抗戦をした結果、政情も味方して教育総長は辞任し学校も再建されて、何とか復職もできた。しかし、軍閥統治の弾圧は激しさをます。翌二六年、軍隊がデモ隊に発砲し、四十数名が犠牲になるという事件が起きる。三・一八事件である。このなかには、女師大闘争の仲間であった学生も含まれており、魯迅は『花なきバラ』など著名な評論を書いて抗議した。しかし魯迅にも逮捕命令が下ったと伝えられたため、北京を脱出しなければならなくなった。南方は革命政府が統治していたので、逃亡する道は南下であるし、友人の林語堂が厦門大学に招聘してくれていた。そして、このとき許広平も同道したのである。ふたりは途中で別れ、魯迅は厦門大学に籍をおいて教鞭を執り、許広平は広州の女子師範の訓育主任兼舎監として赴任した。この時期の往復書簡が『両地書』第二集に収められている。このなかでも、まるで『孤独者』の前半を繰り返すように、自分の生き方の岐路に立たされ、途方に暮れている魯迅の姿が垣間見える。二六年一一月のことであった。

「私のために悲しむのはふたりだけ、私の母と一人の友人〔許広平〕です。だからこの後歩む道に躊躇しているのです。㈠いくらかの金銭を貯めて、将来は何もせず、辛いまま生きる。㈡もはや自分のことは気にせず、人のために何かをし、将来飢えても構わない。㈢もう少し仕事をし〔利用されるのは仕方ありません〕たとえ仲間から排斥されても、生きるために何でもやる。ただし私の友人を失うことは願いません」。

この三点の生き方は、無駄なものもあるし、踏ん切りがつかない。「私こそ手紙を書いて私の友と相談し、私に光を与えて欲しい」と、魯迅は一七歳年下の恋人にすがるようなことばを書きつけている〔黄編 二二三頁〕。こんな魯迅に対して、許広平は苛立ったように返事を書く。魯迅の結婚は「自分から望んだ犠牲」のようだが、「実は、旧社会が残した遺産」にすぎない。「遺産〔朱安のこと〕を捨ててしまえば、何とか処理するすべはあります」。「私たちは、圧迫され耐えている二つの方面の態度を打破すべきです。もしあの一人〔朱安〕の生活にとって維持ができ、自分の生活にとって、他人に攻撃の口実を与えない程度にしっかりしているのならば。もう一方で、私の側では双方がこの難題によって生活を失わず、遺産の放棄に対しては、あるいは古い人にいけないと批判されても、理にかなった方では、いかなる批判も加えられないかもしれない。つまり批判についても、割合立脚点が取りやすいでしょう。そうであれば、生活は困窮しないし、それぞれが生を求めることができましょう」〔同右 二四二頁〕。

魯迅にとっては、離婚によって朱安の行く末とともに、なによりも若い有能な女性活動家を、自分の人生に巻き込むこと、場合によっては生命が奪われることすらあるかもしれぬことを恐れたのであった。自分には、犠牲をもたらすような若い相手とパートナーとなる資格はないという後ろめたさもあった。伝統に深くからめ捕られているという自覚は薄らいではいなかったのだろう。さらには、自分たちの生活や自分の立場の問題もあった。とくに文壇や学術界における影響力を、離婚や愛人騒動でなくすことは、もしかすると致命的であるかもしれなかった。論敵がスキャンダルに利用する可能性もあったからである。しかし優柔不断や躊躇の果て、魯迅は許広平の愛に応え、広州に行くことを決断する。二七年一月に書かれた書簡の、著名な一句を引いておこう。

「私は怪獣妖怪〔梟蛇鬼怪〕を愛するし、彼に私を踏みにじる特権を与えましょう。私は、名誉も、地位も、何も要りません。怪獣妖怪さえいれば充分です（注1）」〔同右 三一四頁〕。

ふっ切れて、ディモーニッシュな感懐を抱いている感じが伝わってこよう。

「私は自分を恥ずかしく思うときがあり、かの一人を愛する資格がないのではと思いました。しかし彼ら〔横暴な青年作家たち〕の言動や考えを見てみると、私もそんなにひどくはない、愛することができると思ったのです」〔黄編 三一五頁〕。

この年四月、北伐途上にあった蔣介石の四・一二クーデタによって、多くの青年が殺され、国民党と共産党の提携は崩壊した。それを直接目にした魯迅は、悲しみと憤りを胸に抱えつつ、許広平とともに上海に移動する。上海において、最初は自分の「助手」という名目であったが、ともかくも、ふたりのパートナーとしての生活が、始まったのである。私生活の変化とともに、彼の思想的転換を説明しておくべきところだ。それには、一二六年末に書かれた「『墳』の後に記す」を取り上げよう。『墳』は、日本留学時代以来、未発表の評論を集めたもので、過去の半生を振り返り、それを追想しつつ埋葬する意図があったと考えてよい。この跋文は、許広平からはまだ後ろ向きで暗い、と批判された一文ではあるが、魯迅の新しい思考も垣間見えるのだ。彼はそのなかで、古文からの影響を率直に認め、「自分ではこれらの古い亡霊を背負って、抜け出せないでいるのが辛く、気が塞ぐように落ち込んでしまうのだ」と述べる。思想においても、儒教にはあまり惹かれなかったが、「荘子や韓非子の毒」に当てられていないでもない、などと伝統との関わりをそれとなく触れている〔『全集』一巻二八五頁〕。そして、こんな風に述べる。「すべての物事は、変化のなかで、つねにいくらか中間物があるものだ」。いや「進化のつながりのなかでは、すべては中間物なのだ」と。変革の当初は様にならぬのも仕方がない。中間物の任務とは「いくらか警戒したのち、新しい声を叫ぶことである。そして古い陣営から来たのだから、状況が割合はっきりと見て取れるので、一撃を与えて、強敵の死命を制するのに長けているのだ」。むろん、彼は時とともに消滅すべきで、目的とか模範とかではないけれども〔同右　二八六頁〕。このことばは、『狂人日記』論で紹介した、初期魯迅におけるニーチェ風「橋渡し役」説に似ており、その復活のように見えるかも知れない。だが、大きく異なるのは、自己の「古さ」、伝統とのつながりが肯定的に語られていることであろう。単純な進化論的立場も、かなり変更されていることにも注意したい。

こうして、古さと伝統にがんじがらめにされ、倒立させられていた否定的自己の姿は、もう一度逆転して正立することとなった。むしろ、古さと伝統を知るものとして、新しさしか知らない者が陥る罠を指摘し、彼らを狡猾に取り巻いて息の根を止めてしまう「人を食う社会」の「無物の陣」（『野草』）を糾弾し続けることができるのだ。そして、自分では新しいと信じ込んでいる者のなかに、無意識に潜んでいる古さを見通すのである。なぜなら「私は確かに他人を解剖するけれども、より多くは情け容赦もなく私自身を解剖している」のだから〔同右　二八四頁〕。これを竹内好のことばでなぞればこうなる。「「古いもの」を滅ぼすものは「古いもの」の外にある「新しいもの」ではなく「古いもの」においてある古さではないのか」〔竹内　五七頁〕。「「古いもの」を滅ぼすものとしての「新しいもの」を彼〔魯迅〕は信ずることができない。「古いもの」において、「新しいもの」が、どうしてその「古いもの」を滅ぼすことができようか。それは権威としての「新しいもの」なのではないか」〔同右〕。

私がここで説明したいと思っていることも、これとそれほど違うわけではない。実際二七年から、創造社や太陽社などの文学結社が、日本からマルクス主義文芸理論を導入して、魯迅たち五四新時期の作家をプチブル作家であり、プロレタリア革命の時代にはもう時代遅れだ、というような主張をしていた。これに魯迅たちが応戦して始まったのが、「革命文学論争」であった。魯迅は、この論争の過程で、マルクス主義文芸理論を読みあさり、かえって論敵の浅薄な理解を指摘して逆襲する。結局、論争は収束に向かい一九三〇年の上海に、魯迅を中心とする反体制的作家連合というべき、左翼作家聯盟が結成されたのである。魯迅は論敵から栄養を補給し、論敵たちの代表として彼らと手を結んだ。ここも、その意味を竹内のことばを使って表現してみよう。「彼は彼であることで、彼以外のものであった。彼が変わったのではなく、相手が変わったのである。転向ではなく、転身――場所の転換である」［竹内　六七頁］。強いて補足すれば、魯迅が変わったのは、実はこの論争の前であった。魯迅の姿勢が次第に形成されていくにつれて、魯迅という存在の特異な戦闘性が顕わになっていくのである。むろん国民党の弾圧のもとで、慎重さと裏返しの臆病さと、疑い深さは、変わらなかったように思われるのだが。

三〇年代の魯迅を語るには、雑文（あるいは雑感文）と呼ばれる論争を中心とした評論に言及しなければならない。だがその一部については、別の文章で論じたことでもあるし(注2)、小説を扱う本書では、紙幅もあって、割愛せざるをえない。小説という点では、最後に残されているのが『故事新編』なのである。『故事新編』は、その名の通り古典故事を現代風にアレンジした作品集であり、魯迅晩年の創作として貴重なものである。しばしば言及されることだが、竹内好は名著『魯迅』のなかで、躊躇はしつつも、これらを「全部失敗作」と断じている。その後多くの研究者によって、この見解は訂正されつつあるが、本質的な探求は未だに深められていない状況であろう。竹内の評価については、筆者には、ここでも彼の近代主義的文学観が典型的に表れているという気がするのだ。それと対照的に、『故事新編』とくに晩年に書かれた五篇は、魯迅自身は意識していないにしても、モダニティを超越するような、新しさが胚胎していると思われる。竹内が「失敗」と見たところに、あるいは、今までの作品「全体に対立するような、新しい世界が感じ出されてくる」と躊躇した直感にこそ、この作品集の現代的な輝きがあるような気がするのである。

(注1)　後に引く「『墳』の後に記す」にも「私を捨てぬ者はたとい怪獣妖怪であってもわが友であり、これこそ真の友なのである」と述べている〔『全集』一巻二八四頁〕。
(注2)　拙稿「一九三三年・上海・魯迅の筆法――中国における政治と文学の一断面」講座『文学』一〇巻、岩波書店、二〇〇三年、を参照されたい。

参考文献

王得后『《両地書》研究』天津人民出版社、一九九五年
黄仁沛編『魯迅景宋通信集　《両地書》的原信』湖南人民出版社、一九八四年
竹内好「魯迅入門」『竹内好全集』二巻、筑摩書房、一九八一年

第III部　『故事新編』から

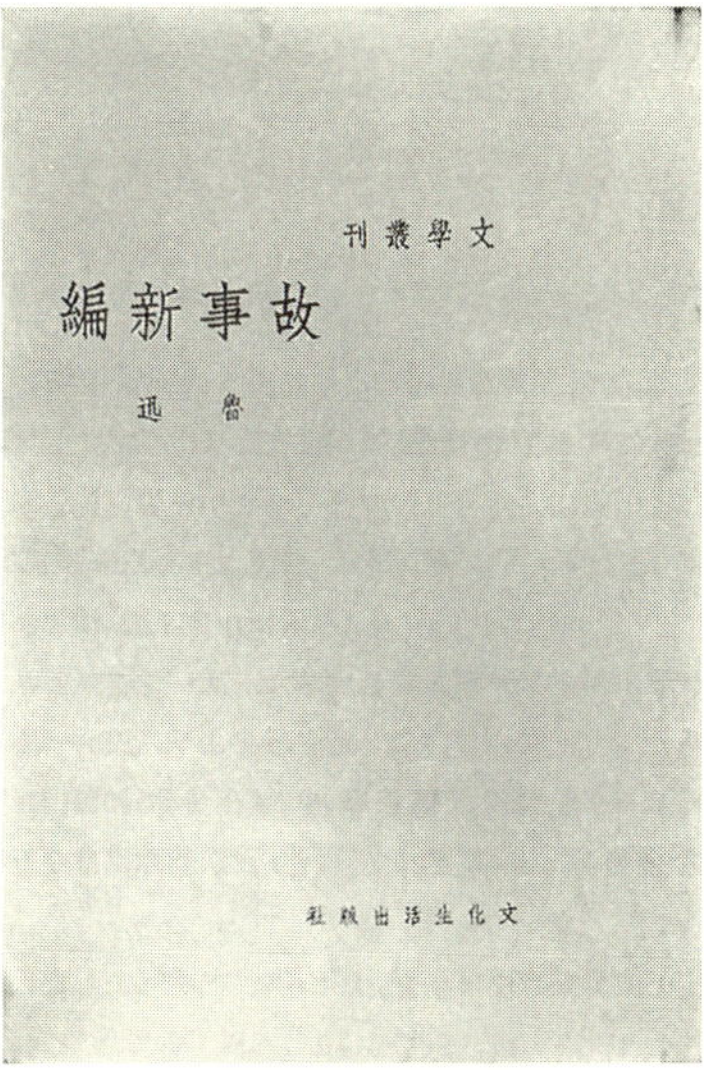

『故事新編』初版表紙
（上海文化生活出版社，1936 年）

8　つなぐ者
――『非攻』論

1　『故事新編』の成り立ち

魯迅の三番目の小説集『故事新編』は、不思議な作品集である。成り立ちも、小説の内容、風格も、『吶喊』『彷徨』とはだいぶ毛色が変わっているのだ。作者が「序言」冒頭に書いているように、作品集最初の小説が書かれたときから、完成までなんと一三年もかかっている。最初の作品『補天』は、もともとは『不周山』と題されて『吶喊』の末尾に収められた一篇であった。作者が述べるには、二〇年代の論敵、成仿吾にこの作品だけ誉められたから、『吶喊』から削除し移籍した（その時期については、『全集』注は、一九三〇年としている）というのだが、これは少々当てつけがましい。むしろ新しい作品集の構想が生まれたことにかかわっていたのだろう。

そのつぎに書かれた『奔月』と『鋳剣』（もとの題名は『眉間尺』）は、一九二六年から二七年にかけての作品で、『彷徨』最後の作品『離婚』から一年くらい後であった。「序言」によれば、ちょうどこの頃「一人きりで厦門の石の部屋に住み、〔……〕あいもかわらず古代の伝説の類から拾い出して、八則の『故事新編』を書きあげる用意をした」という。また別の所には「北京を逃げ出して、厦門に潜りこみ、大きな建物で幾則かの『故事新編』と一〇篇の『朝花夕拾』を書くのみであった」〔『自選集』「自序」、『全集』四巻四五六頁〕とある。『鋳剣』には、原載誌に「新編的故事之一」という注記もされているので、このころに作品集全体のおおまかな構成ができあがったと推定できるだろう。全部で八篇のうち、残りの五篇は、三四年から三五年にかけて完成されている。とりわけ『非攻』を除く四篇は、出版社の都合もあって、三五年末に集中的にまとめられた。経緯から判断すると、この四篇にしても、だいたいの筋はすでに構想されていた節がある。要するにこれは、二〇年代から三〇年代にわたって、作者が長らく心に暖めていた作品集なのであった。

作品の体裁も、前の二つの作品集とはかなり異質である。これらは、作者のことばで言えば「神話、伝説および史実を創りかえたもの」〔同右〕であった。つまり、さまざまな文献を渉猟して集めた、古代の物語である「故事」を、新たに編み直したものである。そこで、『吶喊』『彷徨』では、著作時期の順に作品が並べられていたが、『故事新編』では、その物語が背景とする時代の、その順番に並べられたのであった。不思議というのは、それに留まらない。これらのテクストは、「神話、伝説および史実」の単なる創りかえではない部分が含まれるのである。それはむしろ、この作品集の特徴ともなっているのだが、「序言」でいう「おちゃらけ」〔油滑〕が、随所に見られることである。「おちゃらけ」とは、古代を背景にした物語であるのに、明らかに現代の出来事や人物を揶揄、諷刺した部分があることを直接的には指す。しかしただ単に、歴史小説的な構成に、現代を扱う雑文的な要素を加え、「いたずら」をして、諷刺小説風に加工したというのではない。「おちゃらけ」の要素は、この作品集全体に浸潤しているのであって、その意味はもっと大きいと思われる。さらに小説にはまた、衣食住や俗世間の人間関係など、日常的な描写が巧みに取り込まれていた。古代の英雄や偉人の事業を描くというテーマ性からすると、その瑣末な生活常識的な記述とは、ある種の「場違い」が生じているとも言えよう。むしろそこにユーモアとペーソスが醸し出されてくるのだ。神話や伝説や歴史の登場人物も、一人の人間として、飲食を探し求めて苦しみ、家族に甲斐性なしと罵倒され、妬みやそねみに巻き込まれる。作者が「古人をなお一層硬直させるような書き方はしなかった」〔「序言」〕と述べているのは、そうした意味合いからでもあるだろう。聖人君子として崇め奉るのも、ごくつぶしとして一面的に罵倒するのも、「なお一層硬直させる」書き方なのである。一人の人間としての喜怒哀楽を描くことで、古代の物語は、現代の出来事としても蘇る。古代に生きた人物は、「あなた」でもあるのだ。だから逆に目の前にある現代と現代人は、古代と古代の人物でもある。そうした時代を超えた融通むげな視点こそ、この小説集の特徴なのであった。そのような「おちゃらけ」の風土のなかで、広い意味での作者の「世界観」が、さまざまな位置から語られていくのだ。

ここではまず手初めに、晩年に最初に書かれた『非攻』を扱うことにしよう。ここの主人公の墨子が、当時の作者にとって、理想的な知識人の姿を暗示しているように思われるからでもある。物語は、国力に富み、公輸般《こうしゅはん》という人物が開発した新兵器を備えた強国の楚が、貧しい弱国の宋を侵略し、併呑しようとするのを、墨子がやめさせる話である。なお当然のことだが、「軍事強国」日本が中国を侵略しつつあった当時の時代背景を踏まえていることは、言うまでもない。

2 日常性と「文言的無表情」

『非攻』のなかの墨子は、後に比較をする『理水』の禹《う》の形象に比べると、正面からの語りによって描かれてはいる。だがそれにしても、墨子の形象が動的であるのは、さまざまな登場人物との対比によって、その姿が明らかになっていくからである。つまり「柄」それ自体の提示というだけでなく、「地」の部分を描くことで、「柄」が一層際だち「柄」として見えてくるのである。「おちゃらけ」の風土は、まずはそうした脇役的な「地」の部分で、批判的な視点として表れてくる。冒頭出てくる、孔子の孫弟子公孫高と墨子自身の弟子阿廉のふたりは、そうした脇役であろう。このふたりとの対話における墨子のことばは、いかにも作者魯迅好みのものであり、というよりまさしく魯迅自身の論駁の手口にそっくりなのだ。この孔子の徒は、戦争をやめさせせようとする墨子に「ブタや犬だって闘うのに、まして人は……」と反論する。これに対し墨子は「口を開けば、堯舜《ぎょうしゅん》を敬うが、行いはブタや犬にならうのか」と一喝する。弟子の阿廉は、自分の雇い主が言行不一致だと言って、やめて戻ってくる。「千鉢分のトウモロコシをくれるといいながら、五百しかくれないから、やめてきました」と弟子は言う。それに対し、「多くくれてもやめるのか。言行不一致のためではなく、少ないからだろう」と弟子のへ理屈を見抜くのである。このようにして、周りの人々の言説のまやかしぶりが浮き彫りにされていく。それとの関係性において、墨子の姿勢が対照的に取り出されるのだ。さらに言えば、その姿勢とはまやかしの言説批判を超えて、それはもう、言論本来のまやかしぶりを剔抉していると言った方が適切かも知れない。墨子が宋の地に至ると、やはり彼の弟子の一人が演説していた。「奴らに宋の民の気概を見せてやろう。ともに死のう」と気を吐いている。これについても墨子は、別の弟子に「あいつに言ってやれ。空論を弄ぶな。死ぬのは悪くはないし、大変なことだが、死が民に有利でなくてはならないとな」と言う。

「対話」における墨子の側の描写も触れないわけにはいかない。対話は墨子が対座して、落ち着いてなされたわけではないのだ。公孫高は、そもそも四、五回目にしてやっと墨子の家の門前で彼に巡り会えたのであった。墨子が始終出回っていたからだ。対話の最中に、墨子は「そう言いながら、立ち上がると、そそくさと台所へ走ってい」くのである。阿廉との対話でも「そう言いながら、台所に走っていって」しまう。演説の弟子には、「とくに人をかき分けて、彼に声をかけるでもなく、そそくさと南の城門を出て」行くのであって、感想を漏らすのは、別の場面であった。それは楚の攻撃に備えて準備怠りないよう弟子たちに指示するシーンであった。「そそくさ」〔匆匆的〕はテクストに何度か表れる。それは周囲の言論の無用さと、それに対応して、墨子の現実的で実践的な形象を強調する端的な記号なのである。つまりそこには、宋への攻撃をやめるよう説得するため、楚の国へ行くことに専心する彼の姿があった。墨子は、ことばに対してはことばで見事に切り返しているが、より根源的には、自分を取り巻いていることばに対して、実践と行動で対抗しているのだ。それがことばの根源的なまやかしぶりと、向き合っているということでもある。「席を暖めず」という古典の表現が、このようななかで、より形象性を帯びて表れてくると言ってもよい。宋を通って楚に向かう途上、草履が破れ、大きなたこができてしまったり、あげくに草履がなくなったので、着衣の裾を切って脚に巻き付け草履代わりにする。こんな寓話の応用も、そうした実践性を際だて、印象的に活かしているのだ。

ところでこれらのエピソードは、魯迅の純然たる虚構ではなく、『墨子』諸篇などの断片を現代語訳し、再構成したものであることはよく知られている。このことは駒田信二が詳しく検討しているので、ここでは触れない〔駒田〕。その駒田の検証によれば、テクストのかなりの部分、とりわけ対話の部分は、ほとんど古典に根拠をもっている。実際このテクストは、墨子に関する文献を選び出し、それを現代語訳したものを配列し、そのつなぎの空隙を埋めて作成した、と言っても過言ではない。そしてそのつなぎの部分ですら、「最小限の描き方」なのであり、このテクストの特徴は「文言的無表情を以て、人物を描いているところにある」〔駒田 一九〇―一九一頁〕という具合なのである。「文言的無表情」という指摘は、まことに興味深い。「文言的」というのは、中国語の場合、余計な部分をそぎ落として簡潔だということだろう。だが同時に言語感覚として、現代語には違いないが、近代口語の饒舌さに欠けるということでもある。「無表情」は人物描写の素っ気なさを言うだろう。逆に言うと、近代小説は人物を描くにあたって、豊饒にことばを費やした。外見や小道具を紹介し、それこそ顔の「表情」に注目し、心理描写があり、その心理の反映や背景として、場面設定や風景描写があった。そこでは内面や内面を焦点とする視線が、強く意識されていたのである。いわゆる視点描写というテクニックと思惟構造のことである。このテクストには、そうした近代小説構成のシステムが乏しいということでもあろう。前にも述べたように「無表情」でも、墨子の形象は静的なのではなく、活き活きと描かれている。それは批判的であったり、揶揄したりという様々な墨子の他者への視線によって、色々な角度から、墨子という形象が、際だたされ、異質なものとして照射され、括り出されてくるからだ。比喩的に言えば、ジグソーパズルで様々な形態の片々を埋めていくと、実はその空隙にくっきりした「柄」が見えてくる、といった次第である。

『非攻』の形成からして、古典の「ツギハギ」であるために、その多様な角度は限定されてはいる。だが「ツギハギ」であるにもかかわらず、作者の選択工夫によって、墨子と世界との関係性は単調なものになっていない。このような「無表情」さとそれにもかかわらず、というより、「無表情」だからこそ生まれた動的で多様な視点は、作品集『故事新編』に共通した特徴でもある。このことをたとえば、武田泰淳がこんな風に述べていた。

「魯迅は老成した苦労人であり、緻密な学者であり、激しい憎悪を抱き、冷静であり執念深く様々な現象の凹凸を越えて遠い大きな眺めをほしいままにする遠視眼或いは複眼をそなえ、かつグルグル自分の好きな宇宙を勝手に転回したがるような子供らしい情熱の所有者でもありました。このような文学者としての諸要素が『故事新編』に密集しています」〔武田 二四七頁〕。

このことはつぎの『采薇』で、もう少し詳しく見ることにしよう。それにしても「無表情」によって「グルグル自分の好きな宇宙を勝手に転回」させるというのは、もう一歩突っ込んで考えるとどういうことだろうか。たとえば、墨子が楚国の都、郢《てい》に着いて、その策士である公輸般の寓居を探しているとき、人々が一斉に「下里巴人《シアリ・バーレン》」という唄を歌い出すという場面がある。そのために墨子は、彼の寓居の場所を聞き出せなくなってしまうのである。「下里巴人」はもともと『文選《もんぜん》』に収められた、宋玉の「楚王の問に答う」に典拠をもつもので、田舎の下等な人という意味。低俗な唄は唱和する者は多いが、高尚になるほど唱和する者は少なくなるという議論で、低俗な唄の代表として取り上げられている。そこから、庶民が誰でも歌えるポピュラーソングをいうこととなり、近代にはペンネームとしても、しばしば使われた。ちなみに『阿Q正伝』連載中の筆名は「巴人」(下卑た人)である。オリジナルにおける宋玉の主張は、真にすぐれたものは大衆受けしない、ということであった。そこで駒田はこの議論と、物語の主旋律の根拠となった『墨子・公輸篇』の結びのことばとを関連づける。「故に曰く、神のごとく治むる者は、衆人それを知らず、明らかに争う者は衆人これを知ると」。そしてつぎのように、彼は指摘するのである。「下里巴人」の挿入は「「本物の乞食」のような姿でにぎやかな郢の街に立っている墨子のすがた、「下里巴人」の歌声のために公輸般の住所を問ねることもできずにいる墨子のすがたの、ひとつの内面描写である」[駒田 二〇五頁]と。

「内面描写」という指摘は、いくつか重要な問題提起を含んでいる。先駆者が民衆によって足を引っ張られ、さげすまれ、抹殺されるという構図は、魯迅が日本留学以来一貫して抱いたものであった。『野草』のなかのいくつかの小品においても、それについて悲哀を感じ、憤る描写をしている。だからここでもその痕跡を見ることは可能であろう。当時の楚の民俗に託しながら、民衆から隔絶している墨子の孤独な姿としてである。だがこれは墨子の「内面描写」なのだろうか。「内面描写」という概念に注目してみると、これが通常の近代小説とは、大いに異なっていることは言うまでもない。すぐれた実作者であった駒田が、それを知らぬはずはないので、ここは比喩として用いたとしか考えようがない。墨子の孤独な内面を描くと仮定して、右のように宋玉の「下里巴人」と「公輸篇」についての見識を経由しなければならない。随分手の込んだ仕掛けで、確かに作者はそのくらいのことはやりかねないのだが、それを「内面描写」と説明するには、遠回りで厄介な手続きが必要であった。ここはむしろ、もう少し軽いプロットで、前に述べた「おちゃらけ」の一種なのではないだろうか。必死になって戦争をやめさせようとしている墨子は、しかしそもそも南方の楚の人と口語では通じ合えない。手のひらに文字を書いて筆談をしようとするが、「下里巴人」の歌声に遮られ、周囲は皆これに唱和する。墨子はひとりぽつねんと取り残されてしまう。テクストには、悲哀や憤りといった感情は込められていない。この事態は墨子に対するかすかな悪意の視線から、あっけらかんと描かれているようだ。壮図を抱いた人物と、彼とは疎遠でしかない生活する人々。その構図は作者にとっては、すでに了解済みの話なのである。墨子はこれに対して、叙事的には何の反応もしていないのだから。このかすかな悪意も、「グルグル自分の好きな世界を転回」させるための「遠視眼或いは複眼」の一つなのだ。

述べておきたいのは、心理描写とか内面表現は、テクストの他の部分には、それらしきものが見当たらないことである。これは『非攻』において、際だって特徴的ではあるけれど、広い意味では『故事新編』全般、とくに晩年に書かれた五篇について、共通して言えることである。つまり、主人公風の登場人物は必ずいるのだが、その内面を照射するような語り、視点描写はまったくと言ってよいほど存在しない。近代小説では、内面は単独の焦点をもった視線から語られるし、世界は、一つまたは多くても二つの窓から、それを焦点にして覗かれる。それに対してここでは、そのときそのとき、大きな紙袋に針で穴をあけるように、いくらでもどこからでも世界は覗けるのだ。内面描写の欠如は、確かに「無表情」な感じをテクストに与えるが、そうであるがゆえに活き活きと動的であるゆえんがここにあるのである。このような構成スタイルが、『吶喊』『彷徨』と大きく異なっていること、言うまでもない。

ここではもう一つ、『故事新編』全体の特徴と言えることを指摘しておこう。これも「おちゃらけ」と深く関係することで、すでにいくらか触れたが、衣食住の日常性、とりわけ食についての描写が妙に細かいことである。これについて『非攻』のなかから例を挙げておきたい。初めの公孫高や阿廉との「対話」では、話もそこそこに、墨子が台所に出入りしている様子が窺えるであろう。これは楚へ行くために、食糧を準備しようとしていたためであった。「耕柱子！　トウモロコシの粉をこねておくれ」と墨子。弟子の耕柱子は「先生、十数日分の食糧を用意するのですか」と尋ねる。墨子は「自分の部屋に戻り、干した塩漬けの菜っぱを引き出し、別にぼろの風呂敷を探し出して、耕柱子が蒸した窩窩頭《ウォウォトウ》を持ってくると、一緒くたに一包みにした」。むろんこうした叙述は古典にもないし、物語の展開上必須のプロットでもない。これは、偉人や英雄がどのような壮図や高遠な思想を抱こうと、人間世界にいる以上は民衆と同様に、日常的な生活の現実に拘束されることを表している。彼らは民衆と隔てられているが、だからといって、民衆が苦しんでいるものに苦しまないで済むのではない。拘束される条件のなかで、現実的な実践性が試されるというわけなのである。

そこでつぎのような場面も、逆に強い意志を伝えるのだ。楚王に会わせてくれ、という墨子に対し、請け合った公輸般が「ただ時間も早くないですから、やはり食事を済ませてからにしましょう」と勧める。しかしじっとはしていられない墨子は、すぐにも行くと言って押し通してしまう。十日もかけ、息せき切って辿り着いた者としては、休息と滋養は欲しいところであろう。それよりも墨子は、懸案の解決を優先させるのだ。通常のリアリティを無視したところで、強い意志が印象的に描かれてくるのである。

3　実践的知識人の形象

さてそろそろ物語の本筋に戻って、墨子の墨子たる姿を確認することにしよう。「下里巴人」の唄がやんで、やっと公輸般の住所を聞き出した墨子は、彼の寓居を訪ねる。「魯国公輸般寓」と篆書で書かれた楠の表札、扉に取り付けられた、赤銅製のノック用の獣環。これなどは、他国で重用されている要人を、いかにも彷彿させる作為的な小道具である。これに対して、墨子は乞食のような格好のせいで、同郷の者が金をたかりに来たのだと、門番に誤解されてしまう。だが門番が不安を覚えて、公輸般に取り次ぐ、そのときのことばにこうある。「まるで乞食です。年は三〇ほど。背は高くて、顔は真っ黒……」。墨子の年齢風貌が描かれている唯一の箇所だが、語りの地の文ではなく、門番のせりふとしてである。墨子が着衣に無頓着であることは、古典にも記述があるから、その風体は作者の空想とは必ずしも言えない。だが「乞食」という表現も含めて、門番のここの描写は作者の工夫であろう。これは『故事新編』中に登場する、実践型の人物形象と奇しくも一致するのだ。たとえば『鋳剣』で眉間尺の替わりに復讐を遂げる「黒い色の男」。「黒く痩せて乞食のような男」であり、「ひげや眉、髪の毛も黒」い。王の前に進み出る宴の敖者というこの男が、群青色の包みを背負っているのも、墨子の旅装束に似ている。また『理水』の禹の集団は、こんな風に描かれる。「一群の乞食のような大男たちで、顔は真っ黒、衣服はボロボロ」。墨子が容姿のうえで、これらの実践者の系譜に連なることは、すぐに理解されるだろう。むろんそのうえで、墨子の独自性も浮き彫りにされていくのだ。なおついでに言えば、ひげや眉が黒いというのは、『孤独者』の主人公魏連殳にも類似しており、ということは、作者自身にもつながっていくということでもある。

門番から風体を聞かされた公輸般は、すぐに墨子と察して、家の中に招き入れる。用向きを尋ねられた墨子は、金を出すから自分を侮辱する奴を殺して欲しいと依頼する。公輸般はむっとなって「私はモラルとして殺人はしません」と断る。墨子はそれはよかったと共感して、つぎのようなことを言って説得するのだ。あなたは雲梯という武器を発明して、宋を攻めようとしている。だが宋に何の罪科があろう。楚には土地が有り余るほどあるが、人口は足らない。不足しているものを殺して、有り余るものを手に入れようというのは、賢明とは言えまい。罪科がないのに攻めるのは、道義があるとは言えまい。そうわかっていて、糾そうとしないのは、誠実ではない。糾そうとしてできないのでは、実力があるとは言えまい。一人の殺人はしないが、大勢の殺戮を容認するのは、類推の論理を知らないものだ。どうお考えになるか。

公輸般は一言もない。ここで墨子は明らかに口舌の徒である。同郷でもあり、今回の宋攻めの張本人である公輸般をまず説得しなければ、物事が始まらないことを、彼は知り抜いている。そのために、わざわざ論争を仕掛けたのだ。物語冒頭では、何人かの脇役を相手にして、言論そのものがもっているまやかしの側面を浮き上がらせていた。ここでは逆に、墨子は見事に言論の力を利用し、発揮する。策士や知識人がことばの論理性に対して、プライドをもっていることを知っているからである。公輸般は理屈としては、墨子の議論を受け入れるが、楚王に納得してもらわなければ、宋攻めを止められないと語る。そこで墨子は楚王への謁見を求めるわけで、その性急ぶりは、先に述べた通りである。こうしてつづいて、楚王との対話の場面となる。

楚王との対話では、墨子はまた別の論理を使う。ある人が豪奢な車を所有しているのに、隣のぼろ車を盗もうとしたら、米や肉がありながら、隣の糠飯を盗もうとしたら、どういう人か。それは盗癖に違いないという楚王のことばを引き出すと、墨子は楚国が土地広大で資源豊富な点をとうとうと強調して、宋攻めがこの盗癖と違わないことを主張する。権力者にその国が大した強国と褒めそやしてもいるのだから、その自尊心をくすぐる論理であることも、作戦のうちであろう。楚王も理屈としては、墨子の議論を受け入れる。だがやはり、公輸般が雲梯を作った以上は止められないと言う。公輸般の場合は、王より権力関係が下だから理解しやすいが、全権を握っている楚王のこの見解はあまり説得力がない。要するに本音は、新兵器を使って領土を拡張したいということなのだ。このあたり、現代をも連想させて興味深い。

墨子はだが勝敗はわかりませんぞ、模擬戦をやってみましょうと挑む。楚王の飽くなき野望のため言論でも覆せないのなら、仮設的現実（まさしくバーチャル・リアリティ）を試みて防ごうというのだ。言うまでもなくこれらの対話も含めて、物語は大筋古典に典拠を負っている。しかしこのような配置を設定したこと自体に、大きな意味が感じられよう。テクストがここで追求し提示したことは、一つ間違えばまやかしになってしまうことばが、あるときにもつ実践性である。むろんその実践性には限界があることも、テクストは知らせている。それが知識人と権力者とによって書き分けられている点が、なかなか見事と言えよう。

木片を使った模擬戦の様子も、古典に従い緊迫した描写がなされるが、結果は墨子が一枚上手で、攻守ともに公輸般を上回ることが実証される。敗北した公輸般はばつが悪そうにこう言う。「どうやったら、お主《ぬし》に勝てるか、知っていますぞ」。「だがそれは言いますまい」。それに対し墨子は「どうやったらお主がわしに勝てるか知っていますぞ」と顔色も変えずに答え「それは言いますまい」と応じる。楚王はわけがわからず、「対話」の意味を問い質す。墨子は公輸般の言うのは、墨子を殺して葬り去れば、宋攻めは勝てるという意味だと解き明かす。公輸般が「気まずそうに言っ」たというのは、古典原文にはない作者の工夫である。「気まずい」のは「モラルとして人は殺さない」とさっき言ったばかりだからだし、それでも、自分にはまだ勝てる策があることを示したかったからだ。公輸般は黙って墨子殺害の策を奏上することもできたわけで、ここからは言論に対する知識人あるいは策士としての、面子とプライドが覗いている。

だが楚王にとっては、それも充分な手段になりうるのだから、ここは殺気が伴った緊迫する対話でもあった。そこで墨子は、宋国では自分の指示に基づき、模擬戦の通り、弟子たちが防衛体制を備えていることを伝える。自分の言論が空論なのではなく、最悪の事態を予想して、準備され、補強されていることを伝えたのである。ここは彼の実践家としての面目躍如たるものがあるし、テクストからは、現実の力によってこそことばが重みをもつことが伝わってくる。反面から言えば、現実の力関係の中でこそ、ことばが形成され、支えられていくということでもある。そうしたことは革命の挫折をたびたび経験した作者魯迅が、しばしば言及したテーマでもあったろう。三〇年代に彼が書いた大量の「雑文」と名づけられた評論文は、「勇ましい」「気の利いた」様々な言説に隠れた、現実の意味（と無意味）を暴露するものであった、と言っても過言ではない。

「私が思いますに、文学文学と騒ぐのは、一番役立たずの、力ない者の言うことです。実力がある人は口も開かずに、殺すだけです。圧迫された人が文句を並べたり、文字を書いても、殺されるだけでしょう」。「一首の詩は〔軍閥〕孫伝芳を脅かすことはできませんが、一発の大砲は孫伝芳を退散させます。文学が革命に大きな力となっていると考える人はいますが、私個人としては疑って」います〔「革命時代的文学」『全集』三巻　四二三頁〕。このことばが、国民党と共産党の連携を決裂させ、国民革命を破滅に導いた、蔣介石の四・一二クーデター直前四日前に語られた講演であることにも、注目しておきたい。

「たとえばあることが大変重要で、人々も重要だと思っていたところ、この男がピエロの役回りで登場し、それをお笑いぐさに変えてしまう。あるいは大したことでない点をわざわざ誇張して、人々の注意をそらす。これこそが「茶番」だ。〔……〕このような茶番の配役が、文学者に回ってくるのである。／もしある人が本気で警告を発すれば、下手人にも当然不利になる。みんなが死んでさえいなければだが。だがこういうときも、彼はピエロの身分で現れ、相変わらず茶化して、側からおどけ顔のふりをし、警告者までもみんなの目にはピエロに見えるようにする。その警告までもみんなの耳には笑い話に聞こえるようにさせるのである」〔「幇間法発隠」『全集』五巻二七二―二七三頁〕。

目の前の社会的現実に激しく憤る文章を書きながら、ことばの、文学の現実的意味に、かくもシニカルであった文学者は、珍しいのではないだろうか。

さてテクストに戻ろう。楚王はさすがに凡庸な君主ではないので、負けるいくさはやらないこととなる。そこで墨子の成功となるのだが、物語はそこでは終わらない。古典を引用しながら、最後に墨子と公輸般の対話を設定するのだ。この次に来るときは楚王に自分の書物を献じようという墨子に、モラル〔義〕など高位の者は相手にしまいという公輸般。いや身分低い者が作った麻や米を、貴人たちが必要とするのだから、モラルも同様に必要だ、と語る墨子。ここは駒田が指摘するように、もともと古典における別人〔楚の大夫〕との対話を援用しているが、墨子の平等主義、いわゆる「兼愛」が強調されている。だが興味深いのは、そのつぎのパラグラフだ。

公輸般はご機嫌でこう語りかける。「お会いしないうちは、宋を取りたいと思うていましたが、お会いしたとたん、たとえただでくれると言っても、モラルがなければ、私には要らなくなりましたというのであれば、天下をも進ぜましょうに」。「それなら本当にあなたに宋国を進ぜましょう」。「一心にモラルを行う……」。墨子もご機嫌で答えた。「ご機嫌で」〔高興的〕という副詞も、古典にはない作者の工夫である。ここで公輸般は、先程のように墨子殺害をほのめかす殺気ばった敵対者ではなくなっていた。また開戦阻止を目指す墨子の実践上の敵でもなく、知識人としてのライバルというのでもない。両者は、「天下」をめぐり、互いに互いを規定し合う関係のなかで、自らの実存を表そうとするのだ。墨子が言っていることは、本当に「義」〔モラル〕を行うなら、公輸般に天下の実権を握らせてもよいということである。墨子のことばによって、公輸般は、統治者あるいは宰相の位置に措定されている。これに対して、墨子は天下を統治する者ではなく、統治者を助けて「義」を行うその

「共犯者」であることが表白される。つまり統治者を助ける者、補う者、身分低い者や生活者との間をつなぐ者、要するに媒介者だということが、逆に措定されているのだ。もっとも公輸般は、つづく対話で、戦艦に取り付ける「鉤拒」という戦備を自分が発明したことを誇って、モラルによる「鉤拒」を主張する墨子にやりこめられてしまう。本当の「鉤拒」とは相手を信頼し、自分がへりくだることで、どんな戦備もモラルには敵わないと墨子は言うのだ。さらに、墨子のせいで自分の職が危くなったと愚痴る公輸般は、これからは玩具でも作るしかないと言い、三日の間休まず飛び続けるというカササギのおもちゃを、墨子に見せびらかす。こうして、先程の対話では「義」を用いれば「天下」にもかかわれるとされた公輸般は、小才の利くちっぽけなエンジニアであることが、暴露されてしまうのだ。これも古典の大筋を配列しただけだが、公輸般の策士としての器を見事に表していよう。

4　媒介者・墨子と権力者・禹

さて一方墨子のことである。ここで連想されるのは、この物語が『故事新編』の別の一篇『理水』とよく並べて語られ、共通のものとして括られることであろう。たとえばこんな記述がある。

「『非攻』と『理水』の意義は、魯迅が、この二作にいたってついに積極的英雄人物の像を、古代の英雄、聖人の姿を再構成することによって、造り出したという点にある」〔伊藤　二三二頁〕。

「我々が、『非攻』の墨子の姿に夏禹の影を見出しても、いささかの不都合はない」。「夏禹から墨子までに、中国の伝統における、実態、実践、現実的効果を重んじ、ひたすら行動し、民の意志に従う平民精神と、それに見合った着実で、毅然とした、ねばり強い文化的性格を形作っているのである」〔銭 二七七―二七八頁〕。

『理水』は、奮闘努力して治水に成功した古代の英雄、禹の物語であり、その外貌は確かに墨子と似通っていた。そしてふたりとも、実践的活動家として、肯定的に描かれているのも事実だろう。だがこの二つの物語には、決定的に異なる点があった。それは李桑牧が言うように〔李 七三頁〕「『理水』は合わせて四節に分けられるが、禹は第三節になってやっと登場する」こと。そしてそれまでは噂や風聞として「語られぬ形式」でしか禹が述べられていないことである。「『理水』では禹やその集団の活躍の現場は全く描かれず、都や「文化山」にいて、農村に起こっていることを噂にきくという形で書かれている」〔伊藤 二四六頁〕。これはどういうことを表示するのであろうか。

伊藤は先の記述に続けて、「それはいかにも上海にいて、時折伝わってくる労農赤軍の消息をきく魯迅自身の立場をそのまま反映しているように見えまいか」と述べている。とすれば、この描き方自身に、作者自身と「労農赤軍」との距離を見出すことはできないだろうか。むろんそのように描くことによって、「文化山」や都にいる知識人と官僚の空疎な醜態を前景化させ、作者にとって襞の奥までよく知った世界を照射することが可能にはなった。しかし逆の面から言えば、禹たちに託された「労農赤軍」の形象を、それを焦点化して直接的具体的に描くことはできず、遠く影のようにしか捉えられなかったから、とも言えるのである。これに対して墨子が、対話者との相互関係のなかで規定されながらも、つねに焦点化されて描かれていたことは、指摘するまでもないことであった。さらに禹が墨子と決定的に違うのは、治水の成功ののち、時の皇帝舜から譲位を受け、帝位に登ることである。つまり、『理水』は為政者統治者の話であって、結末では、権力の交替を如実に語っていたのであった。一方墨子が、公輸般との対話のなかで、つなぐ者、媒介者として措定されていることはすでに述べた。そのことをもっとユーモラスに、かつイロニカルに指示しているものこそ、『非攻』の物語末尾に違いないだろう。

公輸般と別れて帰途に着いた墨子は、疲れた脚を引きずりながら、宋国の国境に辿り着く。そのとたん、警備のために、二度も検査をされるのだ。楚国のスパイや別働隊と怪しまれたのかも知れない。続いて救国義捐隊に出会って、唯一持っていたぼろの包みを無理やり寄付させられてしまう。往路で通った南の城門に来ると、大雨に遭う。城門の下で雨宿りをしようとすると、ふたりの警備兵に追い出され、びしょぬれになって、十日間も鼻がつまってしまった、と語るのだ。大雨の場面は古典に典拠があり、その他は作者が、この古典の箇所を膨らまして脚色した構成であった。このエピソードは、先の「下里巴人」の場面と同じく、民衆と墨子との関係を、ちょっとした悪意の視線から書いているわけだが、また墨子の位置を鮮明に映し出してもいる。彼はけっして、官僚や民衆に号令する権力者なのではない。もちろん彼は権力者によって統治される単なる民衆なのでもない。一国の開戦を停止させるだけの、知識と勇気と組織力をもった実践的活動家であった。だが宋国を救ったはずの墨子に対して、宋国の役人や民衆の扱いがどうであったか。それをこの物語の末尾は語っているだろう。

墨子は英雄として歓迎されるわけでも、救世主として尊敬されるわけでもなく、単なる怪しいおじさんとして、放り出されてしまうのだ。それがまさしく、作者が想定した「媒介者」の運命なのであった。(注1)この媒介者は、誰に知られることもなく、誰かに誉めたたえられることもない。人知れず苦労し、綱渡りのような技を駆使して、現実に働きかけようとするのだ。第6章で引用したように、それこそが作者の言う「中国の背骨」であろう。この「中国の背骨」と墨子のような「媒介者」に、共通点があるのは間違いない。「人々に知られることが」ないが、営々と仕事に没頭し、必死にやり抜き、民衆の代弁者になったのだから。こうした社会的現実性に自らを帰属させた知識人像は、やや突飛な比喩で言えば、グラムシの「有機的知識人」にも通じるものがあると言えるかも知れない。

かくして、若き魯迅が憧れ、民衆による圧迫に憤った先駆者的な「英雄」は、否定的に媒介され、別の形になってネガがポジに反転するように再び蘇ったのである。それはまた『彷徨』の時期に見られる、激しい自己嫌悪と自己否定とによって、逆立ちに宙づりされた自己像、知識人像が、逆転して定位されたことでもあった。墨子とは、その典型的形象なのである。

（注1）「媒介者」の具体的ありかたについては、拙稿「間をつなぐ遊動者——隠された魯迅という記号」『文学』第七巻第一号、岩波書店、二〇〇六年、を参照されたい。

参考文献

伊藤虎丸『魯迅と日本人——アジアの近代と「個」の思想』朝日新聞社、一九八三年
駒田信二「「非攻」と『墨子』」『対の思想——中国文学と日本文学』勁草書房、一九六九年
銭理群『心霊的探尋』上海文芸出版社、一九八八年
武田泰淳「魯迅とロマンティシズム」『黄河海に入りて流る——中国・中国人・中国文学』勁草書房、一九

七〇年

李桑牧『《故事新編》的論弁和研究』上海文芸出版社、一九八四年

9　関係性の網が覆わぬところなんてないのよ
――『采薇』論

1　古典的教養とのつながり

『采薇《さいび》』は『故事新編』のうちでも、とびきりその特徴が充分に発揮された、いわば代表的テクストである。もっともそういう評価は、おそらく大方の賛同を得ることは難しそうだ。やはり『鋳剣』を筆頭に『補天』『非攻』あたりに人気が集まりそうだから。それでも特に『采薇』を推すのは、このテクストにこそ、多様な主体が、形成されて登場し、その間に重層的な関係性が示されるからである。その関係性によって生み出される、ときに緊迫した、ときにユーモラスな場面に、例の「おちゃらけ」〔油滑〕の雰囲気が強く浸透していることは言うまでもない。「おちゃらけ」については、「検討すべきところがないわけではない」ものとして、やや否定的な見解をとる論者もいる〔劉 一六七―一六八頁〕。だから、過度な「おちゃらけ」が文学的気品を損なっているという見方が、このテクストの評価を辛くしている可能性があるかも知れない。また一方、「おちゃらけ」が「一番見事に現れた作品は、疑いもなく『理水』であ」って、「その他の作品では、「おちゃらけの箇所」である現代的生活のプロットは、小説の一種のエピソードとして存在しているにすぎない」という意見もある［林二五五頁］。これは『故事新編』における「おちゃらけ」という概念を、現代的文脈の挿入に限定した狭い考えだと指摘しておこう。ここにおける「おちゃらけ」の具体的様相については、後に詳しく述べるだろう。もう一つの特徴は、テクスト同士の重層的な関連性（テクスト間性）である。つまり古典から魯迅自身の別のテクストまで、さまざまなテクストがここの場に関わり、交叉して対話関係を形成していることである。まずは物語の大筋の紹介をかねて、中国の伝統的教養からすると、このテクストの題材がどのように扱われているのかを、概括しておこう。

このテクストで一貫して焦点化されるのは、伯夷《はくい》・叔斉《しゆくせい》という兄弟である。彼らは、古代、殷から周に王朝が移り変わる時期に生きた、伝説的聖人であった。『史記・伯夷列伝』によれば、こんな物語となる。ふたりは遼西の孤竹君という君主の息子であった。父の孤竹君は弟の叔斉を後継ぎにしようとしたが、父の死後、弟は兄に位を渡そうとし、兄は父の遺命だと辞退して、互いにどうしても譲らないため、仕方なく国の者は真ん中の次男を立てることにしたという。さてふたりは、周の文王が老人に手篤いと聞いて周に移り住んだ。文王が死んで武王が継ぐと、武王は父の葬儀もしないうちに、殷の紂王《ちゆうおう》の暴虐を訴えて、その討伐に乗り出す。ふたりは、たとえ紂王が暴虐でも、周が臣下である以上、主君を討つのはモラルに反するとして諫めようとするが、止められない。戦いの結果、周が勝利を収めたが、これを恥とするふたりは、周の食物は口にすまいと、首陽山という山に隠れ住んで、蕨《わらび》を採って暮した。しかしとうとう食糧が尽き、餓死したのであったと。

この物語は、中国古典のなかでも極めて著名で、その評価は高い。司馬遷が『史記・列伝』の冒頭に彼らを置いたのは、正義の人と讃えたためだとも言われている。『論語・述而篇』のなかでは、弟子に「伯夷・叔斉は〔国を譲りあったうえ、のちに餓死さえしたが〕、後で悔い怨んだのでしょうか」と問われた孔子が、彼らを清廉潔白な「古代の賢人」だとして「モラル〔仁〕を求めてモラルを得たのだから、どうして心に悔い怨むことがあろうか」と答えている。また孔子は「人々は今に至るまでその徳を誉め称えている」とも述べており（季氏）、忘れられた節操の高い賢人として「逸民」の一人にあげている（微氏）。『孟子』ももとより高く評価して、後にテクストに援用されるように「天下の大老」（離婁）と呼び、「聖の清なるもの」（万章下）と規定する。だが孟子の場合は、孔子のような手放しな賛辞というより、伯夷・叔斉を孔子や伊尹《いいん》などと比較して論じるところに、特徴があるようだ。伊尹とは、湯王を助けて、紂王と併称される暴虐な王、夏の桀王《けつおう》を討伐するに功績があった人物である。孟子はこう言う（公孫丑）。伯夷・叔斉は「本当の君主でなければ仕えず、正しい民衆でなければ使わなかった。よく治まった世であれば、世に出て力を揮ったが、乱れていれば、退いて隠遁した」と。これに対して伊尹は「いずれの君主にも仕えたし、どんな民衆でも使った。治まった世でも乱れた世でも、進み出て力を揮った」という。この対照は興味深い。孟子はそこで、伊尹を「聖の任なるもの」つまり天下を自分の責任とする代表者として扱うのである。これに対し、清廉潔白な「聖の清なるもの」とされた伯夷・叔斉については、別の箇所で（同右）「伯夷は隘なり」とも述べられている。つまり度量が狭く、君子の取る態度ではないと。なお孟子によれば、ふたりが周に身を寄せた理由は、敬老の政策もあったが、殷の紂王の暴政を避け、周の文王の善政を慕ったからだという説明になっている（尽心上）。これもふたりの処世を暗示するくだりではあろう。

もとより孟子の説くところは、伊尹でも伯夷・叔斉でもなく、進むべき時に進み、退くべき時に退く、自在なあり方を示した孔子のことではあった。しかし強力な王朝体制のもとにあった、現実の中国知識人にとって、理想化された孔子のように機敏に対処することは難しく、伊尹のように生きることは、危険なことであった。重用してくれる君主には仕え、疎んじられれば隠遁するという処世態度は、最高とは言えないまでも、憧憬の的であったのではないだろうか。そのあげくに、餓死という悲劇がつきまとうのも、そこに一貫した節操が表されて、憧れの対象になっていくのだろう。伯夷・叔斉が、孔子以来ながく聖人として崇められてきた根拠が、そこにあるような気がする。そうであるがゆえに、時代が下って司馬遷になると、ふたりのこの運命に、すんなりと納得ができない違和感が提示されるようになる。「天道は是か非か」。このような善良な聖者の行動に対して、餓死という苛酷な運命を与える「天道」は正しいのだろうか、という疑問である。司馬遷は最終的に「天道」を否定することはしなかったけれど、この物語に対する不満がここには窺える。彼は別のところでも、ふたりに触れて、つぎのような事を書いていた（遊侠列伝）。俗人にこんなことばがあって、仁義なんて知るかい、おいしい目に会わせてくれたのが恩人なのさと。だから伯夷が周を恥として餓死しても、周の武王は何ら引け目を感じなかったのだと。このあとに「鉤を竊《ぬす》む者は誅され、国を竊む者は侯たり。侯の門に仁義存す」とは絵空事ではない、という著名な文句が続く。善悪を超越した現実に対する、司馬遷の屈折した憤激が窺い知れるだろう。

一方、司馬遷が憤ったその論理を逆手に取っていけば、司馬遷の疑問の反対側に、極めて現実的な立場が成立するはずである。『論語』の弟子の「後悔したのでは」という問いかけや、『孟子』が言う、ふたりが狭量だという批判的指摘は、その端緒と言えるようなものだ。この立場からすれば、周の粟を食さないというのは、あまりに独りよがりの強情ではないのか、ということである。そういうリアリズムの疑問を突き詰めれば、後に触れるような究極的問いかけにつながることであろう。この物語に関連して先行するテクストは、『論語』『孟子』や『史記』だけでなく、ほかにも数多い。いずれにしても、伯夷・叔斉の物語は、儒教的伝統の中で、おおいに称賛されてきたわけだが、この「悲劇的美談」も実はなかなか、解釈に奥がありそうだということである。こうした幾多のテクストの網の中に、このテクストは構築されている。そのテクスト的地層の重なりが、『故事新編』の他のテクストに比して抜群であることも、指摘しておきたかったことなのである。さて一通り、中国古典のオリエンテーションが済んだところで、魯迅自身のテクストに入ってみよう。

2　スリリングな関係性

多くの論者が述べるように、このテクストでは兄伯夷と弟叔斉との形象が、かなりくっきり区別されて描かれている。「伯夷・叔斉」という風には一括りにできないのだ。物語は周の武王が、殷の紂王を討伐するいくさを仕掛けそうな、そんな落ち着かない世情の場面から始まる。ふたりは、先の周の文王が設けた養老院〔養老堂〕に閑居している。だが弟の叔斉の方は、そうした世相の風聞にさとく、あれこれ耳にしたことを兄に報告し、かつ評価を下すのだ。「〔殷の紂王が〕従来のきまりを乱すのは、討伐すべきです。しかし私が思いますに、目下が目上を犯すのは、つまるところ先王の道には合致しません」と。叔斉のことばは、あくまで政治評論的な言説である。「先王の道」とは儒者が信奉する最古の理想社会のあり方を指していた。もとより父の位を譲り合ったふたりにとっての準則でもある。しかし一方、兄の方は「近頃の烙餅《ルオビン》は、日一日と小さくなっていくの。どうやら何か始まるらしい」と食べ物という瑣末な所から、情勢を窺うが「お前はやはりあまり出かけぬ方がよいし、喋らぬ方がよい」と世情にかかわるのをたしなめる。なぜなら文王に養ってもらってきた以上、文句は言ってはならないからだ、と伯夷は言う。これに対し叔斉は「それでは養老のための養老じゃないですか」と反発している。のっけから明らかなように、ふたりは儒者の二つのタイプを担っているようである。伯夷は穏便に事を済まし、心静かに暮らすことを旨とする、消極型、隠者型であり、叔斉は、天下の政治に言動でかかわろうとする、積極型、士大夫型である。この両者が、儒者の出所進退、重用されるかどうかに応じて、補完関係にあることは言うまでもない。なおこのふたりの性格の違いは、個々の状況に対する対応を通じて表現されるのであって、初めから実体として規定されているのではない。ふたりの比較を通して、あくまで関係性として規定され直していくのだ。

もう一つ指摘しておこう。兄弟ふたりの会話も、弟が声をかけると、兄は顔を上げる前に身体を起こし、手で合図して横に座るよう指示するあり様である。これは「礼」に則るためであった。しかし、そうした儒者的な大仰な動作と、「烙餅が小さくなっていっても、もとより文句を言ってはならぬ」という伯夷の卑近なせりふとの落差に、すでに「おちゃらけ」は充分に予感されているのではないか。その関連で言えば、このテクストでは、時間の観念がまだ成立していないという歴史的事情を口実に、烙餅がどれだけ焼けるかを時間の単位として数えている。「およそ百三四枚の大餅《ターピン》が焼ける時間がたったころ」のように。これなど決して現代的文脈の挿入ではないが、見事な「おちゃらけ」の表現でであろう。

さて事態は緊迫して、とうとう武王は出兵に踏み切る。「にいさん！　起きて！　いくさだ！」と叔斉が伝えるとき、彼が両手を伸ばした直立不動の姿勢をとるのも、「礼」に従ったことである。一方、寝たままでは「友愛」に欠くと思った伯夷は、寒いのに布団を出るのが厭なのを我慢して、毛皮の上着を身につけ、布団の中でズボンをはく。そのところの描写も、ご大層な儀礼に対する茶化した視線が感じられる。それはともかく、叔斉によれば、先の文王の位牌を先頭に押し立てて、軍勢が行進しているという。ふたりが養老院を出てみると、確かに布告が出ていて、殷王の暴虐ぶりを非難し周王発（武王）は「恭《つつし》みて天罰を行う」と記してある。大通りに出てみると、軍勢を見物する黒山の人だかりであった。それでも「敬老」の精神が庶民にまで浸透しているため、ふたりの老人が「ちょっとすまん」と声をかけると、人々はみな道を譲って、彼らを道の前に出してくれた。しばらくすると向かいに、大勢の文武の役人を従え、黄色い斧と白い牛の尾を手にした周王が、威風堂々とやってくる。周りの人々がしんと静まり返ったとき、叔斉が兄の伯夷を引きずるように進み出て、周王の馬の轡《くつわ》を摑まえ、こう叫ぶ。「お父様がなくなって葬儀もお済みでないのに、兵を起こすのは「孝」と言えましょうか。臣下が主人を討とうとするのは「仁」と言えましょうか」。周王も周囲も一瞬あっ気にとられた。ということは「周王が手にした牛の尾まで曲がってしまった」という描写に、虚を突かれた心理として印象的に描かれる。余談だが、こうした外面的なイマージナルな表現を、内面の感情描写に用いているところも、『故事新編』の独壇場である。

さて叔斉のことばははっきり聞き取れ、すぐに武士たちがすわとばかりに、太刀を彼らに振り下ろそうとした。するとこのとき、軍の参謀役であった姜太公（太公望）が「まてぃ」と声を挙げて、武士たちを制止し、ついでこう言うのである。「義士じゃ。捨ておけ〔放他們去罷〕」。太公望とは言うまでもなく、釣り人として暮らすうち、周王にスカウトされた日本でも有名な人物だ。ここは序盤の山とも言うべき場面である。中国の多くの論者は、テクストが伯夷・叔斉に対して何らかの諷刺や批判を込めていることは認めるが、ふたりに対する肯定的評価に温度差があって、この場面の行動に対しても、意見が割れている。そもそも殷王討伐を「正義の戦争」と捉える李桑牧の立場（と言っても周武王を英雄と見るわけではない）からすると、「魯迅は誇張もせず、けなす言い方もせずに、巧みに愛憎を込めて、それ自身〔諫言〕のピエロ的な性質を明らかにしている」〔李 二七三頁〕と述べる。一方、林非は「千万もの軍勢の中で、周武王の馬首を摑まえて諫めるのは、果断にして勇気があると言えるだろう」と指摘し、かなり肯定的な誉め方をしている〔林 二七一頁〕。どちらかと言えば、中国の論者としては、必死の諫言をする知識人に思い入れをしたいところなのだろう。たとえば王西彦も「勇敢と言わないわけにはいかない」と述べていた〔王西彦 一五四頁〕。またこれに関連して、周王の殷討伐について、魯迅の別のテクストがしばしば参照されている。「其の王道の元祖且専家であつた周朝さえも、伐討の始めに伯夷と叔斉とが馬をさへぎつて諫め、彼らをひつぱりゆかねばならなかつた」〔「火・王道・監獄」〕(注1)。魯迅が語っているのは、要するに孔子や孟子が持ち上げた「王道」の元祖周朝の成立も、王道には適っていなかったという話であり、ここでは日本帝国主義の「王道」が見事に風諭されている。だからこれは、「王道」を語る者の真意を問題にしているのであって、必ずしも伯夷・

叔斉の行動を支持しているとは言えないはずである。

実はここには、誇張も、褒貶も、愛憎もない。叔斉の諫言と太公望の言述とのスリリングな関係性。それが見事に描かれているのである。口舌の徒の極限的な行為と実行者の権力の論理とが、瞬間火花を散らしているのだ。叔斉の諫言が、知識人の典型的な清廉潔癖さ（「先王の道」つまり「王道」）に基づいていることは言うまでもない。それは周王をはじめ太公望たちの弱味を的確に突いて、論理的には出兵の「名目」を失わせる可能性もあるだろう。それだけに命がけであることはもちろんである。それに対して太公望の立場は、ちょうど既出孟子の言う、伯夷に対する伊尹に似ている。彼は天下に責任を持つ権力の一部を保持する者であった。殷の討伐は、太公望にとっても、周王朝にとっても、焦眉の急であったはずである。そうした権力の立場からすれば、孝や仁よりも優先すべきものがあるのだ。叔斉たちの言説は政治的には弊害があるが、その論理的影響力を知っている太公望は、それを武力によって屠《ほふ》っては、それこそ「名目」を失ってしまうだろう。「義士」と奉って無視をし、邪魔者を排除するのが、最適である。こうして、口舌の徒つまり知識人と、実行者あるいは権力者との実存をかけた対話が、ここで構成されていたのである。

むろん結果として、口舌の徒の言説が、行為の決断をした実行者に太刀打ちできないことは、火を見るより明らかであった。ふたりの老人は、兵士に抱きかかえられ、通りの外側に運び出されると、背中をどんと押されて突き倒される。叔斉はこぶを作っただけで済んだが、頭をしたたか石に叩きつけた伯夷は、昏倒してしまう。この後、ふたりが孤竹君の世嗣で、養老院に居ることがわかると、人々は彼らを気遣って、あれこれと世話を焼くのであった。このあたりの民衆の善意は、揶揄されているとは思えないが、押し売りされた善意を、礼に基づいて受け入れるしかない叔斉の困惑は、妙におかしい。とりわけ、伯夷が気がついたのち、近くの民間婦人から、八年物の生姜スープを持ち込まれて、叔斉が辛いのを我慢し、目を真っ赤にしながら飲む場面は、「おちゃらけ」の雰囲気が高いだろう。もっとも確かに、ここの叔斉の対応などは、林非の言うような肯定的一面かも知れない。要するに「裏がなくまっすぐ〔正直〕で愛すべきところ」〔林　二七二頁〕である。テクストは庶民との関係のなかで、彼らが愚直なほど、率直で誠実な知識人であることを措定してもいることになる。ただそれは、より大きな現実性のなかでは、王瑶が指摘したように「主観的には誠実で、自分でもまっすぐだと思いこんでいる」〔王瑶　二二六頁〕のにすぎない。だから自分を誠実だと信じている多くの読者が、あまりふたりに対して距離を感じないよう、彼らとちっとも違わないことを、テクストがしっかり刻み込んだことでもあるようだ。

3　隠棲という処世

さて彼らが養老院で養生をしているうちにも、つぎつぎと噂が伝わってきて、周の勝利が確実であることが判明してくる。なお、殷の民衆が「順民」の文字を入り口に貼り付けて、周の軍隊を歓迎する描写などは、当時の中国の状況も反映されて、民衆が民衆たる生活の実体が書き込まれているところである。それはともかく、叔斉は、紂王の最期や武王の勝ち誇った振る舞いを生々しく帰還兵から聞いてくる。武王の行動は、権力者としては、それはそれで当然ではあるのだが、確かに権力の暴力的本質を示してもいると言えよう。口舌の徒に対する視線とはまた異なった、作者の権力者に対する視線が、古典を引用しつつ表出されているのだ。叔斉は、汚らわしいものを耳にしてしまったかのように、帰ってくると、伯夷にこう提案する。「不孝であるうえに、不仁でもあります……。かくなる上は、ここの食事は食べるわけにはいきますまい」。ここでも主動的なのは叔斉で、兄の伯夷は「それではどうしよう」と受け身に回っている。養老院を出ていこうという叔斉の意見でふたりはまとまり、残った大餅のほかは、何も持ち出さず、無心をしながらでも華山に行って、野の果実や木の葉を食糧にし、晩年を送ろうということになった。ここの逃避の決断についても、王西彦が「一本気」〔正直〕でもあると評価し〔王西彦 一五四頁〕、林非は「彼らが正統な道徳を防衛する勇士であることを表している」などと述べて〔林 二七一頁〕、贔屓《ひいき》の引き倒しまでやっている。だがテクストでは、ふたりは「天道は公平で、いつも善に加担する」（『老子』を引用した『史記』のことば）のだから、延命に役立つ薬草が手に入るやも知れないなどと考えるところを描いて、脳天気な底なしの楽観性を指示してもいるのである。ここでは、「天道は是か非か」と述べた『史記』との響き合いが感じられるのだが、そう言って良ければ、テクストは司馬遷の憂憤までも、冷ややかに斜めに見据えている、と言えよう。ともあれ続くプロットとの対比によって、彼らの「甘さ」が見事に浮き彫りにされていくのである。

というのも、ふたりは華山に行くことを断念せざるをえなかったからだ。その理由の一つは、途中たくさんの老いた軍馬が彼らを踏みつぶしそうに通り過ぎた。聞くところでは、太平の世にはもはや不用なので、武王の命により、華山に放逐されたという。「馬を華山の陽に帰す」は『尚書』に典拠があることである。おそらく、ふたりがはじめから首陽山に隠遁しようとしたのではなく、華山に行こうとしたテクストの設定は、この記載をヒントに工夫したものだろう。要するに、彼らが平安を求めて行こうとした場所は、世の中全体が「太平」となり不用になったものによって、平安を破られるというイロニカルな因果となっている。かくして彼らは冷水を浴びせられたように、身ぶるいをし、脳天気な彼らの「夢の世界」が水泡に帰したのを感じざるをえない。(注2) だが障害は、それだけではなかった。

理由のもう一つは、その辺りに宿を借りようとしたふたりが、山賊に出会ったことである。この山賊、小窮奇という名の男を頭《かしら》とする五人組であった。山賊は太刀を手にして立ちふさがり、「兄弟を連れてここに参上、通り賃をお恵みいただきとう存じます」と口上を述べる。金などない、養老院を抜け出してきたのだから、と言う叔斉に、小窮奇はびっくりして、敬意を払い「おふたりは、天下の大老でいらっしゃりますな。私どもは先王のお戒めに従ってきわめて老人を敬っておりますから、記念品などお残しいただきたく……」と言う。「天下の大老」が孟子のことばであることはすでに述べた。ご丁寧で慇懃な山賊と文人との出会いというのは、それほど突飛な事件でもなく、陳平原が、『唐詩紀事』にある李渉の故事を紹介している。山深き里に起こりがちな、中国的挿話であろう。そこでは、山賊は高名な文人の名を聞いて、詩を所望する具合になっている［陳　一六四頁］。ここでは「それでもまだご遠慮されるとおっしゃるなら、私ども恭しく天捜を行うほかござらん。お身体を拝見つかまつる」と身体検査を強行される。そのあげく、何も金目の物がないとわかると、運がなかったまでのこと「とっとと出て行きやがれ」とふたりを叩き出す。その際「『海派は追い剝ぎもする」

と申すが、我らは文明人、そんなことは致しません」と小窮奇に言わせているのは、もとより現代的文脈を挿入した「おちゃらけ」である。この数年前に、文章上の京派つまり北京派と、海派つまり上海派の違いというテーマの論争があった。海派が手段を選ばぬ追い剝ぎみたいなやり方をすると、京派が非難したことを、当てつけたものである。むろん李桑牧が言うように、小窮奇が使い分ける、慇懃なせりふと下卑たせりふの落差も「おちゃらけ」の一種だ〔李 二八三頁〕。ここではそれよりも、「恭しく天捜を行う」に注目しておきたい。これは武王の布告にあった「恭しく天罰を行う」をもじったことに違いないからだ。王瑶は、これは武王や小窮奇が謳っている「先王の道」の欺瞞性を述べているのだと指摘し〔王 二二二頁〕、反対に李桑牧は、それらが「天意にかない、情理に合致したこと」〔李 二八三頁〕だと述べていた。対照的なふたりに共通するのは、武王の討伐と小窮奇の強盗行為が、パラレルな関係にあることである。つまり、小窮奇は武王のパロディなのだ。むろん王瑶の言うように、それは両者の使う口実のまやかしを突いているに違いない。だがそれより注目すべきなのは、武王の討伐には、馬の轡を摑んで制止しようとした叔斉も、強盗の被害者となったとたん、まったく無力だという事実であろう。評論家としては必死ではありえても、当事者としてはからっきし無能なことを証したのである。

さてこうして、物語はクライマックスを迎える。物騒な華山をあきらめたふたりは、近辺の首陽山に隠棲の地を求めることにした。既述二つの小事件が「おふたりの義士に、華山を恐れさせた」というのも、少々皮肉めいた表現だ。無心をして得たにぎり飯を食べて、「『周の粟を食べない』のは首陽山に入ってから」というきまりも、「明日からは絶対に節操を守って、主義を曲げない」という決意も、何やらご都合主義的な一面を伝えている。だが本人たちは大真面目であった。まずは叔斉が食べ物を探しに出かけて、たちまち困難にぶつかる。というのも、この山は近くに村があって、木の実などはあらかた村人に採集され、まったくなかったからである。思惑がはずれた彼は「心が苛立ち、顔中熱くなって、頭皮をかきむしった」。ここは儒者としては、心静かにできない矛盾を描きつつ、「生きること」の現実感覚を示してもいよう。しかし彼は冷静さを取り戻し、松の尖った葉を集めて砕いて粉末にし、石焼きにして食べることを思いつく。これも（存在的には対立する）太公望の誕生日パーティーの宴席で聞いた情報となっているところが、おかしいのだが、伯夷に食べてもらうと、苦くてざらざらしていることがわかり、とても食べられる代物ではなかった。叔斉は一気に気力を失う。

叔斉は「だがそれでも考えていた、あらがうように考えていた。まるで深淵から這い上がるように。這って、這って、前に向かった」。この心理表現、とくに「あらがうように」ということばにおいて、テクスト全体のなかで唯一語り手の視点が、叔斉に近づいていることは、指摘しておくべきだろう。弟任せで、文句ばかり言っている兄伯夷に比べて、叔斉は「生」の具体的現実に直面しており、その苦悩と努力の箇所では、語りがしっかり共鳴しているのだ。彼は子どものころ乳母から聞いた話を思いだし、飢饉の時、人々は蕨を採集して食べるということに気づく。地位の高い者の情報ではなく、庶民の情報が活きるという点も、周到なテクストの配慮であろう。彼らはこれで何とか餓えをしのぐことができるようになった。テクストが、彼らが作った蕨料理の名前を、一つ一つ列挙しているのも、「おちゃらけ」の一種である。

伯夷の無能は、ここでさらに際だっている。年取った伯夷は、蕨採りもままならない。だが首陽山は、人跡未踏の地ではないので、暇を持て余した彼は、たまにやってくる子どもや木こりと話を交わすようになる。伯夷はついつい、彼らの出自や首陽山に隠棲している謂われを喋ってしまう。この話が、たちまち村人たちの噂に上ったことは言うまでもない。伯夷が、儒家的修養を積んだ、温厚寡黙というのは、日常時の見せかけで、実はお喋りで目立ちたがり屋な、自己顕示欲の持ち主だったわけである。それを苦々しく見つめる叔斉が、兄を後継者に選ばなかった父の慧眼を悟るあたりも、妙にリアリティがあろう。そこで一躍彼らは有名人になってしまい、わざわざ見物に来る者まで現れた。彼らにつきまとって、蕨を採るところや、料理するところ、食べるところを見ようとする。うんざりするのだが、うっかり眉をひそめた日には、「怒りっぽい」と言われかねないので注意しなければならない。隠遁した儒者の生活態度は難しいのだ。そういう記述もまったく「おちゃらけ」の気分である。

さてここに、首陽山随一の知識人、小丙君が登場してくる。小丙君という登場人物も、面白い設定である。彼はもともと妲妃《だつき》の遠戚という立場を利用して、殷に仕えていた官僚であった。余談だが、妲妃は殷の紂王の側室で、政治に混乱をもたらせた悪女として、後世に知られる。狐狸の精という伝説があって、わが国にまで飛来して災いをなしたとか。そのコネで小官僚の地位にいた男で、殷周交代の際も、「天命のあるところを悟って、五〇の貨車と八百人の奴婢を連れて、明主に投降した」という。要するに小利口な裏切り者で、すこぶる現実的な生き方をする、転向知識人という、もう一つの典型的形象であった。

彼は討伐連合軍の合流には間に合わなかったので、財産の一部は没収されたものの、首陽山に領地を得たのである。伯夷・叔斉の噂は彼の耳にも達し、久しぶりに文学や詩歌を談じようと、会いにやってくる。「なぜなら、彼は詩人でもあり、詩集を一冊書いたことがあったからである」。これが、国民党に身を売って、官職を手にした転向知識人を諷刺していることは間違いない。小丙君は、ふたりと話を交わした後、帰宅して彼らの悪口を言う。貧しすぎる。生活に忙しすぎては良い文学は生まれない。政治的意図を持っては、詩の風格を損ねる。文句があっては、詩の温厚さを失うと。この辺は、儒教の文学観を下敷きにしてはいるが、一方、当時の文学論議に対する当てつけも感じられる。ただ具体的に特定はされないし、伝説や歴史に登場するわけでもない虚構の存在である。

この登場人物について、多くの論者が、否定的形象としているのは当然であろう。それは彼の履歴と言動によって、明らかなのだが、だからといって、その現実主義的な視点の持つ意味まで、否定することはない。注意すべきなのは、焦点化された否定的登場人物を否定する人物形象も、肯定的人物なのではなく、初めから否定的に扱われていることである。それぞれ否定されるという媒介的関係性、これによって、伯夷・叔斉の存在の重さ、あるいは軽さが、見事に表現されているということである。彼は、寸鉄人をさすように、一刀両断に、ふたりの矛盾をこう言い当てるのだ。「普天の下、王土にあらざるはなし」。つまり、この世の中に王様の物でないものなんかないじゃないか。彼らが食べている蕨だって、わがお上のものではないかと。伯夷・叔斉の最大の弱みを、小丙君が突けたのは、その下劣で現実迎合的な視点のお陰であった。

だがそれを直接ふたりに告げたのは、その転向知識人ではなくて、一介の小娘、小丙君のはしためであった。山には蕨はわずかになって、一層痩せ細ったふたりに、彼女は、どうして蕨なんか食べているのと聞く。伯夷は、いつものお喋り癖を出して、「わしらは、周の粟は食べないから……」と答える。彼女は冷ややかに笑って、そのことばを遮り、小丙君と同じく、寸鉄人をさすように、一刀両断する。「「普天の下、王土にあらざるはなし」ってさぁ。その蕨だって、お上のものじゃないの」。ふたりは急所を突かれて、愕然とし、一瞬気を失う。もはや蕨も食べられない、という事になってしまったのだ。

4　阿金の登場

ここの物語の展開には、実は、いくつかのテクストが重なっている。「普天の下、王土にあらざるはなし」は『詩経・小雅』にあることばで、出征兵士が度重なる兵役に対して、帝王のことを愚痴っているコンテキストだが、これが小丙君によって転用され、さらにこのはしためによって、受け売り＝引用されたのである。こうしてこのことばは、民衆のリアルな認識として、ふたりに致命傷を与えることになった。さらに、このはしための存在についても、典拠がある。八一年版『魯迅全集』の注釈によれば、三国時代に書かれた『古史考』という書物に、伯夷・叔斉の話が載っているというのだ。「〔彼らは〕首陽山に隠れて、蕨を採って食べていた。ある野良の女が言うには「あなたは、義から言って、周の粟は食べないと言うけれど、それだって周の草木ではないの」と。かくしてふたりは餓死した」〔『全集』二巻 四一六頁〕と。竹内実が言うように、周の粟を食べないと言いながら「「蕨を食う」ことの論理的矛盾に、ひとびとが気づいていた」わけで、「この矛盾は、指摘されてみれば単純だから」、野良の女のことばにするのがふさわしいのだろう〔竹内 一七五―一七六頁〕。テクストはちょっと先で、このはしための名前が阿金だと記していたから、実はこうして阿金は登場していたのだ。第7章で予告しておいた、あの「悪役的民衆の原像」の系譜、その最大の継承者である。この名前については、実は、魯迅自身の別のテクストを参照しなければばならない。

このテクストより一年前に、魯迅自身が「阿金」という雑文を書いていた〔『全集』六巻一九八―二〇三頁〕。ただ、この雑文自体なかなか解釈が単純ではないのだ。作者は、ここしばらくの間、一番嫌悪していたのは、近くに住む外国人の下女、阿金というあばずれ女だと語る。彼女が、夜中仕事をしようとする作者の邪魔をするからであった。深夜に、たくさんの女友達がやってきたり、男が彼女を呼び出そうとする。「男とつるまないで、上海で何するのよ」というのが彼女の主張だ。あげくに、近所のばあさまと大騒ぎを起こして罵る。「おまえみたいな老いぼれのは、誰も欲しがらないわ」。しかし最後に、そのばあさまに仕返しをされてしまう。関係した西洋人お抱えの召使いが屈強な男たちに襲われて、彼女のうちに逃げ込もうとしたが、彼女がそれを素早く拒んだため、表で殴り合いとなった。その数日後、彼女は馘首《くび》にされたらしく、姿を消した。魯迅はこの話を述べた後、こう述べる。「彼女は私の三〇年来の信念と主張を揺すぶった」。彼は、女が歴史に悪い影響を与えたという考えにずっと否定的であり、男権主義の社会では男が責任を負うべきだと考えていた。だがもし、この阿金が皇后や女王であったら、社会はどういうことになるだろう、というわけである。

「昔、孔子は「五〇にして天命を知」った。だが私はたかが阿金一人のお陰で、人間観に新たな疑いを抱くようになった。聖人と凡人は比較しようもないが、阿金の威力と私のだらしなさは見て取れよう。私は自分の文章の退歩を、阿金の騒がしさのせいにしたくないし、以上の議論は八つ当たりに近いが、しかしこのところ私は阿金が一番嫌いである。まるで私の一本の道に彼女が立ちふさがっているかのようなのは、確かだ。／どうか阿金が中国女性の見本ではありませんように」〔『全集』六巻 二〇二頁〕。

第7章では、阿金を魯迅作品中の人物系譜に位置づけたが、竹内実はそれを中国文学や歴史の中の「潑婦」（あばずれ女）の系譜に位置づけ、実は中国女性の一つの「見本」であることを証明している。「魯迅の顔には、そのとき苦い微笑が、浮かんでいたのではあるまいか」と竹内は書く〔竹内 一七三頁〕。それはそのとおりであろう。解釈が単純にいかないというのは、魯迅の口調が鋭利な批判とは違って、やや自嘲的な、それこそ「おちゃらけ」の雰囲気を漂わせているからである。竹内実は、この文章を丹念に分析し、特別の意味を見出して、こう述べている。

「ひたすら地面を掘る魯迅の姿が浮かんでくる。地面のうえに、なにかみてくれのよい建造物を建てることを断念して、地面を掘りさげ掘りさげしていって、最後に岩盤につきあたった魯迅の姿である」〔竹内 一八〇頁〕。

岩盤とは、つまり「大義名分などとは無関係に、魯迅の生計の道にたちふさがる存在」、「日常茶飯事」という現実に活きる、民衆のあるがままの生のことであろう。魯迅自身には、左翼やコミュニストにありがちな「民衆信仰」（あるいは人民信仰）などはなかった。むしろ若き彼にとって、あるがままの民衆とは、変革を目指す者を見物し、食いつぶそうとする存在であり、彼はその悪意を忌み嫌い、激しく憤ったのであった。それと表裏の関係にある民衆像としては、『吶喊』の諸篇に描写されたように、一方的に抑圧された受動的存在であった。それに比べると、ここにある民衆の現実に対する魯迅の視線は、だいぶ異なっていると言えるだろう。竹内の言うように、魯迅は確かに「地面を掘りさげ」ているかもしれないが、それは勝手知った岩肌を、別の面から新たに、触り直しているといった風ではないのか。

第8章で魯迅が墨子に託して、理念的に取りだした知識人像とは、権力と民衆との間を橋渡しする実践的な「つなぐ者」だと述べた。そしてその「つなぐ者」は、民衆のために尽力するが、民衆から特に歓待されるでもなく、かえって邪魔者扱いさえされる。その民衆との距離感覚を確認できれば、ここの阿金に対する、魯迅のイロニカルな口調は理解できよう。一方でそのような、イロニカルな口調のなかに、『野草』の『復讐』や『彷徨』の『見せしめ』の頃とは、はっきり異なった、民衆に対する新たな視線も、読みとれることだろう。「悪役的民衆の原像」と筆者が呼んだこの存在は、魯迅自身の思想を揺さぶっている。「三〇年来の信念と主張」とは、女性に対する観念だけでなく、続いて触れているように、全体的な人間観〔人事〕にもかかわるのだ。生計の道に立ちふさがるかのようだ、という叙述は、一種のユーモラスなレトリックであって、さほどに瞠目すべき事態だとも受け取れるだろう。それこそ、バイタリティーをもったエネルギッシュな存在、それ自体としては大変困り者で、魯迅という一人の「つなぐ者」に脅威を与える、そんな民衆の潜在的力量のことである。そういう意味では、魯迅は確かに「岩盤につきあたっている」、つまり新しい民衆観に直面しているのだ。

竹内実は、阿金と小丙君の形象に「革命陣営内の否定的部分・傾向」を重ねて、現実の虚妄性を撃つ魯迅の文学と実行者の位置を探ろうとしているのだが、その論理はやや穿ちすぎていよう。ここでは魯迅自身が、阿金という「民衆の原像」を、否定的にだが認知する関係を確認しておけばよいのではないか。そんな阿金が、伝統的観念に満ちあふれた、典型的知識人、伯夷・叔斉の死命を決するという因縁の工夫は、まこと見事であるとしかいいようがない。竹内の言うように、そのとき「たからかにひびくのは、魯迅の哄笑である」〔竹内　一七六頁〕。こうしてテクストは、作者のもう一つのテクスト「阿金」とテクスト間性を構成することによって、作者自身をもこの物語の関係の輪のなかに巻き込んでしまっているのだ。

物語は、多様な関係性の輪によって形作られている。伯夷と叔斉の間には、口舌の徒という儒者知識人の共通性があるとともに、生に対する執着として差異性も表されていた。彼らと権力者的実行者である姜太公（太公望）とのスリリングな出会い。権力者のパロディを演ずることとなった、小窮奇という山賊と、彼らに対して無力なふたり。そして小丙君という転向知識人との関係。阿金は、その受け売りをするという小丙君との関係を一方で引きずりながら、伯夷・叔斉との決定的な（致命傷を与えるという）関係性を鮮烈に表す。さらにその阿金は、「悪役的民衆の原像」、つまりあるがままの民衆のリアルな認識を担う人物として措定されつつ、作者自身との対立的な、だが認知される関係性を、密かに結んでいたのだ。「密かに」というのはテクスト内部にとって言うので、作者の文章の読者にとっては、あからさまにと言った方がよいかも知れない。テクストの内部から外部にまで伸びていく関係性。この多様な関係性の網が、『故事新編』を包み込むコスミックな特徴であり、このテクストに典型的に表現されているのである。その網は、読者をすら巻き込んでしまおうという魂胆かもしれない。

5　正統性を破壊するコスモロジー

実はこの物語は、これでお仕舞いなのではなかった。それから二十日ほどして、ふたりが洞窟のなかで縮こまって死んでいるのが発見される。そしてふたりの死因をめぐって、人々があれこれ斟酌するのだ。こうした後日談を付け加えて、物語を立体的にするのも、魯迅の小説の常套手段ではあった。人々の噂話のなかでは、老衰だとか、病死だとか、はたまた毛皮の上着を狙った強盗による殺害説まで飛び出してくる。そのなかで有力なのが、意図的な餓死説であった。これを主張した者は、阿金からこう聞いたからだ。「その十数日前、彼女は山に行って、彼らをひと言ふた言からかってやった。間抜けは怒りっぽいから、たいがい腹でも立てたのだろう。絶食して開き直った。けど開き直った結果、一命を落とす羽目になったと」。いわば憤死したというのである。「怒りっぽい」〔脾気大〕という捉え方が、前の場面で、うっかり眉をひそめた日には「怒りっぽい」〔発脾気〕と言われかねないという叔斉の態度と、鮮明な対照をなしていることも、おかしい。

さて、この阿金の説明に、感服した人もいたが、「彼女が薄情だとそしる者たちもいた」。彼女の言述がふたりの「憤死」を招いたということだろう。たとえば林非も、阿金を「共犯者〔小丙君〕の共犯者」だと規定している〔林 二七九頁〕。だが阿金の方は、彼らをからかったのも、それで彼らが腹を立てて絶食したのも事実だが、ふたりが死んだのはそのせいではない、と主張する。ここの阿金のことばは、『列士伝』の説話が下敷きになっている。彼女はこう言うのだ。ふたりは絶食しても、それで死んだのではなかった。「お天道さまの計らいは最高なのよ」。彼らが餓死しそうなのを見かねたお天道様は、母鹿に命じて、彼らに乳をやるよう言いつけた。ふたりはこのままでいれば、楽に生き長らえたのに、三男坊、叔斉は貪欲であった。「一つ手にすればもう一つというわけで、鹿の乳を飲むだけでは足りなかったの。彼は、鹿の乳を飲みながらこう考えたのよ。「こんなに肥えた鹿を殺して食べれば、きっと味は悪くないに違いない」って」。ところが鹿は読心の力を持っていたから、彼の考えはお見通しで、たちまち逃げてしまった。それを知ったお天道様も、ふたりの貪欲に嫌気がさして、母鹿を行かせるのをやめてしまった。それで餓死するほかなくなったのである。「どうして私のことばのせいなのよ。自分が欲張りだったせいじゃない？　欲張りなのよ！……」。責任逃れの阿金の姿勢は、確かに垣間見られるが、だからといって、林非のようにこれが阿金の作り話だと断定する根拠はないであろう。作り話だとすれば、伯夷・叔斉の物語という観点からして、ほとんど余計であり、なぜこのエピソードがテクストの最後に付け加えられたか、はっきりしなくなる。この挿話は、付け足しなどではないのだ。

テキスト間的な関係から言うと、『列士伝』のこの説話は、結果的に『史記』の疑問に答える形になっている。天道は不公平ではないのかという不満は、「憤死」という伯夷・叔斉の最期に対する同情と共感によるものだろう。この挿話は、そんな疑問を一気に吹き飛ばしてしまうのだ。阿金が述べたように「お天道さまの計らいは最高」なのだから。こうして、彼らの死はまったく彼ら自身の自業自得ということになった。テクストがラストで「この物語を聞いた人々は、〔……〕どういうわけか、自分の肩までずっと軽くなったような気がした」と記述するのも、「憤死」が事実だとすると、少しばかり後ろめたく感ずる人々の心理を、よく表している。むろんこれは、伯夷・叔斉という物語と傍観者との関係性が、俎上に上げられていることではあろう。「責任逃れ」が人々の誰にでも、実は共有されていることを、示唆しているとも言えるのだ。しかし一方、この野史に記載された挿話を加えることで、伯夷・叔斉に容易に同情する心理的傾向に対し、テクストは徹底的な突き放しを試みている。伯夷・叔斉をめぐる伝統的で、正統的な言説総体に対して、決定的な破壊を行っていると言ってもよい。

ただし別の観点から言っておくべきこともある。叔斉は最後の最後になって、儒者的知識人の枠から、とうとう抜け出したとも言えることだ。もともと彼は、「生」に対する姿勢が積極的であったが、ここでは「食欲」という本能的欲望に身を任せたのだから。「生」に対する執念という現実的な場では、テクストの語りが叔斉に近づいたことは、先に述べた。伯夷が、実はお喋りの目立ちたがり屋だったのと同様に、叔斉は食いしん坊だったわけだ。このように描くことは、伯夷・叔斉の聖人神話をうち砕くだけではない。彼らが現実の苦悩のなかで、実際に活きた人間であることを、証しているのだ。「白いひげもじゃの口を大きく開けて、懸命に鹿の肉を食べている」。最後にテクストが描くこのイメージこそ、ふたりが生身の人間であったことを確認していることを忘れてはならない。それだけ中国の伝統的人間観が、いかに非現実的で、非人間的であるのかを物語っている。それを覆すことによって、彼らの「生」の現実を蘇らせようとしたのだ。作者が「序言」で「古人をなお一層硬直して描くことはしなかった」というのは、そういう意味でである。

　テクストは、多様な関係性の網に覆われていた。そこから逃れられるものは、一人としていないのである。まことに「普天の下、王土にあらざるはなし」。こうした多様な関係性によって、特定の誰かが〝正統性〟の根拠を持つことはできなくなった。特権化されているものは、語りを除けば、一切ないのである。誰もが誰かによって、あざ笑われたり、否定されたり、少なくとも相対化されている。それはテクスト内部を越え、語りと話者の背後にいる作者魯迅でさえも、もちろん読者の「私」や「あなた」も。このようにして構成された世界が、それだけで近代小説の世界を超えていることは、言うまでもないだろう。武田泰淳の言う「様々な現象の凸凹を越えて遠い大きな眺めをほしいままにする遠視眼或は複眼」によって捉えられた世界なのである。そのように世界を描くことによって、現実に生きることの苦悩とその滑稽さの重量が、しっかりと地に着くように刻みつけられる。その態度が対立視しているのは、あくまで自分は、関係性の網の外側から世界を見下ろし、支配し、規定できると信じている〝正統性〟を保持した特権者であろう。

　それを一方に突き詰めて言えば、近代が幻想に夢見た、自由な、絶対的で実体的な主体のことでもある。そんな主体とは、若き魯迅が「英雄」「超人」に託して夢見たそれに、きっと近いのかも知れない。だが作者は、『彷徨』と『野草』の時代の葛藤を経ることによって、そのような主体がありえぬこと、そのような主体として振る舞うことの危うさを批判することへと突き抜けたのである。そして、彼が見出したのは、「つなぐ者」としての機能的な主体であった。それこそ、関係性の網の結び目に生き死にする流動的な主体である。そのような主体にとって、古代と現代とは、融通むげな、いくらでも入れ替え可能な現実となった。そうして、もう一方に突き詰めて言えば、魯迅にとって、〝正統性〟を保持した特権者とは、中国における「言説」全体、とくに「歴史」という語りであった。その「特権者」は、孔子や孟子や『史記』に限らず、魯迅と同時代の言説にも現れる。伯夷・叔斉の物語が現代にもつながっていくゆえんである。それは、古代を語ろうと、現代を語ろうと、そこに収斂していくような、強固な装置である。それらは古代から魯迅の生きた時代に連綿と連なり、すべての現象や事象を、それに吸収し、それに依拠して解釈できるようなシステムであった。そうすることで、「生」にまつわる、他者の様々な傷みの感覚を抑圧することができる。自分にとって都合の悪い現実を見据えることをせず、人間の生とは何かを疑わないで済むのだ。こうして、「人が人を食う」社会の装置は、再び明確な構造として現れてくる。

『故事新編』とは、そのような語りの装置総体に対する、まるごとの破壊行為と言ってよい。とくに『采薇』というテクストは、中国や中国文化というコンテクスト総体の「脱構築」に他ならなかった。同じように、〝正統性〟を振りかざす語りや、「生」の傷みを抑圧し、吸収し、解釈するシステムは、私たち読者の社会にも存在することだろう。『故事新編』は、それらに対する、愉快で有力な、批判の手段でもあるのだ。

（注1） 原文日本語。いま日本語版『魯迅全集』八巻、学習研究社、一九八四年、二一四頁より引用。

（注2） なお李桑牧は、廃兵と老いぼれ馬だけが駆逐されたので、統治者としては戦力になる兵馬は温存して、

「太平」の名目だけを広めたのだ、と指摘している［李 二八一頁］。それももっともであろう。

参考文献

内野熊一郎　新釈漢文大系四『孟子』明治書院、一九六二年
王西彦「論〝故事新編〟」『論阿Q和他的悲劇』新文芸出版社、一九五七年
王瑶「《故事新編》散論」『魯迅作品論集』人民文学出版社、一九八四年
竹内実「阿金考」佐々木基一・竹内編『魯迅と現代』勁草書房、一九六八年
陳平原「江湖与俠客」『陳平原自選集』江西師範大学出版社、一九九七年
吉田賢抗　新釈漢文大系一『論語』明治書院、一九六〇年
李桑牧『《故事新編》的論弁与研究』上海文芸出版社、一九八四年
劉雪葦『魯迅散論』新文芸出版社、一九五三年
林非『中国現代小説史上的魯迅』陝西人民教育出版社、一九九六年

10 他者に開くこと
——『起死』論

1 なげやりで容赦ない扱い

荘子を主人公にした『起死』は、豪快なファルスである。対象を徹底的に突き放し、笑い飛ばして、破砕する。その諷刺は、火山の爆発のような激しさだし、寸分の隙も与えていない。もちろん「おちゃらけ」の気分はそこここに漂っているが、「ドタバタ芝居」と評される〔木山 三八三頁〕、テクストまるごと全体が、「おちゃらけ」と言った方がよいくらいだ。それはまことに痛快であるし、魯迅らしいやり口と言えば、その通りだろう。けれどよく考えてみると、このことを含めて『起死』には、不思議な要素がいくつかまとわりついている。形式としては、一幕物の戯曲スタイルで、魯迅の創作のなかでは『野草』の『行人』が戯曲の形を採っているが、『故事新編』においてはこれが唯一であった。『行人』とはすぐあとで少し比較するつもりだが、それが『故事新編』の一番ラストに配置されているわけなのである。

だから痛快で激しい諷刺の態度について、このテクストを翻訳した木山英雄は、「『故事新編』の主人公たちの中で荘子ひとりが際立って容赦ない扱いをされている」ことに、疑義を呈していた［木山三八三頁］。その理由について木山は、こう述べる。

「三十年代の「小品文運動」をはじめ、危機の時代にかりそめの文学的超脱を求めようとした一部の潮流の中で、『荘子』が聖典のようにもてはやされ、かつ魯迅自身がその魔力を自己の内部でよく知り抜いていたという事情のほかに、『故事新編』全体の按排にかかわる理由もあるのではなかろうか」。

これを簡単に言い換えれば、他の諸篇では、「古人との人間的な交渉」を描いてきたため、「歴史を懐古的な感情移入の対象とすることへのことさらな反対表明」を、最後に駄目押ししたのではないかという意味である。確かに『故事新編』で諷刺されていた主人公たち、『出関』の老子や『采薇』の伯夷・叔斉などについては、相当辛辣に描かれているものの、なにがしか生きた人間として扱う視線が残されていた。ときに語りが、彼らに接近するようなことも全くないわけではなかったのである。ところが『起死』では、全くその気配がない。まこと「際立って容赦ない扱い」なのであった。そのことは木山の言うように、魯迅が荘子を熟知していたことからも興味がかきたてられる。竹内好も、荘子に対する強い否定的形象が「なげやりな書き方」だ、「愛憎半ばするアンビヴァレンツな態度によって生じた」と指摘している［竹内　一七四頁］。これは木山「ドタバタ」「容赦ない扱い」と裏腹な評価であろう。どうしてこうも「なげやり」で「容赦ない」と思わせる描かれ方になったのだろうか。これをどう理解したらよいか。とともに『起死』という一幕劇が、『故事新編』の最終を飾ったには、木山が問うように、何かテクストにそれだけの意味があったのだろうか。竹内と木山の記述は、検討に値するが、私見は後に述べることにしよう。だがほかにもう一つ、『起死』というテクストに特徴的なことがある。

『故事新編』の各篇は、下敷きになっている古典の素材について、かなり忠実であるか、少なくともそれを活かす形で綿密に構成されていた。『起死』においても、『荘子・至楽篇』を元にしており、これは比較的よく知られた、髑髏《どくろ》問答というものである。(注1) それはこんな物語であった。荘子が楚に赴く途中、道ばたに不気味な表情をたたえたしゃれこうべを見つける。荘子は変わり果てた姿の謂われを、そのしゃれこうべに問いかけるが、返答はない。そこで荘子が、そのしゃれこうべを枕に横たわって眠ると髑髏が夢の中に現れ、そこで生と死に関する問答が交わされる。しゃれこうべはこう語るのだ。死に至った謂われとは、いずれにせよ生の世界の苦悩であって、死の世界にはそんなものはない。死の世界には、君主も臣下もなければ、春夏秋冬の区別もない。自然のままが時間なのだから、生の世界で頂点を極めた皇帝とて、死の世界にいる者の楽しみにかなうわけがないのだと。荘子はこれを本心とは思えず、こう問い返す。そんな事を言うなら、私が生命を管理する神〔司命神〕に頼んで、君を生き返らせてやってもよいが、それを願わないのかと。するとしゃれこうべは、死の世界の至上の楽しみを捨てて、人間世界の苦しみを味わうなんてまっぴらだ、と答えて拒絶するのだった。

ところが『起死』では冒頭は、どうにか髑髏問答をなぞっているものの、たちまちそこからはずれて、魯迅の想像力の賜物と化していく。これも『起死』の特別なところである。福永光司は、髑髏問答のエピソードの本旨は「死を讃美することにあるのではなくして死を悪むことの惑いをひらくことにある」とし「〝生を善しとし死を善しとする〟境地こそが、無為の真人の至楽にほかならぬことを強調している」と述べる［福永 二四一頁］。福永の言うところは、『荘子』は、しゃれこうべの言うように死の讃美をしているのではないが、そのことばは読者論的な機能として、人間世界の生の価値観を相対化するのに一役買っているというふうに解釈してよい。それで李桑牧がつぎのように述べるのは、いささか勇み足の気味はあるのだが、一理はあるだろう。「しゃれこうべは荘子の思想を伝えており、荘子にはもとより、しゃれこうべを生き返らせようなどという考えがあるはずもない」［李 一七九頁］。ところがこのテクストのなかの荘子は、いたずら心から、実際にしゃれこうべを生き返らせてしまう。『起死』という表題は、死者を蘇らせるという意味だ。そしてこの物語では、しゃれこうべから生き返った男と荘子との対話と紛糾が、中心となっていくのである。

上述のように、しゃれこうべには本当に生に対する未練がないのか、と疑うオリジナル荘子の「意地悪」は、エピソードの主旨を引き出すための、誘い水だと考えるのが妥当だろう。だから、書物としての『荘子』としては、しゃれこうべと荘子の両者の対話は、死を毛嫌いする現世的意識を批判する意味で、補完的な役割をしているので、両者を対立的に捉えるのは無理がある。魯迅『起死』の荘子は、典拠とした『荘子』と衝突しているとは言い過ぎだとしても、大きな脱線をきたしていると言わねばならない。そこで李桑牧は、『起死』で扱われている荘子は、はたして歴史上の荘子と言えるのか、それと緊密な結びつきがあるのだろうか、という疑問を提示していた。テクストにおいて荘子は何者か、という謎も生まれてくるのだ。これも一つのテーマにして、以上いくつかの〝謎〟を、テクストを追いかけながら解き明かすことにしよう。まずはその冒頭に言及する。

2　黒く痩せた男の系譜

ト書きによると、物語の舞台背景はこんな具合である。

「一面荒れ果てた土地。あちこちいくつか土肌の岡があるが、高くても六七尺〔二メートル余り〕にすぎない。樹木はない。至るところごちゃごちゃ雑草。草の間に人馬が踏みかためた一筋の道がある。道にほどなく、水溜まりがある。遠く家屋が望める」。

さてもう一つの戯曲形式のテクスト、『行人』の冒頭ト書きも参照してみよう。

「東、幾本かのいろいろな木と瓦礫。西、荒れ果てて捨て置かれた墓地の群れ。その間に、道ともつかない一筋の痕跡がある。小さな泥小屋が一軒、この痕跡に向けて、扉戸を開いている。扉戸のそばに枯れた木の根のかたまり」。

荒れ果てた土地の情景、前者のうずたかい岡〔土岡〕は、土饅頭のようで、やはり墓を連想させるが、断定はできない。ただ、前者は踏みかためられ、はっきりした道があって、後者には道とは言えぬほどの道の痕跡がある。ともにその「道」「痕跡」を通って、あるところに向かって進む人物が主人公である。『起死』の荘子に登場してもらおう。

荘子の容貌は、「黒く痩せた面立ちにごま塩のあごひげ」とあり、この描写には注目したい。『荘子・列御寇』に荘子の容貌として「槁項黄馘」（細いうなじに黄色い顔色）という表現はある。(注2) だが黒く痩せた顔というのは、魯迅の小説特有の登場人物として、頻繁に現れていたのではないか。『故事新編』だけでも、『理水』の禹――「顔は黒く痩せて」〔『全集』二巻三八一頁〕、『鋳剣』の黒い男――「黒いひげ黒い目をし、鉄のように痩せこけている」〔同右 四二四頁〕、『非攻』の墨子――「真っ黒な顔」〔同右 四五九頁〕など。『彷徨』においても、『酒楼にて』の呂緯甫――「青白く細長い顔だが、痩せこけていた」「濃くて黒い眉」〔同右 二六頁〕、『孤独者』魏連殳――「ぼさぼさの頭に真っ黒なひげが顔の半分を占めている」〔同右 八八頁〕などが類似している。いやこの『行人』の男だとて、「眼差しは暗く沈み、黒いひげ、ぼさぼさの髪、黒の上着とズボンはいずれもぼろぼろ」〔同右 一八八頁〕とあり、やはり黒が基調になっているのだ。むろん微細な違いはあるが、これらに何らかの関連を想定してもよいであろう。

『行人』の男は、小屋の老人が墓場だと述べた前方に向かって、この道なき道の痕跡を当てもなく進むしかない。だがここの荘子は、楚王に招かれ、出世も意のままという、いわば得意満面の体で登場している。その点が、他の黒い顔の男たちと異なることである。荘子は、黒い顔の風体にもかかわらず、滑稽なほど、きわめて俗物なのだ。開口一番、「出立してから、飲み水がなくて、たちまちのどが渇いたわ。のどの渇きとはつまらぬこと。まっこと蝴蝶になったほうがまし。だがここには花もないしの」と言う。これに対し『行人』の主人公の男は、息も絶え絶えのあり様で、小屋の親子にのどの渇きを訴える。「ご老人、まことぶしつけとは存じますが、一杯の水を所望しとうございます。歩いてひどくのどが渇きました。このあたりには池も、水溜まりもございませんし」。そして小屋の娘が与えた木の器の水を大事そうに飲む。その場面と『起死』の主人公とは、状況は似ているが、対応は大いに違っていよう。荘子には、すでに水溜まりが用意されているからで、彼はそれを見つけるや、手で水を掬って十数口飲みほし、渇きを癒すことができた。なお蝴蝶とは、『荘子・斉物論』に出てくる、エピソードをふまえている。荘周〔荘子〕は蝴蝶になった夢を見たが、うつつと夢が逆で、蝴蝶が夢で荘周になったのかもしれない、という有名な寓話である。ここでは、即物的なのどの渇きが焦点であるが、荘子の言説としては重要な話題までが、完璧にパロディと化して即物性に利用されているのだ。

このあと、道端でしゃれこうべに出くわすのである。ここは一応、髑髏問答における荘子のせりふの翻案となってはいた。しかし、死の理由を問い質す、ことのついでに「自殺は弱者の行為であるのを知らぬのか」ということばが挾まれるところは、一九三〇年代の論争を下敷きにしたものである。たとえば「人生の第一の責任は生き抜くことであり、自殺は失業にほかならない。第二の責任は苦痛であり、自殺は安逸をむさぼることだ」、「自殺者は逃亡兵」というのが、このころのある評論家の言論であって、魯迅はこれに批判を加えている〔「論秦理齋夫人的事」『全集』五巻四八一頁〕。テクストの荘子のせりふは、これを適用したもので、「おちゃらけ」の一つなのではあった。さらに、荘子が物言えぬしゃれこうべに死の謂われを問いかけても無駄なことに気づく、そんなところにも、ここの形象にオリジナルにはない功利的傾向を認めることはできる。オリジナルではそのまま、しゃれこうべを枕にして眠り、夢のなかで髑髏問答が展開される手はずになっていたのだ。

しかし『起死』では急ぐ旅路でもあるまいと、ひまつぶしに司命大神を呼び出し、死の理由を聞くため、しゃれこうべを生き返らそうとするのである。ここは、オリジナルと大いに異なる点である。荘子が呪文を唱えると、登場したのは幽鬼で、原作ではしゃれこうべとの問答になっている部分が、荘子と幽鬼との対話として描かれている。既述髑髏の論理が幽鬼のことばとして語られたのち（髑髏だから幽鬼なのであろう）、「ひまつぶしなぞ止めて、はやく楚の国へ行って自分の就職工作をやるがよい……」と言われる。言うまでもなく、ここは原典にはなく、魯迅の工夫だが、それに対し荘子はこう語る。「おまえらこそ、物わかりの悪いやつら。死んでもまだ悟らぬか。生こそ死、死こそ生、奴隷だとて主人公であることを知るべし。わしは生命の源に通じておるゆえ、おまえら妖怪の工作なぞ問題にならぬわ」と。ここではオリジナルのしゃれこうべ、つまりここの幽鬼が「死んでしまえば四季もない」「主人公もいない」と言っている論理に対し、『起死』の荘子は「生こそ死、死こそ生」「奴隷だとて主人公」という理屈で対抗している。確かに李桑牧の言うよう〔李　一八三―一八四頁〕、『起死』の荘子は、オリジナルから逸脱していて、詭弁を弄する滑稽化された形象として表現されている。李桑牧としては、荘子の形象が二重化、二面化していると言いたいらしい。李桑牧の説を紹介しておくと、テクストの荘子は、オリジナルの荘子ではなく、荘子の言説を利用して自らの立場を擁護しようとしている三〇年代のブルジョア評論家を指しているというのである。そして、つぎの司命大神こそ本命の荘子だとし、かくてテクストは、三〇年代の知識人に対する諷刺小説であるという。これは興味深い指摘だが、筆者は全面的には同意できない。

「ならば、恥をかかせてやろう……」という幽鬼に対して、『起死』の荘子は、「楚王の聖旨が我が頭上にあり、妖怪どもの騒ぎなぞ恐るに足らぬ」と俗世間の権威によって、幽鬼を追い払おうとする。ただ、荘子の二重性という点で言えば、続く司命大神の方がずっと重要で印象的であろう。荘子が呪文を再度唱えると、司命大神が登場し、幽鬼たちは消え去る。だがこの司命大神の容貌、実は、荘子とまったく同じ表現が使われていたのだ。「黒く痩せた面立ちに、ごま塩のあごひげ」以下、馬の鞭を手にしているところまで、完全に同一である。いわば荘子の鏡像として、司命大神は出現しているのである。

少し遠回りをしたが、筆者の仮説は実は、荘子の二面性というのではない。黒く痩せた面体の系譜を遡れば、呂緯甫、「行人」、魏連殳にまで連なっていく。そしてここまで、拙論では、彼らに魯迅自身の分身を見出してきた。それはさらに、若き魯迅が志向した、群衆の指弾を何ものともせぬ英雄像と姻戚関係があるだろう。とすれば英雄像は、第1章で触れたように、『狂人日記』の「私」が切望する「本当の人」〔真的人〕とも結びつけられていくのだ。かつて新島淳良は、「本当の人」から「真人」ということばを連想し、つぎのように指摘していた。

「「真人」の二字は、読者をたちまち二千四百年前の『荘子』の世界に連れもどす。荘子は、それまで、「死したる者」の象形文字であった真の字を、「現実を超えた実在の世界」「永遠の世界」、すなわち、こんにちわれわれが使う「真」の意味で用いた。道の根源的な真理を体得した人を、荘子は「真人」とよんだ」〔新島　九六頁〕。

魯迅が荘子について造詣深く、実は強い影響を受けていたことも、比較的知られたことであろう。魯迅の小説を、こうした英雄像の解体と再生の物語としてよむとき、とりわけ『故事新編』をよむ場合、最後に置かれた荘子を主人公とする物語、『起死』が特別な意味をもつのは、このためではないか。『狂人日記』において、かの英雄像が、ニーチェとともに荘子によって支えられていたとするならば、その残像はここに届いていたはずなのである。だとすれば、『非攻』の墨子によって、一方で肯定的知識人像を再生しつつ、かつての英雄像の最終的解体が『起死』において、宣告されていたとしても不思議ではない。

そうであればこそ、それは過激なファルスとして、一見「なげやりな」「容赦ない」扱いになったのだ。自己の内部にあった何かを否定するために、その何かを極端にして、えぐり出すのである。司命大神の姿が当の荘子とまったく同じ鏡像なのも、現在の自己がかつての自己の残像を点検否定する、そうした仕掛けではないのだろうか。むろん英雄像といい、かつての自己の残像といい、それが具体的にどういうことであるか、もう一度確認すべきだろう。それを解決するためには、もう少しテクストを読み進まねばならない。

3　二つの時間の紛糾

さて気の毒なしゃれこうべを肉親のもとに帰してやりたいから、生き返らせてほしいという荘子に、司命大神はこう答える。

「本心のことばではないな。〔……〕まじめのようでまじめではなく、ふざけているようでふざけていない。やはり自分の道を行った方がよかろう。わしにまとわりつくな、「死生は定め」ということを知らぬのか。わしにも自由勝手にできぬものじゃ」。

だがテクストの荘子は、司命大神になお食い下がる。

「このしゃれこうべが、いま生きていて、いわゆる生き返ったのちも、死んでしまった、というのではないとどうしておわかりですかな。大神さまはお気持ちのまま、融通をきかせて下さいませ。人間も如才なさが肝心であれば、神たるものも意固地になることはありますまい」。

こうした詭弁に司命大神は、「口はうまいが実行力はない。人間にして、神にあらず」、口舌の徒との結論を下すが、「それもよかろう、試してつかわす」と言って、生死の掟に手心を加えることにする。司命大神としては、そうすることによって、テクストの荘子をある状況に閉じこめようという算段と考えるのが妥当であろう。ここまでが、テクストの前触れともいうべき部分で、それが続く「容赦のない」爆笑劇へとつながっていくのだ。

テクストの本筋は、生き返らせられたしゃれこうべの男と荘子との対話である。ここからは、オリジナル『荘子』からは完全に逸脱した物語となっていく。生き返った男は、自分が眠ったものと思い、携帯していた荷物と傘がなく、身に着衣をまとっていないことに驚きうずくまってしまう。目の前にいるのは、荘子である。荘子は「落ち着いて、慌てるな。おまえは生き返ったばかり。おまえの品物は、とっくに朽ち果てたか、誰かに拾われたのだろう」としれっと答える。男は当然、荘子の言っている意味がわからない。もっとも荘子が、男の素性を聞こうと名前や出身地を尋ねるのは、見知らぬ同士だから、この会話は偶然だが自然に成り立つわけだ。ここで男の学名が「必恭」というのは、『非攻』で墨子が「恭を用いて防がないのであれば、ごまかし〔油滑〕になってしまいます」〔『全集』二巻四六三頁〕とライバルの公輸搬に反論したことばに対応しているかもしれない。とすれば、まじめな男に対する荘子は、「不恭」さしずめ「ごまかし」野郎を暗示していることになるだろうか。

さて男は、家族に会いにここまでやってきて知らず知らず眠ってしまった、という。むろん着衣と荷物と傘の行方が、彼にとっての緊要事である。これに対して、荘子は従来の物語内の時間的秩序にいるので、素性を尋ねる延長線上で「ちょっと尋ねるが、おまえはいつの時代の人間かな」という質問をする。これは自己中心的な意識による問いだ。だから意識としては物語とは別の時間にいて、当然のことながら、自分が「未来」にいることを理解できない男は「「いつの時代の人間」とはどういうことだ。……おれの着衣は……」という反応になる。荘子の答えはこうだ。

「おまえというのは、本当に死ぬほど間抜けなやつだな。自分の着衣にばかりこだわって、まこと徹底した利己主義者だ。おまえというこの「人間」まではっきりせんのに、どうして着衣のことまで問題にできよう」。

実は荘子の方が「死ぬほど間抜け」なのだ。荘子は、男という他者に独自の、別の時間があることを考えもしないどころか、自分の男に対する一方的で圧倒的な関係が唯一であることをつゆほども疑っていない。自分が彼を生き返らせてやったから、自らの主観は、男の意識を超越的に従属させうると思っているのだ。それで男を「利己主義者」とまで言うのだが、荘子の立場は、それほど確実なものだろうか。ともかく男の時代を特定しようと、男にとって最近の出来事をあれこれ聞き出す荘子は、ちょっとユーモラスなプロセスを通して、やっと男が五百年前に生存していたことを「考証」する。「待て待て、慌てるな。わしにちょっと研究させてくれ」。考証癖自体がどこかしら揶揄されている気配もある。ここは実際、一般の民衆にとって、何が事件なのか、という問いかけまで含んだ、巧妙な諷刺でもあろう。彼らにとって、一族の女たちの他愛のないけんかは、宮殿建築のため子どもがさらわれるという騒ぎと、程度の差はあれ、たいして違いはないのだから。男はこれも当然だが、自分の意識として物語外時間にいるから、荘子のことばは信用しない。「おれにはやらなきゃならない仕事があって、田舎の家族に会いに行くんだ。はやく着衣と荷物と傘を返しておくれ。あんたに付き合って冗談を言っている暇はないのでな」。荘子の方は、男から聞き出した話を総合して考証の結論を導く。

「わかった。おまえはきっと、商の紂王の時代にここまで来て、物取り強盗に出会い、背後から一発、殴り殺され、何もかも奪われた。いまわしらは周の時代で、過ぐることすでに五百年余り。どうして着衣を探せよう。おわかりかな」。

荘子の側の時間的経過からすれば、この解釈は妥当といえるが、男が納得しないことは言うまでもない。「道理知らずはどっちだ。おれの持ち物がなくなって、その場にいたあんたを捕まえた。あんたに聞かずして、誰に聞くんだ」と荘子に詰め寄る。盗賊が荘子だといわんばかりだが、男の側の時間的経過を考えれば、この解釈もまた蓋然性がある。慌てた荘子は、自分の時間的経過を説明し、司命大神の力を借りて男を生き返らせたことを教えて、礼は要らぬから、ちょっと座って、紂王の時代の話でもしてくれというが、男はこの話自体を信用しない。荘子が「わしには本当にそういう力があるのだ。漆園の荘周を知っているはずだろう」というのは、それぞれふたりの時間がずれていることを荘子が了解していない発話で、滑稽である。荘子は、男との関係性において、あたかも「全知」の位置にいるように見えるし、自分でそう思いこんでもいるのだが、ふたりの関係性を把握するには、さらに新たな超越的（メタ）な位置が必要で、読者は容易にそれを理解できる仕組みになっている。五百年前の男の認識では、どんなに著名でも「未来」の人物を知りようがないのだから。この仕掛けが、荘子をいっそう戯画化するのだ。こうして見ると、この物語が、対話形式の芝居仕立てになった理由が理解されてくる。物語の語り手が存在すれば、語りの時間が生じてしまうので、荘子と男の二つの時間のずれを強調できない。ずれを際だたせるには、かりに中立であっても、語りの時間は邪魔であり、語りはない方がよい。せりふによる対話の方が、よりふさわしいのだ。二つの時間のずれが醸し出す、荘子と男の紛糾が、容赦ないドタバタ風「おちゃらけ」の滑稽を生みだしてくるのである。

ここまで、一般的な理解に従って、荘子の時間を物語的時間として特権的に扱ってきたが、ひっくり返して男の側から言えば、男には男の意識に基づく物語的時間があるのである。読者は荘子に寄り添う必然性を感じないはずだ。あくまでふたりの関係という場において考えれば、時間は二つあるに違いないし、その優劣はつけられない。いやすでに一部は触れたが、物語的時間は、その二つに限らないのだ。テクストは、物語時間の作法ですら、混乱させていくのである。男は「あんたが、おれを素っ裸にして生き返らして、何の役に立つんだ。どうして家族に会えよう。荷物も無くなってしまったし……」と言い、ここには荘子しかいないのだから、責任を取ってもらう、「保甲」に突き出してやるとわめく。「保甲」とは宋代以降の治安維持制度で、一九三〇年代にもあったのだから、これまた作者の「おちゃらけ」であり、いわば「おちゃらけ」た第三の物語時間なのである。

これに対し荘子は、「そもそも着衣のことばかり考えるな。着衣は、あってもよいし、なくともよい。あるのが正しいかも知れぬし、ないのが正しいかもしれぬ」、鳥や獣には羽や体毛があるが、瓜やなすは裸だと言い逃れる。この言い方や比喩の大仰さもさることながら、この理屈が自分に向けられたときに、荘子がどんなに矛盾した言い分をするかは、のちに明らかにされる。他人を説得し、ごまかす論理は、自分には適用されないのだ。そのことに彼は無自覚ですらあるように思える。そこでさらに「それもまた一是非、これもまた一是非」という言い方を引用するのは、一九三三年に『荘子』を持ち上げた施蟄存《しちつそん》が、自分への批判に反論したとき、引いた偈語《げご》の一句〔『申報・自由談』一〇月二〇日〕で、魯迅は何度かこれを再引用して雑文で揶揄したものである〔「中国文与中国人」『全集』五巻三六四頁など〕。李桑牧の言うように、このあたりには、三〇年代の諷刺が投影されていよう。

ところで、そんな言い方をされても、男が納得するはずもなく、拳を揮って荘子につかみかかろうとするので、荘子は「司命大神に頼んで死に戻してもらうぞ」と脅す。男は、荘子を信用していないから、着衣と携帯品を返してくれないのなら、やってみろと迫る。そこで荘子は再び呪文を唱えて、司命大神を呼び出そうとするのだが、今回は登場しない。司命大神が現れないのは、むろん、髑髏を生き返らせた意図そのものが、荘子のいたずら心というか口舌に、懲罰を与えるためなのだから、当然であろう。だが、ここで司命大神が出てきたら（俗話であれば、大神が現れ荘子に教訓を与える、という想定もありえそうだ）、それこそいままで決着のつかなかった荘子と男の主観的関係に、決定的な影響が生じてしまう。第三者のいわば客観的（メタの）視点が登場してしまい、対等なふたりの主観的意識の関係が崩れてしまうからだ。物語は、この紛糾をもう少し続けさせて、荘子に別の逃げ道を与えるようしむける筋書きになっている。逃げ道とは、同じレベルのもう一つの主観を登場させることだ。荘子は、男が力ずくで彼の着衣や馬を奪って、弁償させせようとするや、袖から呼び子を取り出し、警笛を鳴らす。まもなく巡査がやってきて、意識は三者の関係となる。と同時に、口舌の徒である荘子が最終的に頼ったのは、自分のことばの力ではなく直接的権力であったことも明らかになるのだ。

巡査は事情を知らないのだから、眼前の事態を、追い剝ぎの被害者と犯人と捉えるのはもっともだろう。だから彼は、荘子を捕まえようとする。それも、三者関係からはメタの位置にいる読者、実は物語の創作主体も含めて、には当然に思えるわけだけれど、当事者の荘子には理解できない。主観的には最も優位な、超越的な位置にいると思っている荘子が、実は事態の展開をまったくコントロールできていない。その落差が、巧妙におかしいのである。

4 他者を内在化させること

だが、テクストは巡査と荘子との間に、同時代の知識人いう共同意識を与えて、この危急から荘子を救い出すことにしている。漆園の荘周という固有名詞は、五百年前の男には何の効力ももたなかった。だが、この巡査の上司である署長は、どうやら意識上は隠遁した知識人であるらしく、楚王に謁見する著名人として、巡査もまたその有名は耳にしていたのだ。だから、巡査はそれを知ったとたんに、荘子の側に身を転じてしまう。この署長、巡査によって「わが署長は隠士でもあるお方ですが、いささか宮仕えも兼ねており、あなた様の文章を愛読しております」と評される。出世欲と隠遁精神は裏腹だという、隠士と官吏の二足の草鞋は、魯迅によってしばしば諷刺されたものでもある。そもそも、楚王に招聘されて謁見しようという荘子自身が、その親玉といってもいいくらいだ。ここには、同時代的状況という以上に、共同感覚が成立するゆえんがあるだろう。要するに、荘子も、署長も、巡査も、同じ穴のムジナなのだ。

それでも、「俺にどうしろというんだ」と纏いつく男に、トラブルを避けたい巡査は荘子に向かって、一枚着衣を恵んでくれまいかと頼むのだが、荘子は先の自分の論理を覆すようにこう語るのだ。「もとより構わぬ、着衣はもともとわしのものとは言えぬのだから。じゃが楚王に面会するので」この衣服を崩すわけにはいかぬと言うのだ。既述のように、着衣なぞあってもなくてもいいという男に向けられた論理は、自分には適用されない。この世俗の権力関係に従う巡査は、それもその通りだとして、荘子を送り出すことにした。荘子は自分が起こした事態に対し、何の責任も取っていないのだが、とりあえず「無事」退出する。残された男はそれでは困るので、こんどは巡査の着衣の裾をつかまえて、どうしてくれるんだと騒ぎだし、彼の着衣を求め、署まで連れて行けと迫ることとなった。ここでも、絡まって解けない二つの主観が、葛藤していることになる。困り果てた巡査は、荘子と同じように直接的権力によってしか、この事態から脱出することはできない。だから呼び子を取り出して、警笛を鳴らす以外に術はないのである。

荘子は、徹底的に戯画化されているが、自らは男や巡査に対して優越的な、つまりは超越的主観を有していると思いこんでいる人物である。それを、李桑牧のことばでいえば、荘子（李としてはオリジナルの荘子）は——実際の荘子の歴史像がどうなのかはいま置くとして——「主観的には、一切の対立を超越した絶対的永久的な「道」の概念を仮設し、自己を主観的にその「道」の立場に置くのである」［李　一八四頁］ということである。荘子の形象が、諧謔的で極端に滑稽であるとしても、かつての若き魯迅の内部に存在した英雄像の痕跡である、と述べたのはそんな意味においてである。その系譜についてはすでに述べたのでこれ以上触れない。そうした超越的主観性が、いかに成立しがたいか、主体はそれ自体として成立しているのではなく、周囲のネットワークのなかで、とりわけ社会的秩序としての力学構造のなかで、相関的に成立しているのである。そうした相関性は、同一の社会的価値のなかででは、効力をもちうるだろう。権威を媒介にした、荘子と巡査との関係のように。だがそうでない者に対しては、関与することができない。まさしく、荘子と死から蘇った男との関係のように、である。

魯迅の時代的状況と創作意識を推測すれば、李桑牧の言うように、荘子と男とのずれは、「ブルジョア的知識人」と民衆との隔絶した認識のあり様を表象しているともいえるだろう。だが、死から蘇った男とは、実はもともと死者なのだから、この世にいる者からすれば、純然たる「他者」そのものではなかったか。同一の価値を決定的に共有できない者として、他者である死者。要するにこのテクストは一方で、他者との対話の困難さを、同一的価値観のなかでは、他者と通じることができないことを示唆しているとも言えるのである。もう一度、魯迅の歴史意識に戻って考えれば、『故事新編』「序言」における、かの著名なことばが思い起こされるだろう。作品は「古人をさらに一層硬直して描きはしなかったので、しばらくはまだ存在する余地があるかもしれない」。「硬直して描かないこと」とは、現代的価値観で、歴史上の現実を生きた古人を裁断しないことである。そのためには、歴史的状況や人物のなかに、自己が投入されなくてはならないし、自己のなかに、歴史的状況と人物を抱え込まなくてはならない。魯迅にとっての歴史と現実との往復運動とは、そんな主体によって生まれたのではないか。『出関』の老子や『采薇』の伯夷・叔斉に、なにがしか語りの思いが重なってみえるのは、そういう成り行きなのではないだろうか。

そうだとすると、このテクストにおける荘子は、それとは正反対の、まったく無自覚に自分勝手な、歴史的状況をおもちゃにして裁断する、そんな姿勢の典型であろう。自らが超越的に主体であり、他者を排除してしまう形象を描くという意味で、『起死』主人公の扱われ方に対する、冒頭木山の疑義は、妥当なものであったとも言えよう。なるほど『起死』は、『故事新編』の他のテクストとは、レベルを異にする、総括的な意味を有していたのだ。それは必ずしも「古人に対する感情移入」に対する「反対声明」というのとは、若干違った意味ではあるが。筆者としては、こんな結論を考えているのだ。作者は、かつて伝統と古さにまとわりつかれ、自らを不断に疎外する者（他者）として苦悩して生きてきた。だが、逆にその疎外感をこそ内部に抱え込むことで、想像力として生きる糧に転化し、上に述べた他者をも内在化させる主体として生き抜くことを選んだのだと。その結果の総括的表現として『起死』が書かれたのではないか。

こうして英雄像は、一方では『非攻』の墨子の形象として再生したが、それ自体としては、解体された。主体は他者を内在化し、他者に向けて開かれ、葛藤するものとして、遊動する。魯迅の、そして『故事新編』の最後の小説は、それと相反する形象を、裏側から、否定的な形で、たっぷりと戯画化した形で描いたのではないだろうか。

（注1）以下、『荘子』についてはおもに、福永光司『中国古典選　荘子　外篇・中』朝日新聞社、一九七六年に拠った。

（注2） 市川安司・遠藤哲夫　新釈漢文体系八　荘子　下』明治書院、一九六七年、七九〇頁参照。

参考文献

木山英雄　日本語訳『魯迅全集』三巻「解説」、学習研究社、一九八五年
竹内好「魯迅入門」『竹内好全集』二巻、一九八一年
新島淳良『魯迅を読む』晶文社、一九七九年
李桑牧『《故事新編》的論弁和研究』上海文芸出版社、一九八四年

後奏曲　モダニティを超えて（一九三一―三六年）

三〇年代の魯迅は、金属感知器のようであった。人々の文化を向上させるものを選り分けて保存と発展に尽くし、社会に役立つ若い人材を援助養成した。逆に、「人を食う社会」に加担し、それを促進させるようなものと人物には、敏感に反応し批判の矢を射た。こうして、執念深く行われた論争のなかで、奥行きをもった雑文が、大量に生み出されたのである。戦闘者魯迅のイメージも、このころにおいて際だつことになった。

感知は、イデオロギーによって判断されたのでは決してない。魯迅独特の、生の具体的なあり方が、自然に敏感に反応したのだ。だから、その感知器によってひっかかったのは、国民党系の作家や転向知識人だけではない。のちには共産党系の文化官僚たちとも、激しい対立関係に陥った。それでも、左聯という旗幟は鮮明であり、ねばり強く自分の陣地は防御し、感知器に探索された敵に攻撃をしかけた。この時期の魯迅に、自分に対するかつての動揺や懸念はあまりなかったと思われる。繰り返すが、臆病に近い慎重さ、疑い深さは変わらなかったようであるけれども。むろん、感知器が正常に作動していたかどうか、つまり感知器によって判断された弁別が、歴史的にも承認できるかどうかということは、また別問題である。人民共和国では八〇年代初めくらいまで、魯迅が批判した相手は、文学史上「敵」のような扱いをされていたこともあるので、これは明瞭に書き記しておかねばならない。

延安の抗日戦争根拠地の時代から、毛沢東によって、魯迅は「現代中国の聖人」に祭り上げられてしまった。魯迅を聖人化するのは、あらゆる意味で誤りである。聖人化も悪人化も否定することは、魯迅がいみじくも『故事新編』で実践したことであり、「自序」にあるように、「古人をさらに一層硬直させるような描き方」をしてはいけないのだ。

そこで、感知器であるとはいかなることなのか。早くも一九三〇年に、上海共産党の中心にいた知識人の生き様に不信感を抱いた魯迅が書き残したことばがある。

「左翼作家聯盟にも入りました。会場では一見して、上海の革命作家が一堂に会していましたが、私から見ればいずれも、萎れたなすび色の役立たずで、かくして小生ははしごとなるおそれなしとは言えないのですが、彼らがはしごを昇れるかどうかも怪しいものです」〔『全集』一二巻八頁〕。

この感知器の予感は、五年近く後に的中する。

「去年〔三四年〕下半期以来、何人か〔左聯の中枢〕は〔左聯に敵対した〕「第三種人」と気脈が同じで、悪意をもって私をおもちゃにしているといつも感じています」〔『全集』一三巻四八頁〕。

具体的に言えば、彼がこの書簡で例示している事件すべてが「悪意」かどうか、筆者としては判断を保留したい。そのうえでなるほど、感知器の精度は、なかなか高いのだと言ってもよいだろう。上海共産党知識人は、魯迅をはしごにすることもできず、おもちゃにしただけだったのだ。

だが精度は無視できないにしても、より重要なのは、自らを感知器のようにして生きるあり方なのである。感知器として作動することは、はしごになるということも含まれる。「はしご」として踏み台にされるのは、魯迅としてはある程度、覚悟の上だったような気がするのだ。このときの魯迅の様態は、媒介者としての機能というようなものである。過去と未来との間ばかりではない。年配の知識人と革命的な若者と、批判と励ましと、挫折と癒しとの間の。その意味では「中間物」という意識は、ここでも活きていたと思われる。それは何かを目的として目指す主体ではない。主体としては、凝縮した実体なのではない。日常の感性を敏感に作動させる機能なのだ。そしてその意味で、すでに近代的「主体」を超えようとしていたのではないか。そのような主体の様態から見えたコスモロジーを描いたのが、最後の歴史諷刺小説集『故事新編』（とくに最後に書かれた五篇）なのである。

三〇年代の上海は、移民文化と植民地文化が混交した、コロニアルなモダニティが随所に現れ始めた場所であった。日本の侵略に脅かされつつも、だからこそ国民党を中心として全国統一を進め、国民国家整備が急がれてくる。上海は、東アジアで（東京などよりずっと）先進的な商業都市として、メディアと芸術と娯楽歓楽が発展していた。絵画や文学でも、モダニズムがもてはやされている。芸術家を目指す若者たちが、芸術家のような外見と口調で肩で風切って闊歩していた。有名になるために、有名人を批判して、一方の旗頭であるかのように振舞う知識人も現われる。左翼が弾圧され、すたれると、さっさと転向して、他の流行を追いかける手合いも、少なくなかったのである。「上海「文攤」の状、極めて奇怪です。わが五十余年の生において、かくなる怪状はまこと初めて目にします」。「これはいわゆるGrotesqueに他なりません」。魯迅はそう語っている〔『全集』一二巻二八四頁〕。上海モダニティは、コロニアリズムによってもたらされた歪んだ近代という考え方もあるだろう。過度に投機的で、市場原理的な言動、急速な変化に付き従い、流行を追うばかりで姿勢の定まらぬあり方。これらは確かに、後発近代化の文化的特徴とも言える。その意味では、日本の近代化と同様の弱点を共有し、むしろ誇張化さえされていただろう。だが、非常で特殊性を帯びた場合にこそ、ことのあらわな本質が現われることもある。

だからそれは紛れもなく、確実に一つのモダニティではなかったか。魯迅はいくたの雑文によって、こうした文化現象としての近代性に対して、厳しい批判を展開している。たとえば作家、知識人の処世の問題として、また新聞の社会面の片隅に置かれた事件を取り上げることによって。ここから読みとれることは、魯迅が直面したのが、上海に現われた近代性そのものであったことだ。魯迅はそのなかに、中国の「古さ」と変わらないものを感知する。新しさの外貌に隠れている、「人を食う社会」の形を変えた本質を見出す。彼自身のなかに「人を食う社会」の本質に敏感に反応する感性を抱いているがゆえに。

彼は自己の敏感な感性に固執することで、新しさを標榜するモダニティに抵抗していた。モダニティに対する抵抗と言えば、彼にとって意識的だったわけではないだろう。魯迅が感知器として作動した結果、敏感に近代性の諸悪と衝突していったのである。かくして、この時期の魯迅の文筆は、果てしない論争に彩られてくる。民族主義文学派との論争、第三種人論争、『荘子』と『文選』をめぐる論争、海派と京派をめぐる論争、そして魯迅の死によってやっと収束した、国防文学論争に至るまで、数え切れない筆墨の争いに、彼はかかわってきた。論争相手も、国民党系知識人から、中間的知識人、共産党系評論家と幅が広い。感知器は悲鳴をあげるように、警報を鳴らし続けたのであった。

三〇年代の魯迅まで見通してみると、彼の歩んだ道のユニークさが際だってくる。彼は青春にあって、強いコンプレックスのなかにあった。彼がこの屈辱から出発したことを、私たちは忘れてはならない。屈辱に対置されるように、群衆の白眼視にも屈しないニーチェ「超人」のごとき英雄の形象が、彼を魅了したことがあった。幸い、時代は王朝政府の崩壊の時期にあったから、西洋の学問を身に着けた彼に、世に出るチャンスがめぐってくる。だが自分が英雄ではないことを、旧式の結婚や辛亥革命後の官僚生活によってしこたま思い知らされるのだ。だから、文学革命と五四新文化運動が湧き起こったとき、彼はあえて、啓蒙者の位置に立とうとはしなかった、と筆者は考える。彼は啓蒙者を支持し、応援し、そしてひそかに警告していたのである。

屈辱が一気に彼の精神にまとわりついたのは、五四退潮期に弟周作人と不和決別したことをきっかけにしている。ある意味で、封印されていた自己の暗闇、自らの「古さ」を深く自覚したのは、このころであろう。伝統は、どんなに否定しても、彼の肌身から抜け出すことはなかった。そのことの苦悩と葛藤は、彼の文学に深く刻み込まれている。その魯迅が、新しい道を歩もうとしたのは、むろん一人の女性のパートナーができたことをきっかけにしているだろう。彼女に叱咤激励されながら、魯迅は自らの「古さ」を梃子として、新しさを確かめるための感知器として、生き延びようとした。このとき魯迅は変わったのであるが、新しい自己を発見して、それに実体として変わったわけではない。古い自分を自覚することで、感知器の機能として生き延びようとしたのである。こうした生き様は、確かにコロニアルな場所でしか生まれないだろう。彼は前近代と近代との過渡期に生まれ、成長した。彼のなかに、モダニティへの強い憧れがあったが、プレモダン的なものも、確固として存在していた。

それが彼の挫折と葛藤を導き出すのだが、その過程を通して、彼はモダニティが描いたような主体ではありえず、それとは異なる主体の様態を獲得していくのだ。そうして、モダニティ自身のなかにある弱点と直面することにもなったのである。このことを端的にまとめると、魯迅の生き方は、プレモダンからポストモダンへと駆け抜けていった、と言わざるをえない。コロニアルな、少なくとも擬似的にはコロニアルな環境でなければ、こうした体験は生まれようがないだろう。

二一世紀に、魯迅が読まれ続ける意味があるとすれば、そのコロニアルな体験が、ポストコロニアルな状態にある私たちにも、充分参照に値することである。いや、劣等感に苛まれ、つねに「新しさ」に惑わされている者にとっては、砂漠で出会った癒しの水のようなものではないだろうか。それに魯迅の体験を転換したきっかけの一つが、一人の女性との恋であるということは、少しばかりロマンティックな事実であろう。最後まで、いささか重い話になった拙稿を閉じるに当たって、魯迅の実存を象徴するような、ひと言をもって結びとしたい。ハンガリーの民族革命詩人ペテーフィの散文から、魯迅が転用し、新たに蘇らせた著名な一句である［『全集』二巻 一七八頁］。

「絶望がむなしいこと、まったく希望と同じだ」。

あとがき

実を言うと本書の腹案は、もう七年前に遡る。筆者なりの魯迅像をまとめるとすると、伝記的な書き方は膨大な作業が必要な気がして、どうもうまくいきそうになかった。それまでに、数篇の小説について作品論を書いたことがあったので、そんな作品論をいくつかチェーンのようにつなげて、魯迅の実存を浮き彫りにできないか、というのが最初の思惑であった。魯迅の純然たる小説集は、『吶喊』『彷徨』『故事新編』の三冊なので、ここから均等に、三篇から四篇を選んでテクスト分析を一つ一つ積み上げ、分析の位置づけに必要な前提や空隙を埋める伝記的事実を、三つの作品集の前後に配列して、接着剤のようにしてみる。作品の選別とこの段取りは、心づもりとしては、このときすでに決まっていたのであった。

むろん本書の魯迅論の体裁については、異論もあろう。一つは作品の選別である。魯迅の小説を一〇篇選ぶとなると、芸術的基準や好みによって選択は様々だからだ。『吶喊』では『薬』『故郷』『宮芝居』などが、『彷徨』では、なにより『傷逝』が、『故事新編』では『鋳剣』『理水』などが候補になろうか。ただ筆者としては、魯迅の実存的あり方というか、存在様式を描くことに、念頭があった。魯迅を語る以上、欠くわけにはいかない作品もあるが、魯迅像を構成するうえで、重要なものを優先させている。

二つは、テクスト分析としては、あまりに「私小説」風ではないか、という疑義である。筆者は広い意味でテクスト主義者ではあるけれども、テクストを完結した閉じたものとして、外在的要素を排除する態度は好きではない。テクストを、一人の読者として解読するには、実はさまざまなテクスト外要素を必要とする。ことばの背景には、個人的体験や社会的歴史的体験がいくえにも堆積しており、テクスト間性（通常は「間テクスト性」という）もその一つであろう。テクスト分析をしながら、実は「話者」を越えて、テクストを創作した作家自身に及ぶのは、厳密にはルール違反かもしれないが、筆者の関心が、小説から作者の存在様態、つまり生き様を探ろうという点にあるのだから、これはある意味で確信犯的な作業であった。作品によって作家を語るという、時代遅れの方法だと誹られても、筆者は甘んじて受けるしかない。

さて構想ができあがって、当初作業は順調に進んだ。二〇〇〇年は、春に『孔乙己』『祝福』『酒楼にて』、夏に『孤独者』『離婚』、冬に『非攻』。さらに〇一年冬に『采薇』と七篇まで書き上げている。だからこの分では、二、三年後には活字にできるだろうという見込みであった。ところが〇一年から〇二年にかけて、勤務先の大学で思わぬトラブルに巻き込まれ、夜中まで会議をするはめになって、作業は頓挫した。この問題が何とか一段落したのち今度は、北京の小さな学校で、校長兼小使いのような役目を、一年間拝命することになって、計画はさらに棚上げになってしまった。帰国してやっと、〇四年の夏に『狂人日記』、〇五年春に『起死』、夏に『阿Q正伝』を脱稿。そのあと、「前奏曲」「間奏曲」「後奏曲」をつなげて、どうにか完成に漕ぎつけられた。なお一〇篇のうち二篇は、いろいろ事情があって、すでに一旦、公表している。それ以外は、すべて未発表である。公表したものと書誌を挙げておこう。

「『孔乙己』論――パラドキシカルな啓蒙の戦略」『未明』十八号、神戸大学中文研究会、二〇〇〇年三月、（本書第2章）。

「危機の葬送――魯迅『孤独者』論」『中国研究月報』六七四号、中国研究所、二〇〇四年四月、（本書第6章）。

ほかにもいくつか補足すべきことがある。筆者の魯迅論は、魯迅のテクスト分析としては、確かに新機軸ではあろうが、全体的な大きな枠組として新しいのかどうか。これに答えるのは、やや躊躇を覚えざるをえない。竹内魯迅とは、当然差違もあるし、関心のありかも異なるのだが、それでも竹内魯迅を完全に越えたとは言いにくいだろう。これには忸怩たる思いもあるが、筆者の解読が竹内魯迅と共鳴する面があるのならば、致し方のないことである。やたら「新しさ」を追求するのも詮無いことだ。またこの五年くらい、小説を含めた魯迅研究も随分出てきたが、上のような事情で、とくに中国の研究者の業績を検討する余裕がなかった。対象とした先行研究は、中国の専門家からすると、もう古くなっているかもしれない。むろん、各章末の参考文献に挙げた先行研究は、筆者のテクスト分析に欠かせない滋養を与えてくれたことは言うまでもない。ポレミーク風な語りを好むため、多くは批判がましいことばを書き付けたが、ありがたい啓発を受けたことは記しておく。

なお恩師、先輩、友人諸氏に対する謝辞は別の機会にして、ここでは省かせて頂くが、筆者が魯迅の小説にあれこれ「謎と不思議」を見出すようになったのは、いくつかの大学の非常勤講師として、魯迅を講義したことが機縁となっている。変な話だが、現在の本務校では魯迅を語る機会はほとんどなかった。他校のその講義準備や講義中に、筆者自身がふと気がついたというだけでなく、聴講しているおもに専門外の学生たちからの質問やレポートに、あっと思わせるものがあったのである。とくに『孔乙己』論『狂人日記』論は、彼ら彼女らの存在がなければ、こういう形にならなかったかもしれない。そういう意味で、筆者の拙い講義を聴講してくれた、茨城大学、立教大学、東京女子大学のかつての学生たちに、感謝のことばを捧げたい。

数年前、ある出版社の編集者から、テクスト分析は、そのテクストを読んでいないと面白くならない、と言われたことがあった。このジンクスを本書がどれだけ破っているか、読者の判断に委ねるほかないが、筆者としては、テクストの細かい解釈を超えて、魯迅という存在と近代中国とのスリリングな格闘と絡み合いを読みとって頂ければありがたいところである。とはいえ、本書をきっかけに、読者が魯迅のことば自身に出会って頂けたら、筆者としてはこれにまさる光栄はない。

思わぬ事態が何年か続いて、本書の上梓が遅れたわけだが、たまさか偶然、今年は魯迅生誕一二五周年、逝去七〇周年に当たる。こうした記念にはあまり気が向かない方だが、しかし魯迅が誕生した九月二五日と逝去した一〇月一九日の間に、ちょうど本書がお目見えしそうだということに、さすがに因縁めいたものを感じないわけにはいかなかった。最後に本書の出版では、東京大学出版会の山本徹さんに、大変お世話になった。山本さんとは、彼が学生時代からの知り合いでもあって、これも何かの因縁かもしれない。

二〇〇六年八月一七日

代田　智明

参考翻訳書

『阿Q正伝・藤野先生』駒田信二訳、講談社文芸文庫、一九九八年（『孤独者』を含む）
『阿Q正伝・狂人日記』竹内好訳、岩波文庫、一九八一年（『吶喊』の全訳）
『野草』竹内好訳、岩波文庫、一九八〇年
『阿Q正伝』増田渉訳、角川文庫、一九七九年
『朝花夕拾』松枝茂夫訳、岩波文庫、一九七九年

以上は、〇六年八月段階で在庫が確認されたもの。古書として入手できれば、推薦できるものは、つぎのとおり。

『魯迅文集』第一巻、竹内好訳、ちくま文庫、一九九一年（『吶喊』『彷徨』の全訳）
同右　第二巻、竹内好訳、ちくま文庫、一九九一年（『故事新編』全訳を含む）
『魯迅評論集』竹内好訳、岩波文庫、一九八一年（雑感文のアンソロジー）
『故事新編』竹内好訳、岩波文庫、一九七九年
『魯迅選集』第二巻、竹内好訳、岩波書店、一九五六年（『彷徨』全訳を含む）
同右　第三巻、岩波書店、竹内好訳、岩波書店、一九五六年（『故事新編』全訳を含む）

著者略歴

1951 年　東京都生まれ
1976 年　東京大学文学部卒業
1982 年　東京大学大学院人文科学研究科博士課程満期退学
　　　　茨城大学，東京女子大学を経て
現　在　東京大学大学院総合文化研究科教授

主要編著書

『魯迅研究の現在』（共編・汲古書院，1992 年）
『中国語Ⅲ（'00）——中国のエッセイを読む』（放送大学教育振興会，2000 年）
『クラウン　中日辞典』（共編・三省堂，2001 年）
『火種』（共訳・凱風社，1989 年）など

魯迅を読み解く——謎と不思議の小説 10 篇

2006 年 10 月 10 日　初　版

［検印廃止］

著　者　代田智明《しろたともはる》

発行所　財団法人　東京大学出版会

代 表 者　岡本和夫

113-8654　東京都文京区本郷 7-3-1 東大構内
電話 03-3811-8814・振替 00160-6-59964

印刷所　株式会社平文社
製本所　牧製本印刷株式会社

ISBN 4-13-083043-0　Printed in Japan
JASRAC　出 0611033-601